モーリス・ブランショ

モーリス・ブランショ

レシの思想

髙山花子

水声社

モーリス・ブランショ

◉目次◉

凡例

・原文中、大文字で強調されている語は〈　　〉で示した。
・中略は［……］で示した。
・（　）は原語を挿入するために用いた。
・訳文中の〔　〕は、筆者による補足・説明を表すために用いた。
・引用の訳文は、原則として筆者によるものである。邦訳があるものについては、可能なかぎり参照し、該当ページを追記した。邦訳を引用した場合はその旨を註に記している。

序章　「レシ」を問うために——物語・歌・出来事

1　はじめに

フランスの作家・批評家モーリス・ブランショ（一九〇七—二〇〇三）は、一九三〇年代から晩年の一九九〇年代に至るまで、小説をはじめとする虚構作品も残しながら、主に文芸時評家として活動し、新たに出版されたさまざまな書物の読書体験をとおして、あるいは、同時代の哲学者、作家との交流をとおして、古今東西の文学、哲学、思想を、アカデミアからは距離を置いた立場から論じた。彼の軌跡はそのまま、激動する二〇世紀フランスの時勢において、人間の思考がどのように言葉にされうるのかを、批判的に追いつづける営みであったと言えるだろう。本書はそのモーリス・ブランショが「レシ（récit）」をめぐって考えたこと、すなわち、「レシ」の思想（パンセ）——pensée（考えられたこと）——を明らかにしようとするものである。

「レシ」という言葉は、日本語では、なかなか聞き慣れないものかもしれない。この言葉に着目する理由は、ホメロスの『オデュッセイア』を下敷きとした一九五四年のブランショのテクスト「想像的なものとの出会い」において、ふつう日本語で「物語」と訳されるフランス語の「レシ」が、「出来事そのもの」という独自の意味をあたえられているからである。というのも、調べてみると、「小説」と「物語」の区別がなされたことで知られるこの有名なテクストが、実は、「レシ」を軸として、アリストテレスの『詩学』の批判的解釈になっており、アドルノとホルクハイマーの『啓蒙の弁証法』への目配せにもなっていることがわかるからである。つまり、アウシュヴィッツのあとで詩は可能なのか、という近代理性の野蛮と向き合うアドルノの問いに、ブランショが暗に応答しているテクストであることが、入念に読み解くとわかるのであり、そのとき、ブランショは、これを「詩」ではなく、「レシ」の問題として引き受けて考えている。これが、ブランショの「レシ」に焦点を当てるひとつめの大きな理由である。

もうひとつの大きな理由は、とりわけ一九六〇年代以降のブランショにとって、「レシ」が、通常日本語で「レシ」の訳語としてわりあてられる「物語」の理解そのものを揺るがすような、「歌」や「叙事詩」といった対象までをも指し示す射程のひろいものとなったからである。そこにあるのは、一言でいうと、「声に出して読まれたもの／朗誦されたもの」という、ラテン語にまで遡る、とても古い意味を、現代においても、そのまま同時代の作品とともに受け止める、いささか古風なブランショの姿である。そこで示されるのは、非論証的とされる文学的言語による「非連続の連続」としての「レシ」である。

後者は、吟遊詩人の歌う「詩歌」に非常に関係するのだが、このように、ブランショは、いくつかの論考で、「レシ」に独自の意味を込め、自身の思考のキータームにしている。このことから、本書では、日常的な「物語」、「報告」、「語り」と言った意味がブランショ自身の記述にもあらわれることをじゅうぶん踏まえた上で、基本的にはフランス語の **récit** を「レシ」と表記することにする。また、本書は「レシ」の比較対象となる **roman, nouvelle** といった語についても、「小説」、「中篇小説」ではなく、「ロマン」、「ヌーヴェル」と表記してゆくことにする。

「想像的なものとの出会い」において「出来事そのもの」として示されるブランショの「レシ」理解は、どのようにして、一九六三年のテクスト「バラはバラ……」に代表的であるように、非論証的とされる文学的言語による「非連続の連続」の思想として現れるのだろうか。そもそも、「出来事そのもの」としての「レシ」とはどのようなものなのだろうか。とりわけ一九五〇年代以降、哲学的で論証的な言語においてはつながるはずのないものが、非論証的な言語においては「非連続の連続」としてつなげられるというこの一点にブランショによる「レシ」をめぐる思想の焦点が当てられてゆく。それはなぜなのか。本書は、「非連続の連続」としての「レシ」の思想がどのように形成されたのか、を含め、ブランショの「レシ」の思想を明らかにする。もちろん、そのときそのときでブランショの用いる「レシ」の意味は異なり、その用法にはかならずしも整合性はないようにみえる。しかし、初期においては一貫した独自の用法を抽出することは困難でありながら、少なくとも一九四〇年代後半には現れていた彼自身のこの言葉へのこだわりを、一九五〇年代に現れる「出来事そのもの」という独自の「レシ」の意味づけ、さらには、一九六〇年代に現れる「非連続の連続」といういささか古い「レシ」の用法へのブランショの関心に着目しながら追ってゆくことで、ブランショの思惟が常に「レシ」とともにあったことがわかるだろう。そして、彼にとって、その「レシ」が、文学そのものを問い返し、言語をめぐる根源的な思考をするための核をなしていたことがわかるだろう。どのようにして、言語が、無垢でありながらも繰り返されたものである、そうした相反する性質をもちうるのか——このラディカルな問いと共にある、ブランショの「レシ」の思想が、「歌」概念をも揺るがす形で、姿を現すだろう。

この序章では、そもそもフランス語の「レシ」がどのようなものであるのかをまず整理する。その上で、本書がブランショ論としてなぜこの「レシ」に着目するのかを、本書の構成とともに示す。

2　フランス語の「レシ」

「レシ」の曖昧さ

フランス語の「レシ（récit）」は、「暗誦する」という意味の動詞 réciter の名詞形である。これは、「声に出して読む」という意味のラテン語動詞 recitare に由来する。今日でも参照されることの多いジェラール・ジュネットたちのナラトロジー論の文脈で用いられる「物語」という日本語は、一九六六年の

『コミュニカシオン』誌の特集名「記号学研究——物語の構造分析（Recherches sémiologiques : l'analyse structurale du récit）」がそうであったように、この「レシ」の訳語であることが多い[1]。ジャン＝フランソワ・リオタールの「大きな物語の終焉[2]」、ポール・リクールの『時間と物語[3]（*Temps et récit*）』（一九八三—八五）における「物語」も原語は「レシ」であるのだから、この語は二〇世紀の思想ないし文学理論のキーワードのひとつであると言ってさしつかえはないだろう。

しかし、単純ではないのは、「レシ」の指し示すものが時代によって変遷しており、この語がいまもなお複数の意味を持っていることである。例えば、ジュネット自身、『フィギュールⅢ』（一九七二）収録の「レシの序説」をつぎのように書きはじめ、「レシの曖昧さ」を認め、かつ、「レシの理論」が当時においてさえも、顧みられていない状況であることを指摘している。

わたしたちはいつも（フランス語の）《レシ》という語を、その曖昧さを気にせずに、ときにはその曖昧さに気づかずに使っており、ナラトロジー論のいくらかの難しさは、おそらくはこの混乱に関わっている。もしもこの領域において、さらにはっきりとしたものをそこにみようとしはじめたいのであれば、この用語の三つの異なる概念をはっきりと区別する必要があるようにわたしには思われる[4]。

ここでジュネットが言っているのは、フランス語の「レシ」は「曖昧さ」があるにもかかわらず、日常で何気なくいつも使われている単語であるということであるだろう。ここからは、彼自身が牽引したナラトロジー論の直面している困難を解決するために、ジュネットが「レシ」の「曖昧さ」が何気ないものとなっていることに由来する「混乱」に向かい合おうとする立場がわかる。まさにこの引用のつづきの箇所で、ジュネットは今日の最も明らかで重要な「レシ」の意味として、語られたものであれ書かれたものであれ、分析の対象となるテクストそのものを指す「物語言説（discours）」として「レシ」を定義し、「物語内容（histoire）」および「語り（narration）」と区別したことが知られているが、その前提には、一九七二年時点においてなおも認められていた、以上のような「レシ」の「曖昧さ」に対する批判的な意識があった。(5) 本書は、ジュネットのこの議論よりもいくぶんか時代を遡る頃のブランショを中心的な分析の対象とし、ナラトロジー論に立ち入ることはしない。しかし、「レシ」が一体何を指し示すのか、じっさいのところは曖昧であり、意味を確定してゆかねばならないとするジュネットの問題意識は、ブランショの代表的な「レシ」論である「想像的なものとの出会い」（一九五四）をはじめとするテクストの読解でも、必要だろう。

それでは、このようなフランス語の「レシ」の「曖昧さ」、ならびに多義性による意味確定の必要性は、昔からついてまわったものなのだろうか。その手がかりをえるために、「レシ」の語源にさかのぼってみよう。まず、『中世フランス語辞典』には動詞 reciter の意味として「声に出して読む、語る」、「報告する」、「数え上げる」が記載されている。(6) そして、『フランス語宝典』の語源説明には、一四九八年の「出来事の報告」、一六六〇年の「悲劇芸術において、人物によって詳細になされた、重要な出来事についての陳述」、一六七一年の「独唱で歌われるもの」、一七六八年の「交響楽のなかで、主要な主題を演奏する部分」といった意味が記載されている。[7] さらに、バルバラ・カッサン監修の『ヨーロッパ哲学語彙事典』にも「レシ」の小項目があり、そこではつぎのように、「レシ」がさまざまなギリシア語の訳語、とりわけ「ミュトス」の訳語でありうることが説明されている。

レシは、他方で、一定数のギリシア語、とりわけミュトスの、ありうる訳語のひとつである。ミュトスは、ロゴス（「理性的言語」）との違いにおいて「神話」、エルゴン（行為）との違いにおいて「言葉」、ディエゲーシス（「単純な語り」）との違いにおいて「対話体のレシ」、エートス（「性格」）との違いにおいて「寓話」、ヒストリア（「出来事のレシ」）との違いにおいて「虚構」と翻訳することもできる。[8]

ここからわかるのは、「レシ」が「ミュトス」の訳語でありながらも、その「ミュトス」に対応する「神話」や「言葉」、「対話体のレシ」、「寓話」、「虚構」という異なった意味を文脈に応じて担うことである。こうしたことから、「レシ」は語源的にも、物語論の文脈からも、思想史的にも、いっぱんに、『源氏物語』にわかりやすくあらわれているような、なにかしらの物事について語られた文学様式を指し示す「物語」には収まらない複数の意味をもっており、ジュネットが『フィギュールⅢ』ではっきり認めている「レシ」の「曖昧さ」は、このように多義性を帯び、その意味を確定することが直ちにはできないという点において、形を変えながら、古くからあることがわかる。ここからは、「レシ」の訳語として定着している日本語の「物語」の理解もまた、揺るがされているといえるだろう。

文学研究における「レシ」

『フランス語宝典』には、「本当にあったこと、あるいは、想像的なことを物語る文学作品[9]」という一ジャンルとしての「レシ」の意味も記載されている。しかし、作品の構成要素である「語り」としての「レシ」が「ロマン」をはじめとする各種の文学作品のなかにもありうるという事態がまた、「レシ」の体系的な理論形成をむずかしくしているように思われる。文学研究において、「レシ」と呼ばれる作品はどのようなものとして考えられているのだろうか。

ジャン゠ミシェル・アダンは、『レシ論――プロップからエーコまで』の第一章「レシとは何か」において、ブランショの「想像的なものとの出会い」の「レシの秘密の法則」をエピグラフとして引いたあとで、「レシ」には「(少なくとも)ひとつの事件の表象が必要である[10]」こと、そして、エピソードの時間的な連続があるだけではなく、「こうしたつぎつぎと起こる出来事を全体として把握し、意味論的な要素全体を引き出すこともできなければならない[11]」ことを指摘している。ここからは、エピソードの「連続」、出来事の「連続」を、ひとつの全体としてとらえたものが「レシ」である、ということができるだろう。つまり、アダンは「レシ」を定義するにあたり、「連続」をキーワードとしていることがわかる。フランス文学研究に目を向けると、この「レシ」の曖昧さに関わる仕事としてはジャン゠イヴ・

タディエによる『詩的レシ』（一九七八）が挙げられる。タディエの主張は、「あらゆるロマンは、たとえわずかではあっても、詩である。あらゆる詩は、ある程度、レシである[12]」というものである。タディエは、どのような表現形式にも「レシ」があることを断った上で、「レシ」にとりわけ従属した本を分析対象とし、「筋立ての手法と効果を詩に借り受けているレシの形式」として「詩的レシ」というジャンルを提示している[13]。それは、「ロマン」の虚構性をたもちながらも、詩の語りの手法をもつという、両者のはざまにある作品群の呼称である。ここで、タディエは詩が語られることを「ロマン」が語られることに重ねている。関連して、通史的な視点としては、短いものではあるが、ドミニク・ラバテ『二〇世紀フランスのロマン』（一九九八）における「レシ」にかんする記述が挙げられる。ラバテは第一部第二章を「詩的レシ」と題し、タディエの著作を取り上げている。そして、いくつかの分類しづらい「レシ」について、その空間は魔法と神話にもとづいており、時間は直線ではなく、円環形式になっていると定義されていることをまとめている[14]。しかし、三者による「レシ」についての記述は、たとえば「ロマン」の定義をめぐる議論が中世以来の変遷もふくめて、いまだにつづいているのに比較すると、参照されることはあまりなく、文学研究において、「レシ」の定義には、いまだに強力な共通見解はないと言ってよいだろう[15]。これは、言語学のように、ほかの分野で有名な「レシ」の用例やその定義が存在する状況とは異なるし、分けて考える必要がある問題であると考えられる[16]。

　前述のラバテは二〇一八年に、『不可能なものへのパッション――二〇世紀のレシの歴史』を上梓した[17]。副題が指し示すように、ルイ＝ルネ・デ・フォレの深い読解を基軸として、「レシ」に着目し、二〇世紀フランス文学史を描き出している。ラバテは、序章で、「レシ」が「小説の性質を作るもの」を問いかけるものであるとして、「厳密な意味では「ジャンル」ではなく、おそらくはむしろ、それが今度は「間違ったジャンル」の形式を犯す危険がない限りは、テーマ的であれ形式であれ特徴といっそう同一視できるサブジャンルを再びグループ化する原－ジャンルであることをわたしたちはよく知っている」と書いている。[18] また、「作家も批評家もロマンという用語には満足できないので、レシという観念は、根源的に、批評的な観念なのである」[19]というふうに、「ロマン」と呼びたくない人々の心理が反映された呼称であることを示唆している。すなわち、「レシ」は常に「ロマン」と隣り合わせにあり、「批評＝クリティーク」と密接な関わりのある技法であるとするのである。そして、「レシ」は分類カテゴリーの一つでも「ジャンル」でもない、としている。[20] 第一章で、デ・フォレの「レシ」に言及する際に、ラバテは、「ブランショの意味で言うと、レシとは、そのように動いている領域であり、あの不確実性の運動の中に囚われていて、読者を固定された場所の安全性にはもはや留め置かないのである」[21]というように、ブランショ自身の「レシ」の独自の用法を借用しているのだが、そのような用法は、「レシ」の語用の歴史からすると、自明のものではないように思われ、ブランショを起点に整理するとこの言葉の不確かさがよりわかるように思われる。

すこし遡ると、二〇〇五年には、ブリュノ・クレマンが『方法のレシ』と題した本を出版している。[22] そこでクレマンは「レシは思考する」というテーゼを打ち出している。この本で、クレマンは、デリダの『白い神話』とリクールの『時間と物語』を挙げながら、「概論と同じように方法のレシは思考する」[23]と述べている。そして、最終的には、「レシはおそらく（その仮説を形作る大胆不敵さは少しもない）思考の最も古い形式である」[24]と結論するに至っている。このとき、依拠されるテクストはさまざまであるが、修辞学と、それからプラトン以来の哲学テクストが少なくない点に特徴がある。

最後の二者の「レシ」の理解を見ただけでも、「レシ」の問題は存在しながら、その問題の所在と輪郭はぼんやりとしていることがわかるだろう。このように、「レシ」は、古くから今に至るまで、戯曲における「語り」や「報告」を意味しつづけているという点からしても、また、「ロマン」という比較的新しい作品形態があらわれたのちに別の作品形態を指し示す「ジャンル」でもありうるという点からしても、そして、哲学、言語学、物語論のそれぞれで定義が与えられている点からしても、いまだに「曖昧な」言葉であり、それがなにを指し示すのかをそのつど思考する必要がある言葉になっている。それにもかかわらず、何気なく日常的に用いられている語であることがわかる。[25]

3　ブランショと「レシ」

こうしたなかで、ブランショをとおして「レシ」そのものについて考察する意義は複数ある。ひとつは、ブランショ自身が「ロマン」と「レシ」を区別した有名なテクスト「想像的なものとの出会い」（一九五四）をはじめ、「レシ」論と呼びうるテクストを複数残していることである。これは、ホメロスの『オデュッセイア』第一二歌を下敷きとして、セイレーンの歌を聞きながら生き延びたオデュッセイアをホメロスと同一人物と考え、『オデュッセイア』が信じがたい出来事の報告にもとづくだけでなく、「レシ」が「出来事そのもの」であるという独自の主張がなされるテクストである。ブランショは「想像的なものとの出会い」以外にも、一九四〇年代から一九八〇年代にいたるまで、自身の複数のテクストのなかで「レシ」を取り上げている。ブランショは数多くの文学作品を書評で取り上げる中で、「レシ」と呼ぶ作品もあれば呼ばない作品もあり、「レシ」について異なる説明を残しているため、語用を分析するためにおおくの材料を提供している。もうひとつは、ブランショ自身が文芸評論とは別に虚構作品をいくつも残しており、それらがブランショの理論と連動する形で、「ロマン」から「レシ」へ移行したと言われていることから、この点にかんする議論が蓄積されてきていることが挙げられる。

ブランショは『文学空間』(一九五五)、『来たるべき書物』(一九五九)、『終わりなき対話』(一九六九)といった代表作で知られる文芸評論集以外に、虚構作品として、『謎のトマ』(一九四一、新版一九五〇)、『アミナダブ』(一九四二)、『至高者』(一九四八)、『死の宣告』(一九四八)、『白日の狂気』(初出一九四九、一九七三出版)、『望みのときに』(一九五一)、『永遠の繰り言』(一九五一)、『わたしについてこなかった男』(一九五三)、『最後の男』(一九五七)、『期待、忘却』(一九六二)、『事後』(一九三〇年代執筆、一九八三発表)を残している。つまり、ブランショは、一九三〇年代から一九六〇年代まで、文芸評論家としてだけでなく、作家としても活動をしていた。

こうした虚構作品のジャンル区分について、クリストフ・ビダンは、『モーリス・ブランショ——不可視のパートナー』(一九九八)において、「『至高者』が「ロマン」の周期を完了させ、その〔『謎のトマ』の〕縮約版によってレシの周期がはじまる」と書いており、一九四八年を最後に「ロマン」は書かれなくなったという見立てを出している。[26] アンヌ゠リズ・シュルトゥ・ノードルトは、『死の宣告』（一九四八）から『期待、忘却』（一九六二）までが「レシ」であり、『謎のトマ』の初版（一九四一）にはじまり『至高者』（一九四八）に終わる「ロマン」の位相から「レシ」への移行について、「ブランショはおそらく、ロマネスクなジャンルの限界に達している、あるいはもっと単純に、このジャンルが自分の熱望にはふさわしくないと感じていた」とその移行の理由を推察している。[27]

とりわけジャンル区分をめぐる先行研究については、第一章で詳しく見ることになるが、本書がとくに着目するのは、これまでのブランショの「レシ」をめぐる議論ではあまり言及されていない要素である。それは、ブランショが「レシ」の古い意味である「声に出して読まれたもの」、「暗唱されたもの」という意味を、晩年に至るまで、叙事詩の朗唱、さらには「歌」と重ねる形で意識していた点である。たとえば、『死の宣告』（一九四八）には文法、歴史教科書を「暗唱」する場面がある。さらに、一九六三年のテクスト「バラはバラ……」では、もっとも伝統的な「レシ」の意味として「非連続のはずのパロールを連続して話す手法」と記されている。本書は、この「バラはバラ……」を決定的に重要なテクストであるとみなす。ブランショは、そこでつぎのように書いている。

レシは、もっとも伝統的な意味では、展開された言葉の連続性を拒絶しつつも、連続して話す方法である。すなわち、わたしたちは、切り離された出来事をつぎつぎとつけくわえてゆくだけである[28]

この二行で確認されているのは、「レシ」が、古くは「書く」方法ではなく、むしろ「話す」方法であり、そのときには、展開も連続性もなく、つながりのない出来事が断片として並置されてゆく伝統的な話法だったということである。明記はされていないが、ここで参照されているのは、哲学者アランの一九二〇年の著作『芸術の体系』の散文論である。ブランショは「バラはバラ……」の冒頭でも、「アランは真の思想は展開しないと言っていた[29]」と書いているのだが、つまるところ、ここでブランショは、アランの散文論にもとづき、論理的なつながりとは異なって、展開させることなく書くことが「レシ」の意味であると、古い意味に遡って理解している。すなわち、ブランショは、声に出して、つぎつぎと名前や出来事を列挙してゆくものとして「レシ」を理解している。これは、もちろんジュネットが「レシ」の第一の意味として示していた「言説（discours）」としてとらえることもできるが、むしろ「みたところもっとも古い第三の意味[30]」として説明されていた、出来事を物語る行為そのものをよりどころとした「語り（narration）」としての「レシ」の用法に近いと言えるだろう。つまり、ジュネットが「テクスト」と同義とする「言説」というよりも、現実であれ虚構であれ、「レシ」を生み出すことになる語る行為そのものへの着目である。本書は、ここに鍵となる考え方、すなわち、「非連続の連続」として「レシ」をとらえるブランショの考え方があることに着目する。『中世フランス語辞典』には、動詞reciterの意味として「数え上げる」が載っていたが、これは「列挙する」ことであり、詩人が叙事詩を吟じる例にみられるように、ばらばらの人物名や、出来事を、つぎつぎと並べ立ててゆく行為である[31]。

ブランショが「バラはバラ……」で、「展開されたパロールの連続性を拒みながら連続して話す」ことを「ばらばらの出来事をたがいにつけくわえていく」と言い換えているのは、「非連続の連続」を、「レシ」の古い意味としてとらえているからである。このように「レシ」の古い意味を意識した記述が、一九四〇年代から一九八〇年代以降のブランショのテクストにも散見されることから、ブランショに着目することで、今日ではあまり振り返られることがないとはいえ、いまも生きている「レシ」の古い意味を再確認し、現代においてもなお複雑かつ曖昧な「レシ」という言葉を理解する手がかりをえられるのではないだろうか。

4　本書の構成

本書は、序章と終章をのぞいて全七章からなる。

第一章では、一九四〇年代前半のブランショの「レシ」の使用法を「非連続の連続」としての「レシ」の思想が萌芽するまでの前史として整理する。具体的には、ブランショが『デバ』紙に文芸時評を連載していた時期から、洗練こそされてはいないものの、「レシ」という語を頻繁に用いてきた点に着目する。そして、ジャンルとしての「レシ」だけでなく、モードとしての「レシ」の問題が、一九四〇年代の創作作品にも見られることに着目する。まず、第1節では、最初の文芸評論集『踏みはずし』（一九四三）の執筆時期にブランショがどのような作品を「レシ」と呼んでいたのかを整理する。時代の流れとしては「ロマン」とひき比べる形で「ヌーヴェル」にかんする記述が「レシ」よりは目立つ中で、ヴァレリーやジロドゥにくわえ、フォースターの「ロマン」論を参照するブランショが、「ストーリー」を「話」、「プロット」を「レシ」とつなげてとらえている様子を明らかにする。つづいて、第2節では、一九四〇年代に発表されたブランショの創作と「レシ」の関係を論じる。ブランショ研究においての「レシ」をめぐる議論を整理した上で、ジャック・デリダのブランショ論を手がかりに、ジュネットによるジャンルとモードの区別を再確認し、モードという作品内「レシ」の問題を、『謎のトマ』、『アミナダブ』、『至高者』、『死の宣告』、『白日の狂気』のそれぞれにみる。なかでも、「ロマン」と「レシ」のどちらに属するのかというジャンル定義が議論される『白日の狂気』までの作品のそれぞれに「レシ」という言葉が使われている点に着目する。ブランショの作品には舞台演劇の用法にも近い「報告」という意味で、「レシ」やその関連語がすくなからず用いられており、たとえば、『謎のトマ』には登場人物アンヌによる「レシ」、『アミナダブ』には大災厄から生き延びた者による「惨劇のレシ」があることが示される。こうした創作をめぐる議論を整理した上で、第3節では、『白日の狂気』において、語り手自身によっては「レシ」は終わったとされるにもかかわらず、それを聞く精神科医たちによっては「レシ」はまだはじまってすらいないとされる「レシ」の齟齬を分析することで、行き違いが生じる「モード」としてのブランショ独自の「レシ」の姿を明らかにする。

第二章では、第二評論集『火の分け前』(一九四九)に収録されたテクスト「虚構の言語」におけるブランショ独自の「レシ」を明らかにする。第一にフィクション論である「虚構の言語」のなかでは、カフカの長篇『城』がいくども「レシ」と呼ばれ、それが「象徴」と重ねられている。「レシ」が中心であるわけではないが、「虚構の言語」における「レシ」の説明は、あまりめぼしい「レシ」の説明が見られない一九四〇年代においては突出したブランショ独自の記述であり、「レシ」の言語が現実の「物」との対応をもたないとする説明は、一九五〇年代以降に展開される、アリストテレスの『詩学』やマラルメの詩論を念頭においた「レシ」をめぐる思想と通じていると考えられる。そこで、第1節では、「日常の言葉」とは異なるカフカの『城』における「レシ」の文の対象が「非現実的」なものであり、「貧しい宇宙」と呼ばれており、ブランショがこの「貧しさ」を想像力では補うことのできない「虚構の本質」と呼んでいることを整理する。第2節では、このような『城』が「象徴的なレシ」と呼ばれており、かつブランショ自身によって、ヘーゲルが『美学講義』で指摘した「象徴」の「非十全」的な性格が参照されている可能性を確かめた上で、そこからさらに、サルトルの『想像力の問題』（一九四〇）も参照しながら、独自に、「欠如」を充足するための終わりなき運動が生じると述べられていることを明らかにする。第3節では、ヘーゲルの『美学講義』においては、東洋の芸術に代表されるような、「部分的不一致」という「欠陥」をもつ「象徴」が、劣位にあるからこそ弁証法的に高次に移行する可能性をもっており、そのために終わりなき運動が生じるとブランショが考える様子が、ブランショが最終的に「想起なき虚無の言明」と呼ぶKの『城』の言語における「生」の問題にどのように置き換えられているのかをポール・ド・マンによるヘーゲル『美学講義』の読解を補助線として論じる。

第三章では、ブランショの「レシ」をめぐってもっとも論争的であるテクスト「想像的なものとの出会い」を分析の対象とする。第1節では、「想像的なものとの出会い」を、その下敷きとなっているホメロス『オデュッセイア』の第一二歌を踏まえて、オデュッセウスによる信じてよいのかどうかが定まっていない冥海から生還する物語の変奏になっている点を整理する。そして、「虚構的」とされる「ロマン」と区別されるさいに、「レシ」は、かといって、現実的であるとはされず、「どんな真実の世界からも逃れる」ものであって、「虚構のくだらなさ」を拒絶する、「真実」でも「虚構」でもないものとされていることを確認する。第2節では、テクスト内で「レシ」と呼ばれるもののひとつに、プラトンの『ゴルギアス』があることに着目する。そこから、『ゴルギアス』五二三a－五二四aにおいて、原文では「ロゴス」となっている箇所をブランショが「レシ」と訳していることが、特殊ではありながらも、アナトール・バイイの読解と同一であることを明らかにする。また、当時ブランショが読んでいたブリス・パランも「ロゴス」の訳語として「レシ」を挙げていたことをみたうえで、ブランショの「想像的なものとの出会い」での「レシ」が、証言によって確証されるようなものではないことを、プラトンの『国家』の「エルの物語」とも通じる点として確認する。そこでは、冥府から生還した者による、信じられるか信じられないかが定まっていない「語り」の意味が強く読み取れるだろう。第3節では、ブランショが「想像的なものとの出会い」で「レシ」を「出来事の報告」ではなく「出来事そのもの」と呼んでいることを、アリストテレスの『詩学』に関する独自の解釈としてとらえる読解を提示する。アリストテレスが『詩学』でホメロスを絶賛し、かつ、詩人の仕事は散文であるか韻文であるかにかかわらず、「出来事の組み立て（ミュートス）」にあるとし、「起こる可能性のあること」を語るとしていた点を確認した上で、ブランショの「レシ」は「出来事の組み立て」ではなく、「想像的な同時性」によって「出来事そのもの」が「語り」とともに生じる「モード」であることを示す。

第四章では、「想像的なものとの出会い」がブランショのステファヌ・マラルメ読解とどのように関わるのかを明らかにする。具体的には、セイレーンの歌が「来たるべき歌」とされることが、マラルメにおける未来からやってくる「詩句」の問題系と、「来たるべき書物」と題されたマラルメの『賽のひとふり』論とどの程度関係しているのかを考察する。まず第1節では、セイレーンの歌が「欠陥」を持っているというブランショの記述が、マラルメの詩論「詩の危機」における「諸言語の欠陥の贖い」をめぐる記述と問題意識を共有していることを確認する。そして、第2節では、ブランショが、一九四〇年代から、マラルメを論じる際に、言語の「抽象化」という性質が、「物」との不一致を生み、結果、言語が「貧しさ」を抱えているという、非クラテュロス主義と呼べる立場を念頭においていることを確認する。「語」が「物」に対して不足していることをめぐる修辞学的な問題系との類似も確認した上で、ブランショの「想像的なものとの出会い」での「レシ」が、マラルメの言うところの「至高の補完物」に相当することを指摘する。そしてそのような「贖い」が、人間が起源から新たに世界を創造することに関わっていることを示す。第3節では、『賽のひとふり』を論じる際に、ブランショがマラルメ自身による序文を参照し、そこで「レシ」が避けられる理由を、『賽のひとふり』では、出来事が「レシ」のように「語られる」のではなく、「示される」からなのだとしていることを読み解く。そこからは、テクスト「来たるべき書物」での「レシ」の用法は「想像的なものとの出会い」とは異なることが明らかとなり、『賽のひとふり』という「来たるべき書物」のほうこそが、「すべてが仮説のうちに生じる」という説明に顕著なように、証明を欠いた、非論証的な、接続法による仮定から成り立つものとしてとらえられていることが明らかになる。

第五章では「想像的なものとの出会い」以降、一九五〇年代から一九七〇年代に、「非連続の連続」としての「レシ」の説明がなされる流れを整理する。とくに、テクスト「バラはバラ……」（一九六三）において、ブランショがアメリカの詩人ガートルード・スタイン、そして哲学者アランを引用し、強い意味での散文の中核をなす「非連続の連続」を非論証的な文学の言葉による「真の思想」の動きと重ねている点を明らかにする。そして、クレマンス・ラムヌー論であるテクスト「侵犯についてのノート」（一九七一頃）において、ブランショが古代ギリシアの生殖をめぐる神話を「レシ」と呼んでいる点から、叙事詩と歌の起源をめぐってブランショの「レシ」の思想が形成されていたことを明らかにする。

第六章では、ブランショの「歌」概念を「音楽」との関わりから精査する。ブランショにとっての「歌」がシャンソンから叙事詩まで多岐にわたることを確認したうえで、論証的言語と対立する音楽的言語を措定する姿勢がみえる一九四〇年代の『踏みはずし』（一九四三）収録のテクスト「不安から言語へ」をみた上で、「詩と言語」（一九四三）から、後年にいたるまで、子どもの数え歌への言及があることを論じる。そして、ルイ＝ルネ・デ・フォレ論にもおなじくあらわれる子どもの歌というテーマから、言語が殺戮される地点としての「歌」が、「アナクルシス」をはじめとする音楽用語を用いて、そのたびにごとに言葉が生まれながらに死ぬという「非連続の連続」の具体的な姿として提示されていることを示す。

第七章では、生殖的な意味での男女間の愛にもとづかない点で非連続であるにもかかわらず、単為生殖や怪物の出産によって連続するギリシア神話における「侵犯」と関連して、最初の作品である『謎のトマ』初版（一九四一）の生殖の問題を取り上げる。『謎のトマ』そのものが生物学的な継承の成り立たない世界であるという前提を、主に鳥たちの歌の描写から確認した上で、侵犯によって生まれる言語の連続という問題が不義と近親姦のモチーフとともにあることを示す。そして、『謎のトマ』が一二世紀の詩人トマの『トリスタン物語』の変奏となっていることを指摘する。

終章では、本書全体の議論を振り返る。そして、これまでみてきたブランショの「レシ」によっては説明のつかない「レシの限界」を概観する。まず、『事後』（一九八三）において、ブランショがアドルノを意識する形で「アウシュヴィッツのレシ－虚構はありえないと言おう」と書いていることを確認し、そのさいに、ブランショが自分自身で「想像的なものとの出会い」での「レシの秘密の法則」を自己引用している点を検証する。それから、『災厄のエクリチュール』（一九八〇）において、「非－レシ」という表現があらわれるとともに、挿入された断章「ひとつの原場面？」では「レシ以前」という表現によって子どもが自分自身の殺害を目撃する様子が語られている箇所を取り上げる。そして、『わたしの死の瞬間』（一九九四）において提起された自伝的なものと虚構のはざまに止まりつづけることと「レシ」の関係を、主にジャック・デリダの読解を手がかりとして考察する。最後に、「非連続の連続」としての「レシ」の思想がそのたびごとに生起するものでありながら繰り返されたものである「歌」として通底していることを確認し、そのような「展開なき展開」についての理解が、一九四〇年代初頭、すでにモーリス・ラヴェルの「ボレロ」に触れる形で、音楽にたとえられてとらえられていたことを示し、やがてパウル・ツェランの『誰でもない者の薔薇』にあらわれるような、「歌の残滓」をめぐる思惟と響きあっていることを確認し、結びとする。

第一章　一九四〇年代のブランショ――「語り」としての「レシ」

1　「ロマン」の理論を参照するブランショ

「ロマンの謎」

『踏みはずし』（一九四三）に収録される書評を『デバ』紙に連載していた頃のブランショによる「レシ」の用法は一般的なものであり、とりたてて独自性は見られない。当時のブランショは、古典悲劇の「語り」の技法としての「レシ」を「ロマン」の一要素としてとらえる同時代の論調をなぞっている。たとえば、海外の「ロマン」と比較すると「刷新のための努力」がないとして、フランスの「ロマン」が危機にあることを指摘する「若いロマン」（一九四一）で、ブランショはフランスの「ロマン」の退廃の理由のひとつをつぎのように書いている。

あまりにも不器用に受け継がれた伝統から借り受けられ、ロマンの文学的な分け前を構成しているレシの形式と、必然的に生の表面的かつ恣意的な観察に負っていて、作品の外的な正当化をなしているレシの基盤という、この二つの成分そのものによってほとんどすべての虚構の本はつくられている。(1)

ここからは、ブランショが「ロマン」は構成と正当化の二側面から「レシ」に依存していると考え、かつ、そのような形式を「伝統」としてとらえていることがわかる。また、この時点ではブランショが「レシ」を「虚構の本」の構成要素として考えていたこともわかる。ただし、その「レシ」がそこまでうまく「ロマン」で機能しておらず、うまく引き継がれていないといったニュアンスも汲み取れる。ほかに、ブランショは、ポール・クローデルが戯曲『トビーとサラの物語』(一九四二)において「レシ」を放棄したと述べたことや、(2) モーリス・バルデシュがバルザックにおいて「レシが彼から逃れているふりをする瞬間がある」と言ったことに言及するなどしているので、(3) 古典悲劇の「語り」の技法とそれを引き継いだ「ロマン」の「語り」の技法の扱われ方に着目していると言えるだろう。

この時期のブランショの「レシ」理解がもっともわかりやすく現れているのは、『踏みはずし』収録の「ロマンの謎」(一九四二)で、ブランショが、ポール・ヴァレリーの『ヴァリエテⅠ』(一九二四)の「マルセル・プルーストをたたえて」における「ロマン」と「レシ」の区別を参照している点である。

「ロマンの謎」はルネ・ラルーの『一九〇〇年からのフランスのロマン』（一九四一）の書評である。[4] ブランショは、この書評で、「ロマン」がなにかしら知られているものないし現実のものにみずからを結ぶ点を確認している。そして、ブランショは「レシは起こったことに関係し、ロマンはけっして起こらなかったことに関係する。ロマンは《可能なもの》と《不可能な》もののあいだで揺れ動き、それらを《必然的な》価値に変容させようとする。それが《現実的》と呼ばれるものである[5]」とまとめている。これは、実際に起こった出来事には関係しない「ロマン」が、それでもなお、どのようにして実際に起こりうるような「現実性」に近づけるのか、という問いへの関心の現れであるといえる。この関心は、のちの「想像的なものとの出会い」の説明とは異なっている。というのも、一九五四年のブランショは、「レシ」が「現実的なもの」から「想像的なもの」へと移行することに論点を集約することになるからである。[6] つまり、「ロマンの謎」の時点では、「ロマン」のほうこそが、現実に関係こそすれ、「不可能なもの」へと変容してゆくものとして説明されている点が、「想像的なものとの出会い」で「レシ」が例外的とされることとは異なっている。「ロマンの謎」で依拠されているヴァレリーの文章では、「ロマンと、ひとが見たり聞いたりしたことについてのレシとのあいだには、本質的な違いはすこしもあるはずがない[7]」と書かれているため、ブランショはこれを受けて、あえて「ロマン」の側にある「現実的なもの」との関わりが、「レシ」とは異なっていることをはっきりと指摘していると考えらえる。したがって、『踏みはずし』の時点では、現実に起こった出来事の「語り」がどのように「現実」に起こった出来事とは関係をもたないにもかかわらず「現実的な」要素をもつ「ロマン」となりうるのかという問いが、ヴァレリーを下敷きとして存在していたといえるだろう。[8]

肝心のラルーの著作でも、実のところ、「レシ」は中心的に扱われていない。ラルーの立場は明快で、「ほかの文学的レシに対するロマンのこの優位は、ロマンに濃密で驚くほど多様な生を確証している」[9]と述べられている。つまり、ラルーにおいては、「ロマン」は「レシ」でないだけではなく、「ロマン」は「レシ」よりも優れているという立場がとられている。[10] むしろジャンルの問題としては、「コントとヌーヴェル」という第六章が設けられていることに着目したい。ラルーは「コント」のよさは疑いようがないとするいっぽうで、「ヌーヴェル」にかんしては、「長いヌーヴェルあるいは短いロマンのどちらが問題になっているのか」がロシア出身のフランス語作家トロワイヤの作品『シトリヌ氏』ならびに『天蓋』をめぐって論争になったことを挙げ、とくに第一次大戦の時期から多く見られる具体例を、ジャン・ポーランの例も含めて説明している。[11] このことから、当時、ジャンルをめぐっては「ロマン」が中心にあり、新しいジャンルとしてはむしろ「ヌーヴェル」のほうが考察対象となっており、「レシ」の扱いはむしろ、古くてあまり価値のないものであったことが推察される。

英米の「ロマン」の「語り」

そうしたなか、ブランショが「レシ」と呼ぶ作品の筆頭は、イギリスの小説家ヴァージニア・ウルフの作品である。『ダロウェイ夫人』（一九二五）は一九二九年に、『波』（一九三一）は一九三七年に仏訳が出ており、そのいずれもがブランショによって「レシ」と呼ばれ、コレットをはじめとするフランスの「ロマン」と比較されている。[12] ウルフ自身のロマン論『モダン・フィクション』（一九一九）への言及もあるので、ブランショがウルフの作品を初版から読んでいたかは定かではないが、早い時期から彼女に注目していたといえるだろう。

一九四一年一二月三〇日掲載の書評「ロマンについてのパラドクス」でも、ウルフは「レシ」の例として挙げられている。ブランショはクレベル・エデンの著作『ロマンについてのパラドクス』（一九四一）をうけて、「ロマン」を「想像的なレシ」と定義し、そのような「ロマン」の性格を「筋」と関連づけて、つぎのように書いている。

> 大半の批評家と読者にとってロマネスクな作品とはなにか。それは、想像的なレシである。それは筋という手法によって、現実生活の出来事に似ている出来事を問題にするか、実生活から引きだされうるかもしれない人物を喚起する。そこにこそ実際には暗黙のうちに認められた定義がある。［……］ところが、クレベル・エデンはじゅうぶんな分別によって、つぎのような性格のどれもロマンのジャンルには本質的ではないのだと言う。レシ？　ヴァージニア・ウルフの『波』のように、筋が重要ではないだけでなくはっきりとつかめない常軌を逸した作品がある。[13]

「想像的なレシ」とは、エデンの著作にある「大部分の批評家は、ロマンがなによりも想像的なレシであることに同意する」という言葉を受けての表現である。[14] 「レシ」が本質的ではないというのは、彼がジロドゥの「シュザンヌと太平洋」やウルフの『波』、さらにはカフカのロマンを挙げながらも、「レシはロマンで不当に獲得した地位をもっている[15]」、「ぜひとも必要な務めは、レシをレシのものである二次的な位置に置きなおすことである。大部分の偉大な作品において、レシはそのもののなかでいかなる重要性ももっていない[16]」と記述していることを受けて書かれたものである。ブランショはこうしたエデンの記述に反論するかたちで、ウルフの「レシ」が優れていることを強調している。しかし、この時点では、「レシ」を「ロマン」に比べると下位にみているエデンに対し、ブランショが取り立てて独自の定義をあたえることはなく、むしろ、「ロマン」を「レシ」とも呼ぶ態度が現れている。

もうひとつ、「レシ」と関連して、ブランショによるヴァージニア・ウルフへの言及をみてみよう。ブランショは、一九四二年二月三日掲載の書評「コレットのロマン」で、「『ダロウェイ夫人』は、クラリッサ・ダロウェイのある一日についてのレシであると同時に、ロンドンのある一日についてのレシである[17]」と書いた上で、この「レシ」が「普通の生活」の観察にもとづいていることをウルフの「モダン・フィクション」——この作品はウルフ自身によって小説家（novelist）の仕事について書かれたものではあるが、この「モダン・フィクション」において、小説家が書くものは「ノヴェル」ではなく「フィクション」と呼ばれている——を引きながら例示している[18]。ここからわかるのは、やはりブランショが「ロマン」の性質をあらわすものとして「レシ」を用いており、それは、ロンドンやダロウェイ夫人についての「語り」という意味であるだろう。

それからもうひとり、ブランショが「レシ」と関連して挙げるのはアメリカの作家ウィリアム・フォークナーである。一九四三年九月二九日掲載の「アメリカのロマンからの影響」でブランショが取り上げるのは、ルイ＝ルネ・デ・フォレの『餓鬼たち』（一九四三）である。[19] ブランショは、そこにフォークナーのとりわけ二作品で用いられている手法の影響がみられることを指摘している。その手法とは「レシ」である。ブランショは、デ・フォレの作品を「連続している（continu）」という観点に着目してつぎのように評している。

> 彼〔デ・フォレ〕は連続したレシ（récit continu）を放棄し、それぞれの登場人物たちに、それぞれの想起によって話の細かい部分を思い出させるようにした。おなじ冒険についての複数のレシがあるだけではなく、これらのレシは、ロマン内では、彼らが報告する出来事が現実で相次いで起こったような順番にはなっていない。[20]

ブランショはこのような複数の「レシ」からなる『餓鬼たち』にフォークナーの影響があるとしたうえで、「書簡体ロマン」とひき比べる形で「レシ」の形式的な特徴を説明している。ブランショ自身がこのとき「書簡体ロマン」と「レシ」の双方を、「ロマン」とはまったく別の「ジャンル」として定義していたのか、それとも「ロマン」の中の「技法」としていたのかは、曖昧であり、ここからはっきり読み取ることはできない。しかし、少なくとも、一九四三年の時点で、従来のフランスの「ロマン」とは異なるものが、アメリカのフォークナーの「ロマン」のような「レシ」によってもたらされていたと考えていたことがわかる。このあと、ブランショはデ・フォレの『餓鬼たち』の「レシ」の特徴を「すべての独白は、にもかかわらずもっとも内的な、もっとも伝達されえない声をあらわすことになっていて、調子と言語によって、似通っている」と分析しているので、ここでは複数の独白という「語り」が「レシ」とみなされていたように思われる。[21] のちにブランショはデ・フォレの『おしゃべり』(一九四六)を高く評価することになるが、彼が晩年に至るまでもちいる「レシ」を、ブランショははじめ、フォークナーの「ロマン」の影響下にあるとみなしていたことがわかる。以上からは、ブランショがウルフやフォークナーの「ロマン」の「レシ」の新しさに着目をしていたものの、この時点では「ロマン」と「レシ」は少なくとも区別されていなかったことがわかる。ブランショによるこうした「レシ」への着目は、先に見たヴァレリーやラルーと比べると独自性があるとはいえ、「レシ」の定義やその用法についての独自性は、まだみられない。

「ヌーヴェル」論と「ロマン」論

それでは、ブランショ自身は、当時、ジャンルについて、どのような論考を参照し、自分自身ではどのような考えをもっていたのだろうか。一九四二年三月三日掲載の「コントとレシ」において、ブランショは出版されたばかりのアンドレ・フレニョーの《ギヨーム・フランクールの驚き》シリーズの最新作『若盛り』(一九四二)とロベール・フランシスの『聖書物語』(一九四二)のそれぞれを「レシ」からなる本として紹介している。[22] その際、ブランショはそれらが「ヌーヴェルのお決まりの慣習[23]」にしたがっていないと書いている。では、お決まりの習慣とはなんだろうか。ブランショの書評そのものは当時の「ヌーヴェル」というジャンルの困難をめぐる記述からはじまっている。

ときどき、作家たちはもうヌーヴェルの本を出さないのではないかと心配されることがある。というのも、大衆はロマンを、それよりも分量がすくないレシ集よりも好むだろうからである。ありそうなことである。［……］

理論家はヌーヴェルとロマンとを区別し、この離れ離れの星々がしたがっているはずの異なる諸法則についてあれこれ考えることをいつだって好むものである。ジャン・ジロドゥは、第一作のレシ集を出したあと、自分のロマンの輝かしい切れはしをヌーヴェルに変形する以上のことをしなかったのだが、そのジロドゥは、彼の最新の評論集には入れそこなわれた、このジャンルについてのとてもためになる文章を書いていた。しかし、この問題はいつも新たな論客と新たな解決法を見つけ出すだろうが、そうした探求が決定的な見解に達する見込みはあまりない。わたしたちはいまや、ロマネスクな作品が、無秩序にしか、より正確には謎として現れる平凡な文体にしかしたがわず、一般的な芸術の存在と最もゆるいつながりしかもっていない時代にいる。したがって、ほとんどなにも知らないジャンルについての定義や規則をわたしたちが自問することはおそらくあまりにも無駄である。[24]

この文章で、ブランショは「ヌーヴェル」、「ロマン」、「レシ」をひとまずは区別している。そして、ブランショは、「ヌーヴェル」そのものがうまくいっていない当時の状況を指摘し、さらに、「ヌーヴェル」の決定的な定義に至ることが不可能であるだけではなく、そのような試みをすることそのものが無駄だと言っている。その際に依拠されるジロドゥの「入れそこなわれた」文章とは、のちに死後出版『夜の金』(一九六九)に収録される、雑誌『マリアンヌ』に掲載された論考「ヌーヴェルについて」(一九三四年九月一九日発行)である。[25] つまり、ブランショは、わざわざ八年前のジロドゥの文章をもってきていることになる。もちろん、一読すると、ブランショは「ヌーヴェル」を自身があまり知悉していない「ジャンル」とし、「ヌーヴェル」を定義することには興味を示していないように思われる。しかし、「ヌーヴェル」と「ロマン」の「区別」が無駄であるのならば、ブランショはジロドゥの「ヌーヴェル」論のどこが「ためになる」と判断し、あえてそのことにここで言及していたのだろうか。ジロドゥ自身による「ロマン」と「ヌーヴェル」との区別をみてみよう。

ロマンとはなにか。ロマンはロマネスクな語りである。その基盤には、ヌーヴェルには拒まれている技法、すなわち作為が関与している。ロマンは、真実を、息の長い、そして長大な野望をそなえたプロットへと歪める。それは残酷な仕打ちだったり、読者に対する復讐だったりはしない。叙事詩や武勲詩といった高く評価された公式のジャンルの後継者であり、あらゆる文明の奴隷であるロマンは、ヌーヴェルがそうするように、あるサインによって特定の気質や知性に警告をあたえるのではなく、反対に、読者を読者自身の生とは異質な生へ向かわせ、無数の餌によって読者を引きつけ、読者をできるだけ長く理想的であったり恐怖の対象となったりする身体のうちに留め置き、そこで読者は、自分自身の肉体と魂を損なうことなく、地上のすべての有為転変を経験することになる。ロマンは補助宗教である。ロマンはカトリックやらプロテスタントやらユダヤ教やらを奉じるひとびとに、彼らに許される唯一の輪廻をあたえる。ロマンはわたしたちの地上における生活に好ましい見かけ、あるいは名誉や不名誉（それらは結局おなじことである）をあたえようとするあらゆる企てと同様の偽善を抱えている。[26]

ここには、ジロドゥが「ロマン」を、「真実」を歪めるような「作為」と「偽善」という性質をもつと考えている姿勢が読み取れる。そして、「ロマン」が高く評価されてきたジャンルである叙事詩や武勲詩を受け継ぐものであるとする一方、「ヌーヴェル」は、読者の気質や知性にいわば直接に働きかけるものであるとして、「偽善」を含みもつ「ロマン」とは区別している。ジロドゥは、このように「ヌーヴェル」と「ロマン」とを区別したあとで、イギリスの「ロマン」とフランスの「ロマン」の優劣をめぐる議論が無駄であると主張している。このことは、先に確認したような、ウルフやフォークナーの「ロマン」の新しさに着目する一九四〇年代前半のブランショの関心とも重なっているように思われる。ジロドゥは、この論考で、「イギリスのロマンは、その最良のありかたにおいて、成功したロマンである。フランスのロマンは、その最良のありかたにおいて、失敗したヌーヴェルである[27]」、「イギリスのロマンは読まれるために書かれ、フランスのロマンは書かれるために書かれる[28]」とも述べている。ここからは、ジロドゥが「ロマン」と「ヌーヴェル」のどちらを評価しているかは必ずしも判然としないとはいえ、少なくとも、フランスの「ロマン」が読まれるものとしてはうまくいっておらず、最良の場合においても「失敗したヌーヴェル」のようなもの（もしも「ヌーヴェル」であったなら成功していたといえるかもしれないもの）であると考えていることが読み取れるだろう。この記述も、フランスの「ロマン」の現況を見るために、英米の「ロマン」の状況を見、比較を試みていたブランショの姿勢に通じているといえるだろう。

もうひとつ、ブランショが応用している文学理論に、イギリスの小説家エドワード・モーガン・フォースターのノヴェル論があるのは示唆的である。なぜならば、ブランショは書評「亡霊の話」を書いた一九四二年というとても早い段階で、フォースターに依拠しながら仏訳されたフランツ・エランスの短篇集を扱っているからである[29]。ブランショがエランスの短篇のなかでも優れたものとして取り上げるのは、「霧」という短い「レシ」である[30]。この作品を論じるために、ブランショは前置きでフォースターの『ノヴェルの諸相』（一九二七）を引用し、「話（histoire）」（原語はstory）と「筋（intrigue）」（原語はplot）の区別を確認している。そして、ブランショは、フォースターの名前を挙げながら、「話」をエピソードの連続とし、「筋」には因果関係があると説明している[31]。このとき、ブランショは、因果関係によって高次の展開を生み出す「筋」を支えるものとして、「レシの抜け目ない塩梅」を挙げている。

その上で、フォースターの原文を比較してみてみると、ブランショが彼の文章をほとんどまるごと引用していることがわかる。そして、ブランショによって抜粋されている『ノヴェルの諸相』の該当箇所を読むと、フォースターは、「それから？　それから？」によって読者を運動に引き摺り込む「ストーリー」を以下のように「ノヴェル」の性質として語っていることがわかる。

それ〔ストーリー〕はその時間の連なりのなかで編成された出来事についての語りである。〔……〕それは文学的な有機体のなかでもっともいやしくもっとも単純なものである。それでもなお、それはノヴェルとして知られているまさに複雑な有機体のすべてに共通する最高次の要因である。[32]

このフォースターの文章を読むと、フォースターが「ストーリー」にもとづいて「ノヴェル」について説明している理論を、ブランショは「話（histoire）」に対応させて「コント」の論評に用いていることがわかる。そして、フォースター自身による「プロット」についての以下の説明を読むと、「プロット」には「高次の展開」によって「時間の連続」を宙づりにする効果があるとされていることがわかり、それがブランショによって選ばれた「レシ」と通じていることがわかる。フォースターは「プロット」についてこのように書いている。

プロットを定義しよう。わたしたちはストーリーをその時間の連なりのなかで編成された出来事の語りとして定義した。プロットもまた出来事についての語りであるが、その重きは原因におかれている。「王が死んでそれから王妃が死んだ」はストーリーである。「王が死んでそれから王妃が悲しみのあまり死んだ」はプロットである。時間の連なりはたもたれるが、原因の感覚がその影をうすくする。あるいはさらに以下である。「王妃が死んだが、王の死にさいしての悲しみによるものだということが明らかになるまでは、誰もその理由を知らなかった」。これはそのなかに謎をもつプロットであり、高次の展開をつくりだすことができる形式である。それは時間の連なりを宙づりにして、その制約が許すかぎりストーリーからは離れて動く。(33)

これは「レシ」の定義ではないが、これらのフォースターの文章への依拠からは、少なくとも、ブランショが、単なる時間的な連続と、因果関係のある連続とを区別していたことがわかる。また、ブランショは、その際に、「因果関係」を支えるものが、うまくいった「レシ」であると考えていたことがわかる。と同時に、書評そのものでは、ブランショは「霧」という「レシ」は「話」としては心惹かれるものの、「筋」としてはあまり完成されていないと言っているので、この時点では、ブランショの「レシ」の用法は曖昧であると言わざるをえない。

このように、ブランショは、英語圏の文学理論を少なからず応用させながら、最新の著作について書評を書いていた。そして、ブランショがこのように依拠するフォースターの側も、『ノヴェルの諸相』のもととなる講演のなかで、いくつかフランスの批評家および「ロマン」に言及していることから、当時の「ロマン」をめぐる議論が国境と言語を越えていたこと、ブランショ自身もそれに関心をもっていただろうと想像される。たとえば、この『ノヴェルの諸相』の序文でフォースターはつぎのようにアベル・シュヴァレイの『今日のイギリスのロマン』（一九二一）を引き、「ノヴェル」の定義をしている。[34]そこで扱われるのは「長さ」の問題である。これは、ブランショが「コント」や「ヌーヴェル」にはっきりと一貫した定義を与えられなかったことと通じているので、フォースターの言葉を読んでみよう。

アベル・シュヴァレイ氏が、その見事な小ぶりのマニュアルで定義をあたえたところですが、フランス人の批評家が英語のノヴェルを定義できないならば誰ができるというのでしょう。彼いわく、ノヴェルは「ある程度の長さをもった散文の虚構（a fiction in prose of a certain extent / une fiction en prose d'une certaine étendue）」である。これはわたしたちにとってきわめてじゅうぶん満足するものであって、おそらくもっと進めるならば、それが五万語未満になってはならないと付け加えるかもしれません。どのような五万語をこえる虚構の散文作品もこうした読解のためにはノヴェルになるでしょうし、もしもこれがあなたたちにとって非哲学的に思われるのならば、『天路歴程』、『享楽主義者マリウス』、『弟息子の冒険』、『魔笛』、『疫病の年』、『ズレイカ・ドブソン』、『ラセラス』、『オデュッセウス』、そして『緑の館』を含むような代わりの定義を考えられるのでしょうか。あるいはなにか別の定義がこれらを排除する道理をあたえるのでしょうか。[35]

ここからは、一九二〇年代の時点で、作品の「長さ」が「ジャンル」を定めるひとつの指標となっていたことがわかる。逆にいえば、それ以外の客観的な指標は、第一には挙げられていなかった状況であったこともわかる。つまり、イギリスでもフランスでも、「ジャンル」を明白に分類する基準はなお模索されていた状況であったといえる。ほかにも、フォースターはこの『ノヴェルの諸相』でアランの『芸術の体系』(一九二〇)における「ロマン」の定義を参照しているので、ジロドゥの例も振り返ると、英米の「ロマン」とフランスの「ロマン」を比較し、フランス、イギリス双方の文学論が当時は互いに読まれていたことがわかる。そして、一九四〇年代前半のブランショは、自分の同時代である一九四〇年代前半の文学論だけでなく、むしろ、一九二〇年代、一九三〇年代に書かれた文学論を参照していたのである。そのような、『デバ』紙に「知的生活時評」を連載していた時期のブランショの書評の中で使われる「レシ」の用法には、とりたてて独自性はみられない。しかし、劇曲由来の古典的技法としての「レシ」に頼らない「ロマン」、現実に起こった出来事と関係する「レシ」とは異なる「ロマン」をどのように定義するか、という当時の議論を踏襲しながら、ウルフやデ・フォレらの新しい「レシ」に着目しはじめていたといえる。そして、ヴァレリーの「ロマン」と「レシ」をめぐる記述の解釈にもわかるように、「レシ」を実際に起こった出来事と結びつける点で、それとは異なる「ロマン」と区別しようとしていた姿勢も読み取れるといえる。

2 「モード」としての「レシ」

ひとつの現実についてのふたつの本

本節では、ブランショのとりわけ一九四〇年代後半の創作について、これまで「ロマン」と「レシ」の区分が問われてきたことを考える。この理由のひとつには、ブランショの友人ピエール・マドールが書くように、こうした作品のなかには、ブランショ自身の実体験と重なる要素があり、そうした側面から、「レシ」にみられる自伝的要素を読解しようという試みがなされてきたことが挙げられる。[36] そして、ブランショの「レシ」をめぐる先行研究における論点は、ブランショの作品がいつ「ロマン」から「レシ」に移行したのかをめぐるものである。ブランショは『謎のトマ』初版（一九四一）と『アミナダブ』（一九四二）のあと、『至高者』（一九四八）を出したが、そのあとに出版された『死の宣告』（一九四八）には表紙に「レシ」と表記がなされ、『白日の狂気』（一九四九）とあわせていずれも分量が短い。そして一九五〇年には分量が大幅に減った『謎のトマ』の新版が出た。この一九四八年前後を境に、のちに「想像的なものとの出会い」に記される「現実的なものから想像的なものへの移行」があるのではないかという、いわばブランショの理論をブランショ自身の実作と照合する作業がこれまで少なくない関心を集めてきた。[37]

ところで、ブランショ自身が、『文学空間』（一九五五）の第七章「文学と根源的経験」の第1節「芸術の未来と問い」の註で、ジェイムズ・ジョイスの『フィネガンズ・ウェイク』の例示にかぎった指摘であるとはいえ、たしかに「ジャンル」を区分することをつぎのように「不条理」であると書いていたことを思い出したい。

形式、ジャンルがもはや真の意味をもたないということ、たとえば『フィネガンズ・ウェイク』が散文に属するのか否か、そしてロマンと呼ばれるはずの芸術に属するのか否かを問うことは不条理であるはずだということは、区別や境界を破壊することで、その本質においてみずからを表現しようとする文学のあの深遠な仕事の証左である。(38)

これはあくまでもジョイスの『フィネガンズ・ウェイク』にかぎったブランショの意見である。しかし、少なくとも、ブランショがこのように「ジャンル」を問うことは意味がなく不条理であり、むしろ「ジャンル」を破壊してゆくことこそが文学のあかしであると考えていた時期もあるということは、ブランショの「ジャンル」の説明にもとづいてブランショの創作の「ジャンル」を問うことそのものに留保をあたえるだろう。たとえば、この点と関連して、ブランショの熱心な読者であった作家ロジェ・ラポルトは一九六六年に、ブランショが「ロマンでもなく、レシでもなく、エセーでもなく、名前を持たないが、新たな次元に従って探求し、書くことへと導く「ジャンル」、新しいモード(39)」を設立したのだと記していた。ラポルトがこう書くように、ブランショ自身、既存の「ジャンル」に分類することのできない新しい文学の流れと対峙しながら、分類そのものの再考というよりも、分類をすることそのものに疑義を呈しながら、新しく文学について書くスタイルを、模索していたということができるだろう。

もちろん、ブランショ自身の虚構作品の「ロマン」と「レシ」の区分をめぐる議論が存在するもうひとつの根拠は、ブランショ自身が少なくとも一九四八年の時点で、はっきりと自作の「ジャンル」を説明していることにある。というのも、『謎のトマ』と『アミナダブ』が「ロマン」としてガリマール社から出版されたあと、一九四八年に出版された『至高者』と『死の宣告』については、ブランショがみずから、前者については一人称で書かれた「ロマン」と呼び、後者の表紙には「レシ」と記していたからである。[40] そして、そのあとに発表された『望みのときに』（一九五一）の表紙には「レシ」と書かれているからである。つまり、ブランショはのちに「ジャンル」区分自体の意味を問い直す記述をすることにはなるが、このように「ロマン」と「レシ」の区別を明記していたのである。とはいえ、第1節でみたように、ブランショの一九四〇年代前半の書評での「レシ」をめぐる記述の整理を通してわかったのは、当時の論者たちのあいだでは、「ジャンル」をめぐっては「レシ」よりも、むしろ「ロマン」と「ヌーヴェル」の区分のむずかしさが問題になっており、ブランショにおいては、古典的な「語り」の技法としての「レシ」が、じゅうぶん定義されてはいなかったとはいえ、当時の風潮とおなじく、戯曲由来の「技法」の用語であることを念頭に用いられていたことである。そして、実際に起こった出来事にもとづいた「レシ」という理解があり、それらは、とりたててブランショ独自の用法ではなかったのである。そうであるならば、一九五四年に「想像的なものとの出会い」が書かれる以前のこのようなブランショの「レシ」理解を踏まえると、とりわけ「ロマン」から「レシ」への移行が問われてきた一九四〇年代の作品群は、「レシ」の観点からすると、どのように読み解くことができるだろうか。

ジャック・デリダの読解

このことを考えるために、ジャック・デリダのブランショ論を手がかりとしてみたい。というのも、『境域』(初版一九八六、再版二〇〇三)収録の「生き延びる」(一九七五)の中で、デリダは、ジェラール・ジュネットの「モード」と「ジャンル」をめぐる議論をブランショの「レシ」と呼ばれた虚構作品群と関連づけて書いているからである。[41]「生き延びる」は、おおよそ、『白日の狂気』と『死の宣告』をもとにブランショの「レシ」を論じたものであるといえる。[42]前者について、デリダは、雑誌『エンペドクレス』での初出時では表紙は「レシ?」と疑問符がついているのに対し、目次と本文ではタイトルが疑問符なしの「レシ」になっていることから、「レシ」が表記の問題にすぎないのかどうかを問いかけ、のちに付けられるタイトルの有無から異版という概念そのものを問うている。[43]そして、デリダは『白日の狂気』の読解で、ブランショの「レシ」が「モード」と「ジャンル」のどちらの「レシ」にも分類できないことを示唆している。以下のようにデリダは書いている。

ひとが賢明にもレシの問いと呼ぶものは、レシへの要求、激しい問いかけ、拷問装置を恥じらって隠している。それらは、打ち明けられない秘密のように、レシを力ずくで引き出そうと働いており、そして、もっとも古めかしい警察の手法から、話させるための、さらには自白するようにしむけるための、もっとも中間的な、もっとも丁寧な、もっとも恭しく医学的で、精神医学的で、そのうえ精神分析的な洗練にまで至る手法によってレシを力ずくで引き出そうとしている。このようなレシの要求をブランショが『白日の狂気』で上演しているのだとは、いまや明らかな理由からわたしは言わないし、彼はむしろそれを脱-朗読するようにうながしていると言うほうがよいだろう。おなじ理由から、わたしはこのテクストを「レシ」のジャンル（ジュネットなら「モード」と言うだろうが）に分類していいかどうかもわからない。この「レシ」という語を、ブランショはきまって求めてきたと同時に、それに異議を申し立て、自分のものとしての権利を主張すると同時に拒みつづけており、この言葉を書き込むと同時に消し去ってきたのである。[44]

ここでデリダが「レシ」の要求、警察の手法、精神医学の手法に言及しているのは、『白日の狂気』の中で、語り手の「わたし」が、尋問の形で精神科医によって「レシ」を語るように求められる場面のことを想定してのことである。そして、デリダは、ブランショから「レシ」の問題が見出されることに着目しながら、ブランショの「レシ」に対する両義的な姿勢を示唆している。つまり、「レシ」と表記され、作品の中では「レシ」が求められる『白日の狂気』については、「レシ」が「ジャンル」を指すのか、それとも「モード」を指すのか、ブランショによって意図的に曖昧にされているという主張である。それでは、このとき、括弧内ではあるが、なぜジュネットによる「モード」についてデリダは言及しているのだろうか。「レシ」が「ジャンル」ではなく「モード」であるとはどういうことだろうか。

ジュネットの「モード」

ジュネットが「レシ」を「モード」と呼ぶのは『アルシテクスト序説』(一九七九)である。[45] この本は、ディテュランボス・叙事詩・悲劇という三ジャンルの原則をプラトンやアリストテレスにさかのぼるものとする詩学の伝統が勘違いであることを明らかにしようとするものである。再読されるのは、主にプラトンの『国家』の詩論とアリストテレスの『詩学』である。それでは、デリダの「生き延びる」で参照されている箇所はどこかというと、それは、プラトン『国家』第三巻の詩人追放の記述における「形式(レクシス)」、すなわち、のちに「ジャンル」と呼ばれることになる再現の様式と等価である「模倣の仕方」を、ジュネットが「モード」と呼んでいる箇所である。ただし、この「モード」とはジュネット自身が書いているように、アリストテレス『詩学』の仏訳者ジョゼフ・アルディによる「レクシス」の訳語である。ジュネットはこれを「言表行為の状況(situation d'énonciation)」と呼んでいる。そして、同書の第九章で、ジュネットは、「ジャンル」が文学的な範疇であるのに対して、「モード」は言語学、語用論に属するものだと言っている。そして抒情的・叙事的・劇的という三つの「レクシス」は、「モード」としてではなく、三つの「アルシジャンル」として対立しているのだと主張する。このとき、ジュネットが強調するのは、純粋な語り、混合的な語り、劇的模倣という「モード」の定義の一覧と、抒情詩、叙事詩、劇という「ジャンル」の定義の一覧が混同されていることの問題である。その際、「モード」の例として挙げられるのが「レシ」、「ジャンル」の例として挙げられるのが「ロマン」である。ジュネットは、つぎのように「モード」と「ジャンル」の複雑な関係について述べるなかで、「レシ」に言及している。

モードがある。たとえばレシ。ジャンルがある。たとえばロマン。ジャンルのモードに対する関係は複雑であり、そしておそらく、アリストテレスがそう示唆するように、単純な包摂関係ではない。ジャンルは、おそらく作品がジャンルを横断するように――おそらくは異なる仕方ではあるが――モードを横断しうる（語られた『オイディプス王』は悲劇的なままである）。しかしわたしたちは、ロマンはただたんにひとつのレシではないだけではなく、したがって、ロマンはレシの類いではなくて、レシの一種でさえないのだ、ということをよく知っている。わたしたちはこの領域においては、それしか知らないのであって、そしてそれだけでもおそらくは十分すぎるのである。詩学はきわめて古いと同時にきわめて若い「科学」である。詩学が「知っている」わずかのことも、おそらくときにはそれを忘れることに価値があるだろう。(46)

ここにある『オイディプス王』は、「モード」が変化したとしても、その「ジャンル」は変わらない場合がある例であると考えられる。逆に言えば、デリダが「ジュネットならばモードというだろうが」と書いているときの「レシ」は、どのように語り、模倣をするのか、という言表行為の様態にかんする用語であることがわかる。
では、デリダに即して、「レシ」が「モード」であるとは、どういうことなのだろうか。ジュネットは「モード」が「古典的な技法」のひとつであることをはっきり示している。ジュネットは、『アルシテクスト序説』第九章で「劇における対話とおなじく、「レシ」とはまさしく言表行為の基本的態度である[47]」とし、また第三章では、つぎのように「レシ」を説明している。

最後にこのことをもう一度思い起こすが、あるいはより正確に言えば、アリストテレスは完全に、叙事詩のモードの混合の性格を認めている――そして、より高い価値をあたえている。つまり、彼において、姿を消しているのは、ディオニュソス賛歌の状態であり、そして同時に、純粋な語りと不純な語りとのあいだを区別する必要性が消えているのである。以来、たとえ叙事詩がどれほどそうではなく、またそうある必要がないのだとしても、叙事詩は語りのジャンルに分類されることになる。すなわち、つまるところ、極言すれば、たとえつづきのすべてが対話でしかないのだとしても、詩人によって引き受けられた導入の語がありさえすれば十分なのである。――おなじように、およそ二五世紀後には、レシとほとんどおなじほど古い技法である「内的独白」を完全にロマンの「形式」としてつくりあげるためには、そのような導入さえなければじゅうぶんということになる。[48]

以上から、ジュネットは「レシ」を「対話」や「内的独白」と並ぶ古典的な技法である「モード」としてとらえていたこともわかる。そうであれば、もちろん、その「モード」はジュネットが書いていたように、「ジャンル」と明確に住み分けがなされるものではないのかもしれないが、ブランショの作品も、これまで議論が尽くされてきたような「ジャンル」としての「レシ」という視点だけではなく、「模倣の仕方」である「モード」としての「レシ」という視点から考察できる可能性があるのではないだろうか。

3　『白日の狂気』――出来事を語るもの

『謎のトマ』、『アミナダブ』には、古典的な悲劇の手法に通じる、「モード」としての「レシ」が現れる。まず、『謎のトマ』では第九章でアンヌがトマに対して話す、騒音ばかりで、子どもっぽくて言語としてはとらえられないものが「レシ」と呼ばれている。[49] そして『アミナダブ』では、主人公のトマに対して、トマの迷い込んだ建物内で昔生じた崩壊事件を若い男が語り聞かせる際、「この大惨劇についてのただひとつの本当の説明としてわたしに残ったのは、このレシなのです」[50]と舞台外部で起こった信じがたい出来事の報告の意味に一致する用法がみられる。この二つのトマを主人公とする作品では、「レシ」が「真実」を語ろうとしながら、その「真実」に決して接近できないことが、比較的かつ具体的に語られていると言えるだろう。『謎のトマ』では、トマが誰であるのか、ということを、アンヌは「レシ」として語ることがうまくできない。『アミナダブ』では、瀕死の男の話す言葉を聞き取ることができないために、報告者の若い男は、その瀕死の者の「真実」に接触することは到底できないことを「レシ」によって語る。ただし、どちらも、「レシ」の用法としては、信じがたい出来事の報告という古典悲劇に由来する意味の範疇に収まっている。その後に書かれた三作目の長篇『至高者』の第八章では、主人公のアンリ・ソルジュに対して看護婦のジャンヌが長々と語る、建物の内外で起こる男たちについての出来事が「レシ」と呼ばれている。[51] これも「レシ」の用法としては平凡である。つづく『死の宣告』(一九四八)は、第一部の冒頭で、これから書かれるものが「語り」という意味での「レシ」であると明示されている「モード」としての「レシ」が全面に出ているほか、[52] 登場人物の女性Jの意識レヴェルが落ち、病院でうわごとをいう状態になった際、無意識と思われるにもかかわらず、突然「すばらしいバラを」とつぶやいたことが看護婦による「レシ」と呼ばれているが、これもまた「モード」としての「レシ」の典型的な例になっている。[53] ほかに、「レシ」の関連語ではあるが、『死の宣告』では、ホテルに暮らしていた「わたし」が出会うとある女性との幸福な時間が、その女性が古い教科書の知識を「暗唱(récitation)」する時間であったとする記述があり、これは「レシ」の古い意味に接近しているとはいえるものの、[54] いずれもブランショ独自の用法であるとは言えない。これらの例からわかるのは、むしろ、戯曲における「出来事の報告」や教科書の「暗唱」のような、一九世紀以前から存在している「レシ」の一般的な意味をブランショが用いていた様子である。

以上を踏まえると、ブランショの独自性が「レシ」の用法そのものにも見られるのは、『白日の狂気』(初出一九四九)ということになる。『白日の狂気』は、のちの『わたしの死の瞬間』(一九九四)

につぐ短さである。そして、『白日の狂気』には、入れ子構造として挿入される「語り」としての「レシ」は存在せず、全体が「語り」になっているといえる。『白日の狂気』の「レシ」は、『死の宣告』の冒頭に書かれていたことと似て、「わたし」が語ろうとしているものであり、ただし、「レシ」を語ることは不可能とされている。しかし、「わたし」は文字どおり、精神科医たちになにが起こったのか語ることを要請されている。作品の最後に「レシ」という言葉が五回使われている。

わたしはこう言われました。ことの次第を《正確に》わたしたちに語りなさい、と。——ひとつのレシ？

わたしははじめました。つまり、わたしは物知りでも無知でもなかった。わたしは楽しみをわかっていました。それどころではありません。わたしは彼らに話のぜんぶすべてを語ったのです。彼らは少なくとも最初は興味を持って話を聞いているように、わたしには思われました。しかしわたしたちにとって終わりは陳腐な驚きでした。「このはじまりのあと、あなたは本題に入るのでしょうね」と彼らは言ったのです。どうやってそれができるというのでしょう？

レシは終わっていたのです。

わたしは、自分にはこれらの出来事によってレシを形づくることは不可能である、と認識しなければなりませんでした。わたしは話の感覚を失っていたし、それはまさに病のときに訪れることです。しかしこの説明は彼らをいっそう要求厳しくさせるばかりでした。それでわたしははじめて彼らが二人であるということ、この伝統的な手法の侵害は、いっぽうが視力の技術者であり、他方が精神疾患の専門家である事実によってなにか説明されるのだとしても、つねにわたしたちの会話に権威的で、厳格な規則によって監視され、統御されている尋問の性格をあたえているのだと気づきました［……］。

ひとつのレシ？　いいえ、レシはありません、もうけっして。(55)

「彼ら」とはその場にいた医者をはじめとする病院の関係者たちを指す。『白日の狂気』では、「レシ」は「出来事を語るもの」であり、はっきりと口頭の「報告」とされている。特徴的なのは、「わたし」が「レシは永久にありません」と言いながらも、語り手が医者たちの前で話しており、本人からすれば、そこまでの「語り」によって、じっさい「レシ」を話し終えていることにいったんはなっている点である。他のひとたちにとってはそれが序の口にすぎず、起こったことの一切合財の報告としての「レシ」としてはとらえられていないとはいえ、それでも「レシ」になっているのである。したがって、『白日の狂気』は、全体が「モード」としての「レシ」になっているといえる。それでいて、それが「レシ」であるかは、最初に発表された当時、表紙では作品名が「レシ？」というように「？」マークをつけられていたことが示すように、ブランショによって、疑義にかけられているのである。疑義にかけられているとは、「わたし」と他のひとたちとの間で、「レシ」が語られたかどうか、という認識に齟齬が生じているということである。

さらに、このテクストの興味深いところは、先の「レシ」を語り終えているのにそれを求められることに疑念を語り手が示す少し前に、「わたし」に対して「レシ」を強要する「彼ら」と「わたし」の誰しもが、「仮面をつけた狩猟者」と呼ばれ、問われている側と答えている側の「一方が他方になった」と言われていることである。[56] そして、語っていたのは、「言葉だけ」なのだとさえ言われていた点である。[57] ここからは、「レシ」を成立させていたのが、「わたし」でも「彼ら」でもなく、「言葉」なのであって、「レシ」が発話とともに生起する同時性を特徴とするという、後の「想像的なものとの出会い」に顕著なブランショ独自の意味づけが先取りしてみられるように思われる。そこでは、その「レシ」が誰のものなのかはわからず、「わたし」のほかの「彼ら」は匿名であるために、発話するたびごとに、誰なのかわからない人物を生み出している側面さえもっている。

まとめると、ブランショの一九四〇年代の虚構作品については、最初に出版された『謎のトマ』、そして次の『アミナダブ』からすでにして、古典的な技法である「語り」としての「レシ」、すなわちジュネットが定義するところの「モード」としての「レシ」が少なくない形で用いられていることがわかった。『至高者』ではじめて「書かれる」ものとして「レシ」が現れるが、作品中において「語り」の「レシ」は健在であった。明白に「書かれる」ものとして「レシ」が説明される『死の宣告』においても、「語り」としての「レシ」や、さらにはその関連語である「暗唱」の要素があることもわかった。そして、『白日の狂気』に至ってはじめて、「語り」としての「レシ」が全面に出てはいるものの、「わたし」の「レシ」の語り方が、他者によって評価されていないことに焦点が当てられているという、通常の用法からの逸脱があることがわかった。以上から、全般的に、この時期ブランショ独自の「レシ」の用法はみられず、当時としても一般的な、古典的な技法としての「語り」の「レシ」、あるいはデリダがいう意味での「モード」としての「レシ」が用いられつづけているといえる。その一方で、少なくとも、『白日の狂気』に至り、なにかしらの出来事を模倣する「モード」として「レシ」が存在しているものの、その「レシ」はかならずしも他者に伝達可能なかたちで語ることに成功しない性格を担わされていることがわかる。つまり、「真実」を報告するための「レシ」が揺らいでいる状況が現れている。

第二章　想起なき虚無の言明——「虚構の言語」における「レシ」

1　「非現実の世界」と「虚構の言語」

『火の分け前』（一九四九）所収のテクスト「虚構の言語」は、大筋としては、カフカの作品のなかでも、とりわけ『城』の言語が「フィクション」の言語であって、非現実の世界とわたしたちを関係させるものになっていると主張するものである。[1] もちろん、タイトルが示すとおり、このテクストは、「フィクション」の言語上の特質を主題とするものである。しかし、本章では、『来たるべき書物』に収録された「ゴーレムの秘密」（一九五五）と「預言の言葉」（一九五七）に先駆けて「象徴」が論じられるなか、一九五四年の「想像的なものとの出会い」よりもまえに、ブランショが「レシ」を独特の仕方で用いている点に着目し、このテクストにおけるブランショの「レシ」の用法の性格を明らかにする。
ブランショは『城』の言語に特異性を認めている。「虚構の言語」の冒頭では、つぎのように説明されているので読んでみよう。

詩の単語は、一般の言語の語とおなじ役割を果たしてはおらず、一般の言語とおなじ関係を保っていないことは認められている。しかし、もっとも単純な散文中に書かれたレシはすでに言語の性質中の重要な変化を仮定している。この変化は、もっとも小さな文中にさえ含まれている。わたしが雇われている職場で、帳簿に秘書が書いた「上司から電話がありました」という語を見つけるとき、語とわたしとの関係は、もしもわたしが『城』の中でこのおなじ文を読んだときの文とは、まったく別のものになるだろう。[2]

ひとことでいえば、ブランショは、わたしたちの日常世界で「上司から電話がありました」というメモ書きをみる場合と、『城』のなかにそのようなメモ書きをみる場合とでは、この一文から理解されることが別物である、と言っている。この書き出しでまず着目したいのは、ブランショが「レシ」を「詩(poème)」と引き比べて、「散文」の中にある「レシ」にも「言語の性質中の重要な変化」が仮定されているとしていることである。もちろん、このテクストで焦点となっているのは、『城』を構成する虚構の言語である。したがって、韻文である詩的言語ではない散文からなる「虚構の言語」にも「言語の性質」の「重要な変化」が仮定されているというのがブランショの主張の趣旨である。そして、ここでの「散文」とは、『城』という「ロマン」を示す。よって、この「虚構の言語」は、「ロマン」論であると言えるだろう。そして、あくまでもそうした「ロマン」の中の記述が「レシ」と呼ばれている。したがって、この時点では、ブランショによって「ロマン」と「レシ」は厳密には区別されていないのだが、ブランショがこの『城』について分析を加えるさい、すくなからず、「ロマン」ではなく、むしろ「レシ」の語を用いることによって、その「虚構の言語」の性質を説明していることに着目したい。

つづきで述べられるブランショの主張は、つぎのようにまとめることができる。日常生活であれば、わたしたちは帳簿に先のようなメモをみつけた場合、たとえそれを素通りするとしても、それが誰からのもので、そのメモにもとづいてなにをすればよいのかがわかる。なぜならば、その場合、わたしたちは、職場で働いており、上司についても、情報を持っているからである。仮にメモの意図がわからなくても、あとから確認を取ったり、調べたりして情報を得る余地が存分に残されている。しかし、ブランショがここで、そうした現実の世界と対比して虚構作品の世界について主張しているのは、『城』という「レシ」の読者は、『城』を読んでいる最中には、書かれている以上のことをなにも知りえず、前提知識もないため、そこに書かれている「語」の「対象」はあくまでも非現実的なものである、ということである。「語」を読むことはできても、その「語」の指し示す対象をみることができない、ということである。そして、ブランショは、「レシ」の世界で起こることに「無知」であるということ、「レシ」の対象が「非現実的なもの」であるということによって、『城』の読者である「わたし」はその「貧しい宇宙」についてなにも知らずにいることを指摘する。[3] その上で、ブランショはこの「貧しさ」を「虚構の本質」と呼び、どのような「想像力の豊かさ」もこの乏しさを修正できないというのである。[4]

もちろん、ここで言われているのは、カフカの『城』にかぎらず、「虚構」一般にあてはまることである。なるほど、ブランショが書くように、『城』にかぎらず、たとえ読者として虚構作品のからくりをわかっているのだとしても、その作品内で用いられる言葉が提示している「物」をすっかり知ることは不可能である以上、わたしたちはそれが指している「物」が何であるのかを最終的に知ることはできない。知ろうと試みることはできるが、虚構作品内の世界のすべてが見えていない以上、そこで使われる「語」が、具体的に作品内のどのような「物」と対応するのかは確定しないため、それ以上のことを読者は知りようがない状況があると言えるだろう。しかし、それでは、そのように、現実世界と引き比べれば、すべてが見えておらず、語に対応する事物が現実に見えないという点において、世界が簡素であるといってもよい虚構作品は、読者にとって貧しいままにとどまるのかというと、そうではない。そうブランショは主張する。ブランショは、そこからさらに進んで、この散文中の「レシ」の言語の「貧しさ」が現実のなにかしらの「物」とは異なる「物」をつくりだすと主張するのである。ブランショは、ふつうの日常生活でわたしたちが読み、理解する「言語」は、「記号の言語」であるため、現実の「物」の代理であって、わたしたちを「物」から遠ざけることによって機能していると指摘したあと、つぎのように、それとは異なる「虚構の言語」の性質について書いている。

しかし、いっそう微妙な現象が起こる。それらの意味が、あまり保証されておらず、あまり決定されていないかぎりにおいて、虚構の非現実性がそれらを物から遠ざけ、永久に隔たれた世界の縁に置くかぎりにおいて、語は、みずからの記号としての純粋な価値にもはやとどまることができず（まるであたかも、毎日のおしゃべりの抽象的な無意味さのあの素晴らしさを支配するために、現実のすべてと、対象と存在の現存が必要であるかのように）、そして同時に、語は、言葉の道具一式としての重要性をもち、感覚できるものになって、それらが意味するものを物質化する。[5]

ブランショはここで「虚構の言語」の意味が、保証されておらず、未決定であるがゆえに、現実世界の「言語」の記号作用とは異なる作用が生まれると主張している。どういうことか。ふつう、「語」が指し示す「物」と「語」のあいだには隔たりが生じる。そのことによってわたしたちは指し示される「物」を理解する。しかし、「レシの言語」、貧しい言語においては、対応する現実がなく、かといって、その「物」の不在を想像力で補うこともできないため、「レシの言語」の「語」は純粋な記号ではもはやなくなり、逆に、「語」が意味する「物」を現実とは別の次元で新しくつくり出すに至るというのである。それは、非現実の世界、「物」の存在しない世界における物質化である。

つづけて、ブランショは、以下のように、「レシ」の文がどのようにわたしたちに働きかけ、「虚構の本質」である「非現実の世界」と関係させるのかを説明している。

〔……〕レシの中で、言語は、わたしたちに具体的な物をあたえる抽象的な意味の代わりに（それは日常の言葉の目的である）、純粋な意味作用を表象する能力のある具体的な物の世界を出現させようとする。わたしたちはそこから寓意へ、神話へ、そして象徴へと至る。寓意は、虚構の中に、日常的な散文の理想を導入する。つまり、「話（histoire）」は、わたしたちに観念を参照させるのだが、「話」はその記号であって、観念を前にして消滅する傾向をもっており、ひとたび投げられると、みずからを表し、みずからを表明するだけでよいのである。反対に、神話は虚構の存在とそれらの意味とのあいだに、記号内容に対する記号の関係ではなく、真の実在を仮定する。そして、わたしたちは神話的な話のなかに身を投じ、わたしたちはその意味を体験しはじめ、わたしたちはその影響を受け、わたしたちは本当に、その純粋さのなかでそれを「考える」。というのも、その純粋な真理は、それが行為と感情として現実化する物のなかでしかとらえられないからである。神話は、それが出現させる意味のうしろで、たえまなく再構成される。それはまるで原初の状態のあらわれのようである。そこで人間は物から離れて考える力をおろそかにし、物のなかにその考察の運動そのものを具象化することによってしか考察をせず、そしてそのようにして、自分が考えることを貧しくさせるどころか、もっとも豊かで、もっとも重要で、思考されるにもっとも値する思考を深く知るのである。そこから、文学は、錯覚であれそうでないものであれ、発見のための手段と努力としてあらわれる経験を構築することができるのであって、それはひとが知っていることをあらわすためではなく、ひとが知らないことを悟るためである。[6]

ここでの引用において、ブランショは「レシ」の中の言語が、「日常の言葉（la parole courante）」とは異なるとしている。つまり、「レシ」の中の言語は、抽象的な意味ではなくて、むしろ、レフェランスがないとしても、その言語が指し示す具体的な「物」そのものの実在するような世界を生み出すというのである。それからブランショは「レシ」から、寓意、神話、象徴へと話を移してゆく。まず、そのような「レシ」の中の言語の特徴を述べた上で、ある「観念」への参照をうながしてみずからは消え去る記号を生み出す寓意の説明をし、それとは異なり、「虚構」の存在と意味との間の記号関係ではなく、両者の距離がなく、真の実在が仮定されている神話の説明をする。その上で、文学全般が、知らないことを「悟る（éprouver）」ことができるようになるのだと言っている。

この説明のあとで、ブランショは「象徴」の話をはじめるのだが、カフカの『城』という「レシ」の話をしていたのが、急に、寓話、神話、象徴という用語と関連しはじめた理由としては、ブランショがここから、ヘーゲルの『美学講義』、さらにはサルトルの想像力論を援用しはじめているためであると考えられる。結論を先取りするならば、ブランショはカフカの『城』という「レシ」が、「寓意」でも「神話」でもなく「象徴」であって、それがつねに「非十全」であるという「欠陥」をかかえているために、無限の止揚の運動を生じさせるのだとこのテクストで主張している。

2　象徴の「レシ」化

形態と意味との部分的不一致

先のつづきの箇所で、ブランショは「象徴」についてつぎのように書いている。

象徴が寓意ではないこと、すなわち、象徴の使命は決まった虚構によって特定の観念を指し示すことではないことは知られている。すなわち、象徴的な意味は全体的な意味でしかありえず、それは、特定の対象だったり独自になされた操作の意味ではなく、その総体の中での世界の意味であって、その総体の中での人間的な実存の意味なのである。

象徴的なレシの固有性は、あまりにも個別な出来事の中で締めつけられた、毎日の生活がわたしたちにめったに到達させることをさせず、その非時間的な側面しか留めない反省が、悟ることをわたしたちに可能とさせないこの全体的な意味を現存させることにある。(7)

ここから、ブランショが『城』を「象徴的なレシ」と呼び、「レシ」を「象徴」と結びつけていることがわかる。もちろん、最初に確認したように、ブランショは『城』を「ロマン」と呼んでいる。したがって、「ロマン」と「レシ」は厳密には区別されていない。しかし、ブランショが、虚構の言語の性質を説明する際には、「ロマン」ではなく「レシ」の語を用いていることが引用からはわかる。そして、このとき、ブランショが「象徴」を「寓意」と区別し、「象徴的な意味は全体的な意味でしかありえない」と書くのは、ヘーゲルの『美学講義』にもとづいていると考えられる。というのも、ヘーゲルは『美学講義』のなかで、芸術の初期的な段階にある象徴芸術を説明しているからである。ヘーゲルによれば、象徴芸術は、ゾロアスター教のように、主にオリエントの芸術である。ヘーゲルによって、象徴芸術は「形態化されるべき理念がまだそれ自身において無節度であり、自由な自己規定に達しておらず、したがってその抽象性と普遍性に完全に照応するような、はっきり規定された形式を具体的現象のうちにみいだすことができない[8]」とされている。第二部第一篇「象徴的芸術形式」の序論「象徴一般について」は、一、記号としての象徴、二、形態と意味との部分的一致、三、形態と意味との部分的不一致、四、区分について、それぞれ説明がなされている。このうち、三、形態と意味との部分的不一致では、つぎのように書かれている。

さらにすすんで第三に注意すべきことは、象徴は、単に外面的で形式的な記号のようにその意味に適応しないものであってはならないと言っても、逆にまた、象徴であることを失わないためには、その意味に完全に適応したものとなってもいけない。実際、象徴においては、一面からみれば、意味である内容と、意味の表示のために用いられる形態とが、ある一つの特性において一致しているが、しかも他面からみると、象徴的形態はそれ自身また、一応そのような共通の性質を意味していながらも、なおこれとはまったく無関係な他の諸規定をも内包しているし、これと同様に象徴される内容はかならずしも単に強さとか狡猾さとかいうような抽象的な内容であることを要せず、その象徴的表現の意味をなす、かような特性とは違った、しかも象徴的形態のもつその他の特有な諸性状とはなおさら違った、特有の諸性質を包含しうるような、具体的な内容であってもよい。(9)

ここからわかるのは、「象徴」は「記号」とは違うけれども、かといって、「象徴」の指し示す「内容」と「象徴」の「形態」とが完全に一致しているわけではない、ということである。どういうことだろうか。ヘーゲルはこのあとで、「狡智」の象徴としての「狐」を例として説明しているので、それをみてみよう。

ヘーゲルの説明をまとめるとつぎのようになる。通常の言語のもつ「記号」としての機能とちがって、「狐」そのものは、ずる賢い性質をもともともっている。そのため、「狐」と「狡智」のむすびつきは恣意的なものではない。それが「象徴」の「記号」としての特徴である。そして、「形態と意味との部分的不一致」とは、狐が「狡智」という性質以外にも、「まったく無関係なほかの諸規定をも内包している」ということである。たとえば、「狐」は「狡智」以外にも、動物であるとか、毛が生えているとか、さまざまな要素、性質をもっている。これという特定の一点に「狐」の内容が定められないということである。それが、「狐」という「象徴」がつねに「狡智」という「全体的」な意味しか示さず、しかしまた、部分的にしかそれと一致しない、ということである。

ブランショが当時ヘーゲルの『美学講義』をどの程度参照していたのかは定かではない。しかし、カフカの『城』という「レシ」を「象徴」と重ね合わせるブランショの説明は、以上の『美学講義』における「象徴」の理解に対応していると少なくとも言えるだろう。つまり、象徴的な「レシ」は、現実の世界の「物」と対応するのではなくて、むしろ、非現実の世界の「物」をつくりだすけれども、その「物」との結びつきは、恣意的ではないということである。ここから、ブランショがいう「虚構の言語」の「貧しさ」とは、「語」が、部分的には現実世界の「物」と一致していることを意味していると言うことができるだろう。ブランショは、カフカの『城』について、その「レシ」の文が、わたしたちの現実の世界の「物」とは一致しない、「貧しい宇宙」であるとし、非現実の世界の「物」をつくりだすとしてはいたけれども、わたしたちは完全にそれらについて「無知」であるのではなくて、部分的には見知っており、だからこそ、部分的に知らずにいるその欠如部分を求めようとする、という、中途半端な状態を説明していることがわかる。

そして、以上のように、「レシ」と重ねるかたちで「象徴」の説明をしたあとで、ブランショは、そのような「象徴」が「想像力」の助けをえることを、サルトルの想像力論を引きながら説明しているのでみてみよう。ブランショは、想像力が「物」の不在そのものを追求する運動を通して象徴的になるのだとパラフレーズしたあとで、こう書いている。

［……］虚構の主題とは、虚構的なものとして現実化するための虚構の不可能な努力である。あらゆる象徴はつねにおおかれすくなかれ自分自身の可能性を目的としている。象徴はそれじた

いで十分な話（histoire）であり、そしてこの話を不十分にする欠如である。象徴はみずからの話の欠如をみずからの話の主題とし、話のなかで、象徴はつねに際限なく話を追い越してゆくこの欠如を現実化しようとする。象徴はレシであり、このレシの否定であり、この否定のレシなのである。そして否定はそれ自体、あるときは芸術と虚構の条件として現れ、結果として、このレシのあらゆる活動の条件として現れ、そしてあるときはその失敗と不可能性を告げる文として現れる。というのも、それは想像力の特定の行為のなかで、完成されたレシの単独的な形式のなかで現実化することを認めないからである。

したがって、象徴のなかでは、もっとも高次元において、多かれ少なかれ、言語のすべての形式のもとで感覚できる矛盾した要請の圧力が表面化する。[10]

ここで言われているのは、現実世界とは違う、非現実の世界としての「虚構」では、言語が、通常の記号としては作用せず、虚構的なものとして現実化しようと、その対象物を作り出そうとする事態である。そして、そのような「虚構の言語」の運動が、「象徴」の運動に重ねられているのである。なおかつ、欠如によって再現のない運動をする「象徴」は「レシ」であるとされている。ここでブランショが目配せをしているのはサルトルの『想像力の問題』（一九四〇）であると考えられる。[11]『想像力の問題』で、サルトルは、自己の内部の感覚をもちいて自発的に行う想像ではなくて、現実的な知覚を契機として「想像的なもの」へと意識を向け、事後的に形成され得るものが「イメージ」なのだとしている。そして、「イメージ」の対象は、つねに「本質的な貧しさ[12]（une pauvreté essentielle）」をかかえていると書いている。いうならば、ブランショは、このように獲得された「イメージ」の「貧しさ」をヘーゲルの象徴芸術の説明と結びつけ、それが止揚することのない、定まることのない、無限の運動を引き起こすと考えていると推測される。そして、このときもまた、「虚構」と、そして「象徴」と等価とされているのは、もちろん「ロマン」ではあるのだが、それは「ロマン」と置換可能な「レシ」なのである。

象徴芸術の非十全性

このように、到達不可能な努力としてのみ可能な非現実性の把握を指摘するさい、もう一度、ブランショはつぎのようにヘーゲルに依拠している。このときのキーワードは「非十全性」である。

ヘーゲルは象徴芸術について、その主要な欠陥が非十全性（l'Unangemessenheit）であると言っている。すなわち、イメージの外在性とその精神的な内容が十全に一致するには至らず、象徴は非十全なままにとどまるということである。おそらくはそうであるが、しかしこの欠陥は象徴の本質であり、その役割は、わたしたちをたえまなくこの欠陥へと送りかえすことなのであって、この欠陥は、象徴がわたしたちに一般的な欠陥、その総体のなかの空虚を体験させようと思っている道のひとつなのである。象徴はつねに虚無の経験であり、否定的絶対の探求であるが、しかしそれは、到達しえない探求であり、失敗する経験であって、にもかかわらず、この失敗が肯定的な価値をもちうることはないのである。象徴のなかでみずからをあらわすことを受け入れる作家は、彼の瞑想の主題がなんであれ、最終的には象徴の要請をあらわすことしかできないだろうし、矛盾した否定の不運に挑戦することしかできないだろう。個別的な否定のすべてを越えようとし、普遍的な否定として、みずからを表現しようとするのである。それは、抽象的な普遍としてではなく、具体的な空虚として、であり、抽象的で普遍な空虚としてではなく、現実化された空虚な普遍として、である。そしておなじく、超越としての死の経験にとらわれたあらゆる作家は、象徴の試練に陥ることしかできない。それは、彼が乗り越えることも遠ざけることもできない試練である。[13]

ここからは、ブランショが、先に確認したヘーゲルのいう「象徴」の「部分的不一致」という性格を「象徴」の本質である「欠陥」としてとらえ、それによって「到達しない探求」が生まれるのが「レシ」であるとしていると推察される。このようにしてブランショは、カフカの作品を「不一致にしかなりえない作品[14]」と呼び、カフカが「おそらくは東洋的な伝統の影響をうけて、死ぬことの不可能性のなかに人間の極限の不運を認識していたように思われる[15]」と解釈した上で、いかなる注釈からも逃れ、虚構のなかで「みずからを知らずに」いなければならない「レシ」の曖昧さを指摘し、「生である死、生き延びた瞬間に死んでいる死[16]」と述べる。それは、「日常の実存」、「日常の生」とは異なる「虚構の実存」、「虚構の生」と関わるものである。ブランショ自身が「東洋的」という言葉を使うあたりも、ヘーゲルが「象徴」の例として、ゾロアスターをはじめとする非西洋の文化を例としていたことと対応していると言えるだろう。
このように、カフカの『城』という「レシ」における言語の貧しさが、現実に対応する「物」をもたず、むしろ非現実のものを物質化する働きをもっていると指摘するさい、ブランショは、サルトルの想像力論におけるイメージの「本質的な貧しさ」を参照し、さらに、おそらくは『美学講義』の記述にあるヘーゲルによる「象徴芸術」の「象徴」の「非十全性」の説明を下敷きとして、終わりのない運動が生まれると考えていることがわかった。このような形で、『城』という「レシ」が「象徴」とされているのは、十全であるのか不十全であるのかが永遠に宙づりされている「象徴」が、ブランショ独自の仕方で「レシ」に置き換えられているとみることができるので、この操作を象徴の「レシ」化と呼べるだろう。

想起なき虚無の言明

こうしたブランショによるカフカの『城』読解は、ヘーゲルによる「記憶」の問題とも対応していることを最後に確認したい。ブランショは、「虚構の言語」の終わりで、このように書いている。

Kの話のなかに、実存の不運――それは実存の終わりとしてみずからをみつけることはできないので実存としてとらえられることはできない、そして現実に非実存であることができないかぎりにおいて、生の彼方の深みであることができないかぎりにおいて、想起なき虚無の言明をつくりだせないかぎりにおいて非現実のままであって、それ自身の忘却のままである――のイメージをみることは、明らかである。[17]

ここで言われているのは、Kの話、『城』が到達しようとしている目標は、「想起なき虚無の言明」を作りだすことであるにもかかわらず、けっしてそれを作りだすことはできず、あくまで「非現実」であり、また自身の「忘却」のままであるということである。「想起なき虚無」とはなにかというと、それは、まったく起源をもたずに「虚無」たりうることである。このような「生」へと入ってゆくことが「象徴の生」と呼ばれ、ここでは「生」の問題にすり替えられている。当然、それは不可能な試みであらざるをえない。

つづく箇所で、ブランショは「レシ」から「わたしたち」、そして「あなた」が締め出されると書いているので読んでみよう。

田舎の旅籠、頑固で欲求不満な顔をした農民、雪で凍てついた光、クラムの鼻眼鏡、フリーダとKがころがりまわるビールの池、ここにこそ重要なものがあり、ここにこそ象徴の生にはいってゆくために経験しなければならないものがある。探すべきものはもはやなにもなく、これ以上理解すべきものはなにもない。そして、それにもかかわらず、これについてもわたしたちは満足することができない。レシのなかにはまる？　しかし、レシそのものがあなたを締め出す。それぞれのエピソ

ードがそれ自体についての問いを含んでおり、この問いは虚構の深遠な生でもある。(18)

ここに書かれているのは、「レシ」の中に読者である「わたしたち」、ないし「あなた」が、入ってゆくことができないということである。なぜならば、その「レシ」の世界は、読者にとっての現実の世界とは異なる非現実の世界だからである。しかし、そうでありながらも、わたしたちは、一定程度、その「レシの言語」、「虚構の言語」を理解してしまっているために、けっして到達することはできないにもかかわらず、その「虚構の言語」が、「象徴」のように、その「欠陥」を要因として作り出そうとする非現実世界の事物を求めようとしてしまうということである。

このように、ヘーゲルに依拠しながら「象徴」の「非十全性」という「欠陥」によって止揚に達することのない無限の運動が引き起こされるとするブランショは、ある種の目標である「想起なき虚無の言明」に到達できない「虚構の生」そのものを問題としていることがわかる。よって、具体的な現実とも対応するのではなくて、何にも対応しない非現実の対象を作り出す力をもつ『城』という「レシ」、虚構の「言語」は、まったく想起をもたない、「不可能性」のパラドクスへ入ってゆく運動でもあったことがわかる。そして、それは、現実世界の「物」の「殺戮」というよりも、非現実世界の「物」をつくり出そうとする永遠に充足されない運動という、この「虚構の言語」の最後で「生である死、生き延びた瞬間に死んでいる死」という形で表現された、生き延びに焦点の当てられた「象徴」としての「レシ」理解であるとわかる。

ここで参照してみたいのが、ポール・ド・マンによるヘーゲルの読解である。ド・マンは、晩年、「ヘーゲル美学における記号と象徴」という論文で、文学理論と文学経験の乖離の困難に取り組むために、ヘーゲルにもとづいて、つぎのような主張をしていた。ド・マンの考えはこうである。ヘーゲルは「象徴」と「記号」を区別している。とりわけ、「寓意」の定義における「人格化」は、「わたし」という言葉を発すること自体の恣意性につうじている。『美学講義』第二部第一篇第三章第2節「具象的表現において意味から出発する比較」では、二番目に「寓意」が挙げられているのだが、そこでは、「象徴」の下位区分である「寓意」の仕事について、「人間界ならびに自然界に属する一般的抽象的な状態や性質［……］を人格化し、したがって一個の主体としてとらえることである[19]」と書かれている。そして、それが「ある一般的表象」を抽出したものにすぎず、「文法的主体」にすぎない、とされている[20]。このような、「象徴」の下位区分である「寓意」による「一般的表象」の抽出、ならびに「文法的主体」の成立から、さらにド・マンは言語自体の記号的特性を掘り下げることになる。そのド・マンによって取り上げられているのは、『美学講義』だけでなく、『エンツュクロペディー』第三巻第一篇「主観的精神」C「心理学」における「表象」の項目である[21]。ド・マンは、「思考」が「わたし」と言い得る可能性に依拠していることを確認し、ヘーゲルの『美学講義』において、Erinnerung が重要な概念であることを確認する。Erinnerung とは、「内化」である。すなわち、自分の外部にあるものを自分のなかに取り込む過程である。そして、ヘーゲルが「記憶」と「想起」を区別するのは、「記憶は完全にイメージを欠いている[22]」からだとド・マンは確認する。ド・マンは、「わたしたちはただすべての意味が忘れられ、言葉がまるであたかも単なる名前のリストであるかのように読まれたときにだけ、暗記して覚えることができる」[23]というふうに、ヘーゲルの『エンツュクロペディー』における記憶についての記述を取り上げ、「名前」と「記憶」を特徴づける意味とのあいだにある統合を「空虚な結合」であると言っている。[24]そして、ド・マンは、「記憶をもつために、ひとは類似性を忘れ、機械的な外在性を忘れられるようでなければならない」というのである。このようにして、「象徴」としてしか生き延びることのできない「記号」があることを指摘し、ド・マンは、「寓意」はつねに人格化を生じさせるのだが、しかしこの「わたし」、「文法的主体」と呼ばれる「わたし」が奇妙な形で構築されることに可能性があるとして、論考を結んでいる。つまり、ド・マンは、言語そのものが、特定の個人ではなく、抽象化によって生み出された「文法的主体」という、奇妙な恣意性を抱えていることを指摘しているのである。

このことは、本章で見てきた、ブランショによる「レシの言語」という「虚構の言語」が、ヘーゲルの言うところの「記号」の説明よりも、「象徴」の説明と重ね合わせられる形で、つねに非現実世界の対応物を生み出そうと運動をつづけてゆく様子と通じている。ヘーゲル自身は『精神哲学』において、このような「記憶」と「記号」の創造について、つぎのように説明をしている。

記号を創造するこの活動はとくに生産的記憶（さしあたりは抽象的な記憶の女神）と名付けられることができる。というのは、日常生活においてはしばしば想起および表象や構想力と混同され同じ意味に用いられる記憶は、一般にもっぱら記号を取り扱うべきであるということによってである。[25]

すなわち、「記憶」は「記号」、それも、恣意的なつながりでしかない「物」と「語」とのあいだの関係づけ、ならびに、すべてを忘却したあとでの——あらゆる外在性を排したあとでの——結合を生じさせるものだということである。そしてそれがヘーゲルにとっての「象徴」の説明に対応している。

このような観点からのヘーゲルの「象徴」ならびに「記号」を理解すると、もっとも下位区分にある「象徴」こそが、止揚によって高次へと移行する可能性を秘めているというのは理解できる。さらに、いったんは忘れられたはずであるのに、完全に恣意的な結びつきとはいえない曖昧な「象徴」のありようが、「非十全」という「欠陥」を抱えていることも理解できる。もちろん、ド・マンの場合、彼が「象徴」として生き延びる「記号」と呼ぶものは「虚構の言語」には限らないのだが、少なくとも、ブランショによる「象徴」の「レシ」化によって説明される、「虚構の言語」の現実世界の言語の記号作用との差異の説明は、このド・マンによるヘーゲルの解釈を、部分的に先取りしているといえるように、類似しているのである。

まとめると、『火の分け前』の時期に、ブランショの「レシ」はまずもってカフカの諸作品を指すようになっていたとはいえ、それらはあくまでも「ロマン」とは区別されておらず、むしろ置換可能な用法であった。ただし、ブランショによって『城』という「ロマン」が「象徴的レシ」と呼ばれ、「虚構の言語」を論じる際に持ち出されるとき、ここでいう「象徴」とは、ド・マンがいうような、非個人化としての「人格化」という不可能事なりパラドクスなりをそのうちに抱え込んでいることに通じている。

ブランショは、このような「レシ」の言語が、詩的言語と同様に、日常の言語とは異なる側面をもっていると考えていたことがわかる。そしてそれは、「象徴」としてしか生き延びることのできない「記号」と述べられたような、言語の一般化によっても破壊され尽くすことのない、語と対応する物が必ずしも不在であるわけではないという曖昧な状態に通じている。繰り返しになるが、この時点では「レシ」は「ロマン」とも区別はされていないが、一九四〇年代において、もっとも回数が多く「レシ」が用いられているのが、この「虚構の言語」における「象徴」の説明だったのである。それは、「ロマン」と置換可能である点では、取り立て独自性があるとはいえないが、一九四〇年代前半のブランショの「レシ」の用法がもっていた一般的な「語り」という性格とは異なり、「象徴」の「レシ」化が起こっている点に重要な変化を認めることができる。そのような「レシ」化された「象徴」が「想起なき虚無の言明」と呼ばれていることは、やがて一九五四年の「想像的なものとの出会い」で、信じてよいのかどうかがさだまらない、まさに、その「レシ」と対応する出来事が外的に存在するのではなく、「出来事そのもの」としてとらえられる萌芽になっており、「虚構の言語」そのものに、対応する事物を十全にはもたないという欠陥があることによってその欠陥を充足するための際限のない運動が導かれるという説明もまた、セイレーンの歌に欠陥があり、それを充足するために運動が起こるとする構造を先取りしていると言えるだろう。

第三章　「レシ」の生まれる地点——「想像的なものとの出会い」における「レシ」

1　ホメロスの『オデュッセイア』読解

セイレーンの歌

ブランショの「レシ」をめぐって、これまでもっとも注目を集めてきたのは一九五四年七月に『新フランス評論』に掲載され、一九五九年刊行の文芸評論集『来たるべき書物』冒頭に収録された「想像的なものとの出会い」である。[1]「ロマン」と「レシ」が明確に区別されていることはすでに指摘されているとおりで、その点において、このテクストがブランショの「レシ」をめぐってもっとも重要なものであるのは間違いない。本章では、さらに、このテクストにおいてはじめて、「レシ」がはっきりと、冥界から生還し、命を奪うはずの怪物の出会いから生き延びたものの信じがたい「報告」という意味をあたえられ、さらに「出来事そのもの」と呼ばれていることに着目してみたい。

「想像的なものとの出会い」は、「想像的なものとの出会い」、「レシの秘密の法則」、「オデュッセウスがホメロスになるとき」、「変身」という四つの小節によって構成されている。テクスト内では、メルヴィル『白鯨』、ネルヴァル『オーレリア』、ランボー『地獄の季節』、ブルトン『ナジャ』が「レシ」と呼ばれているが、全体の下敷きとなっているのは、ギリシア詩人のホメロスによる叙事詩『オデュッセイア』第一二歌である。[2] 一言でまとめると、ブランショは、海の魔女セイレーンと出会いながら「賢明さ」によって生き延びた英雄オデュッセウスがホメロスに変身し、『オデュッセイア』という「レシ」を書いたのだというわけである。『オデュッセイア』第一二歌のあらすじはつぎのようなものである。トロイア戦争に勝利した英雄オデュッセウスが故郷に戻るために出航する際、魔女キルケがセイレーンの危険を説明する。「この者たちは自分に近付く人間はこれを悉く惑わす魔力を具えており、知らずして近付き、セイレンたちの声を聞いた者は、もはや家郷に帰って妻や幼な子に囲まれ、その喜ぶ顔を見ることはかなわぬ。セイレンたちは草原に座って透き通るような声で歌い、人の心を魅惑する。セイレンの周りには、腐りゆく人間の白骨がうず高く積もり、骨にまつわる皮膚もしなびてゆく[3]」と。そしてキルケは部下たちには耳に蝋をつめさせオデュッセウスを船のマストに縛りつけさせ、もっとセイレーンの歌が聞きたくなって縄を解いてほしくなった場合は、部下たちにさらに綱を増して縛らせるようすれば楽しくセイレーンの声を聞くことができると、海の難所を通り過ぎるための知恵を授ける。[4] 結果的にオデュッセウスはキルケの言いつけ通りに部下に命令を下し、セイレーンの歌を聞きながら海に飛び込まずに済むことに成功する。

それでは、このような例外的な出来事であるセイレーンとの遭遇から生き延びたオデュッセウスの経験から生まれる「レシ」とはどのようなものなのだろうか。「レシの秘密の法則」で「ロマン」と「レシ」とが区別されている箇所をみてみよう。

「虚構」でも「真実」でもない「レシ」

運命づけられた慎み深さ、なにも主張せず、そしてなにへも至らないとする欲望が、多くのロマンを非の打ちどころのない書物に変え、ロマンというジャンルをジャンルのうちでもっとももこころよいものに変えるにたりるぐらいなのだということをみとめなければならず、ロマネスクなジャンルは慎みと喜ばしきどうでもよさの力のおかげで、ほかのジャンルが本質的と呼ぶことで価値を貶めているものを忘却することをみずからの任務としてきた。気晴らしはロマンの深遠な歌なのである。たえまなく方向を変え、幸福な娯楽に変転する不安の運動によって、でたらめのように進み、あらゆる目的地を逃れること、これがロマンの第一の、そしてもっともたしかな証拠でありつづけてきた。人間的な時間を戯れに変え、そしてその戯れを、あらゆる直接的な関心とあらゆる有用性をはぎ取られた、本質的に表面的な、にもかかわらずこの表面の運動によって存在のすべてを吸収することのできる自由な活動に変えること、それは並大抵のことではない。しかし、ロマンが今日その役目に背いているのだとしても、それは技術が人間の時間、そして時間から気を紛らわせるためのひとびとの手段を変化させたためであることは明らかである。［……］レシが、一般的に、日常的時間の諸形式から、そして普通の真実の世界から、おそらくはどんな真実の世界からも逃れる例外的な出来事のレシであるということは本当である。それゆえに、これほどまでに執拗に、虚構のくだらなさにレシを近づけかねないものすべてをレシは拒絶するのである（ロマンは、反対に、信じられる慣れ親しんだものについてしか語らないのだが、虚構的とみなされることに大いに固執する）(5)。

ここからわかるように、ブランショは「ロマン」が「豊か」なもの、「ひとびとの時間」と関わるものであって、じっさいに生じるものであるとしている。そして、「ロマン」が「ジャンルのうちでもっともこころよい」、人間の時間からの「気晴らし」を可能にするものであるとしている。「気晴らし」ではあるけれども、それはあくまでも、人間の時間に関わり続けるからこそ可能な「気晴らし」であり、よって、「気晴らし」のあとには、読者は、もとの人間の時間に戻れるということだろう。いっぽう、ブランショは、「ひとびとの時間」という「日常的な時間」から逃れるのが「レシ」であるとしていることがわかる。これは、「気晴らし」と類似しているようで、異なっている。なぜならば、それは、人間の時間にはけっして関わらないものとされているからである。時間にかんしては、「変身」という小見出しの付けられた記述のなかでも、「ロマンを前進させるもの、それが集団的あるいは個人的な日常的時間であるのだと言うのだとして、あるいはより正確には、時間に言葉をあたえる欲望であるというのだとして、レシは前進するために、あの別の時間、現実的な歌から想像的な歌への移行であるあの別の航海をもっている[6]」と書かれているため、「レシ」が関わるのは集団的でもなければ、個人的でもないものとしての、非日常的な時間という意味での「別の時間」であると考えられる。

なおかつ、ブランショによれば、「レシ」は「どんな真実の世界からも逃れる」という。さらに、「虚構のくだらなさ」すべてを拒絶するとも書かれているので、「真実」でも「虚構」でもないものが「レシ」であるということになる。この「レシ」が「真実」と「虚構」のどちらであるとも明言されていないという点にこそ、ブランショが「ロマン」と対比的に位置づける「レシ」の特徴がある。

また、もうひとつ見いだせるのは、「レシ」が「信じられるものであるかどうか」という観点である。先の引用箇所では、括弧内の言葉であるとはいえ、「ロマン」が「信じられる（croyable）」「慣れ親しんでいる」「虚構的」と形容されているので、一見すると、「レシ」は「信じられない（incroyable）」「異質な」「現実的な」ものであるということになりそうである。しかし、そのような単純な構造にはならないだろう。なるほど、ひとたびその歌を聞けば死んでしまうはずのセイレーンの歌を聞きながら生き延びるということ自体は通常では考えられないので、それを「信じがたい」ものと呼ぶことができるかもしれない。しかし、オデュッセウスが偶然の好機に恵まれており、さらには狡猾で理知に富んでいたからこそ生き延びることができたと考えることもできるだろう。なによりも、『オデュッセイア』にはゼウスやアテネをはじめとする神々があらわれるように奇想天外な出来事があふれている。そうである以上、セイレーンの歌からの生還だけが特別に「信じられない」という性格をもつとは思われない。

実際のところ、オデュッセウスがセイレーンの歌と出会いながらも生き延びるこの場面には、『オデュッセイア』の構造そのものに由来する仕掛けがある。ブランショはそれについて意図的に言及していないように思われるので確認しておくと、もともと『オデュッセイア』は、トロイア戦争のあとオデュッセウスひとりだけが生きているとも知れず故郷へ戻らないまま一〇年が経つことを郷里の家族たちに心配される場面からはじまる。その後ようやく部下を引き連れて帰郷することを神々によって許されたオデュッセウスがアルキオノスの住む島にたどりつき、彼に対して海を漂流した旅について語り聞かせたものが第九歌から第一二歌なのである。第一〇歌で語られるのは、アイオロスの島を発ちキルケの島で一年を過ごしたオデュッセウスたちが彼女から帰郷のために冥府で予言を聞くよう言われる場面である[7]。そして第一一歌で語られるのは海を渡りテイレシアスの予言を聞くために冥府（ハデス）へ向かった話である[8]。その冥府から再びキルケのもとへ戻り帰国の手はずを整える際にセイレーンと遭遇したことが語られるのが第一二歌なのである[9]。つまり、第一一歌以降の第一二歌そのものが冥府に一度赴いた者の語りになっている。したがって、ブランショがオデュッセウスとセイレーンとの出会いから示す「虚構」でもなく「真実」でもないという「レシ」の性格は、このような冥府を生き延びたものによる語りが単に信じてよいのかわからないというだけではなくて、さらに、「セイレーンの歌」と出会いながらも生き延びたことに由来しているのである。

それでは、「虚構」でも「真実」でもなく、「信じられない」わけでもない「レシ」とはどのようなものなのだろうか。それを解き明かすヒントは、ブランショが「レシ」のひとつとして例示するプラトンの言葉である。

2　最後の審判からエルの物語へ

ブランショのプラトン読解

ブランショは、前節で確認をした「ロマン」と「レシ」との区別がなされている「レシの秘密の法則」のつづきで、このように書いていた。

プラトンは、『ゴルギアス』のなかで、つぎのように言っている。「美しいレシを聞いてくれ。きみはこれが寓話だと思うだろうけれど、わたしに言わせてもらえば、これはレシなのだよ。君にこれから言うことをひとつの真実のように、わたしは君に言うだろう」。ところで、彼が物語るもの、それは最後の審判の話なのである。[10]

ブランショがここで取り上げているプラトン『ゴルギアス』はソクラテス対話篇のひとつである。ブランショによって引用されているのは、ソクラテスがカリクレスに対して死後に肉体を離れた人間の魂が判決を受ける様子を説明する箇所である（五二三a）。それを、ブランショは「美しいレシ」と書いていることになる。『ゴルギアス』五二三a－五二四aを要約するとつぎのようになる。ホメロスが『イリアス』で語ったように、クロノスの治世以来、正義を守り神にしたがって生きたものは死後に幸福者たちの島に行く一方、不正をおかし神を侮蔑したものは牢獄へ行くことが定められてきた。しかし人間が生きているあいだにその裁判が行われると、生きたひとびとがその者のための証人となるために誤った判決がくだされることが問題になった。そこでゼウスがまず人間がいつ死ぬかを前もって知ることを不可能にし、死後に純粋に魂によってのみ審判を受けるようにしたという内容である。

着目したいのは、先の引用でブランショが「レシ」と訳しているギリシア語の原語が「ロゴス」である点である。[11] 一九五〇年にガリマール社から出版された『プラトン全集』では、「ミュトス」は「寓話(fable)」、「ロゴス」は「話(histoire)」と訳されている。[12] ブランショの引用と比べると、この一九五〇年の仏訳とはほかにも違いがあるが、これ以後の仏訳でも『ゴルギアス』五二三aの「ロゴス」は「話(histoire)」とされてきたため、ブランショが「レシ」を用いる点は特殊である。[13] ただし、ソクラテスがカリクレスに長々と死後の世界について語ったあとで、ひとびとがそのようにわたしに聞かせたことを真実として信じているのだと述べる五二四bについては、『プラトン全集』に「レシ」という訳語がみられる。五二四bの仏訳は、「ごらん、カリクレスよ、これこそがわたしが聞かされたレシなのだ(Voilà, Calliclès, le récit que j'ai entendu faire...)」となっている。[14] そのため、ソクラテスがこれから語ろうという内容をブランショが「レシ」と先取りして訳すことそのものは、必ずしも文脈を無視しているものではないといえる。つまり、最初「話(histoire)」と呼ばれていたものは、最終的には「レシ」であったと明かされるため、両者はおなじものであると考えられるからである。しかし、当時の仏訳では

「話（histoire）」となっている「ロゴス」を、ブランショがあえて「レシ」と訳出している点は意識的に変更を加えていると言えないだろうか。ここからは、信じがたい出来事の伝聞を「真実」としてプラトンが信じる箇所をブランショが問題としていることがわかる。つまり、「伝聞」であるがゆえに、「真実」であるか信じてよいかどうか定まっていない報告が「レシ」の例として、出典も明示してわざわざ取り上げられているのである。

そして、こうした冥界についての語りそのものについてのブランショの態度は、プラトンの『国家』の描写にも対応している。プラトンは詩人追放を唱えたことで知られており、『国家』第二巻三七七dでは子どもたちの魂のために聞かせるべきではない物語としてホメロスの名前を挙げている。また第三巻三八六b－三八七bではハデスの国（冥界）のことは讃えられるべきだとし、抹殺すべき詩句の例として『オデュッセイア』第一一巻でアキレウスの亡霊が死人の王であるよりも地上の貧しいものでありたいと述べる箇所を挙げている。しかし、プラトンはすべての詩句を削除すべきだとは言っておらず、ハデスの国（冥界）があることそのものについての語りには大いに肯定的である。そのため、ブランショが『ゴルギアス』五二三aの「ロゴス」を「レシ」ととらえることは、プラトンのホメロス読解および冥府降りに対する評価ともある意味では通じているといえる。つまり、今日では「真実」、さらには「論理」、「理性的言語」とさえ訳出されることのある「ロゴス」を、「真実」であるかどうか定まっていないものと考えるブランショの手つきは、一見すると、詩人追放を唱えたプラトンの言説と対立しているように思われるが、むしろ、冥界についての語りに重きをおいている点では、大いに一致しているのである。

冥界からの生き延びの報告と「エルの物語」

一九五四年の時点で、「ロゴス」を「レシ」と読み取るブランショのプラトン読解はどのように形成されたのだろうか。先の引用はブランショの不確かな記憶にもとづく適当な訳語の選択という可能性はないのだろうか。これについては、その可能性は低いが、そうだとしても、ブランショの独自性がそこまで高いとも言えないというのがさしあたりの答えになる。

「ロゴス」の訳語としての「レシ」が議論となることは今日ほとんどないが、バルバラ・カッサンの編纂した『ヨーロッパ哲学語彙集』の項目「ロゴス」でも、たしかに訳語のひとつとして挙げられている。[15]なによりも、「想像的なものとの出会い」が書かれた時期に遡ると、一九五〇年に再版されたアナトール・バイイの『ギリシア語フランス語辞典』では、「寓話」と「歴史のレシ」という「レシ」の二つの意味が挙げられており、後者の用例として『ゴルギアス』五二三aが挙げられている。[16]時代を考慮すると、ブランショがこの辞書を見ていた可能性は排除できないだろうし、少なくともバイイの定義と対応していたことは確実である。さらに一九四〇年代のはじめ、ブランショは哲学者ブリス・パランの最新作についての書評をひとつ書いており、パランの著作にはロゴスの訳語としての「レシ」についての記述があった。『踏みはずし』(一九四三)収録の「言語活動についての探求」(初出一九四三年二月)では、パランの『言語の性質と諸機能についての探求』(一九四二)と『プラトンのロゴスについての試論』（一九四二）が挙げられている。[17] そして、パランは、『プラトンのロゴスについての試論』第一章の冒頭で、「ロゴス」のフランス語の訳語が多岐にわたることを述べているが、そのひとつとして「レシ」が挙げられているのである。[18] もっとも、パランの著作では「レシ」が「ロゴス」の訳語となる文脈の検討はなく、ブランショが引用する『ゴルギアス』の該当箇所は出てこない。しかし、パランの著作に付録として掲載されている「ロゴス」の仏語訳一覧の語義説明にはつぎのように「レシ」の意味が書かれている。

レシ――ロゴス。証言によって確証されたレシ。ミュトス、すなわち神話、歴史、架空のレシ、コントの対義語。[19]

ここから、パランにとっての「レシ」は「証言によって確証された」性格をもつことにくわえ、「ミュトス」の対義語であることがわかる。つまり、架空性を含意する「ミュトス」の訳語となりうる「話（histoire）」、「作られたレシ（récit fabuleux）」「おとぎ話（conte）」ではなく、つまり「虚構」ではなく、あくまでも「真実」として物語られる証言の意味合いが重視されているのである。ブランショがこの付録を読んでおり、それを一九五四年に反映したことは考えられる。そうでなかったのだとしても、バイイの訳語選択と同様、当時のプラトン読解の文脈における「レシ」理解とほぼ対応していたといえるのではないだろうか。ただし、ブランショが一九四二年に書いたパラン論は『言語の性質と諸機能についての探求』を主な対象としており、『プラトンのロゴスについての試論』に依拠した「ロゴス」の話も「レシ」の話もみられない。この書評でブランショがパランに則って整理するのは、言語哲学の大きな三つの流れである。ひとつめは、クラテュロス的と呼ぶことが適当な、名詞のひとつひとつがなんらかの外的現実に対応しているという思考である。もうひとつはプラトンとデカルトに代表される言語活動が普遍的価値をもつイデアのようなものであるとする思考である。そして最後に挙げられるのが、言語が必然的真理では必ずしもないというライプニッツとヘーゲルに代表される思考である。ブランショはテクストの末尾で、文学の意図は言語の論理的な諸々の特性を中断させるものなのだと主張しつつ、「ロジック」の語源にさかのぼり、「文学が言語的な意味作用を与える諸々の特性を言語から奪い去ろうとする」ことが「ロジック」なのだと書いている。[20]「ロジック」は動詞 λέγειν から派生している。他方、パランは『プラトンのロゴスについての試論』において、ギリシアの哲学が外的対象を表象するものとしての「言語」理解からむしろそれを破壊するものとしての「言語」理解へと至り、そこから「ロジック」が生まれたという解釈を示している。[21] そのため、「ロジック」の語源であるギリシア語「ロゴス」にたいするパランの関心は、ブランショと重なっているということは少なくとも言える。とはいえ、ブランショにとっての「レシ」が、パランが「ロゴス」の仏語訳一覧の中で「レシ」について説明していたような、証言によって確証されるようなものでありえない。

先の『ゴルギアス』五二三aに戻ると、そこでソクラテスはひとびとが「虚構」と思うような冥界から生還する語りを信じている。このような話は「虚構」でも「真実」でもないが、「信じられない」というよりも「信じられるかどうかがきわめて揺らぐ状況にある語り」であるということができる。プラトンがそれを信じているとしても、わたしたちがその語りを信じてよいのかが不確かであるということである。なぜならば、ほかに誰も証言するものがおらず、その語りの信憑性を確かめる術がこの世のものにはなにひとつ残されていないからである。ブランショは「ロゴス」を、「真実」ではなく信じられるかどうかが定まっていない「レシ」として解釈する姿勢を、「想像的なものとの出会い」で打ち出しているのである。

本書がこのようにプラトンの『ゴルギアス』読解を強調して取り上げる理由のひとつは、プラトンの『国家』にもきわめて類似した最後の審判の話が出てくるからである。それは、第一〇巻の「エルの物語」である（六一四b）。これは、パンピュリア族の戦士エルの屍体だけが一〇日経っても腐らず、火葬されようという死後一二日目に彼が生き返り、自分が見てきた死後の世界を語るというものである。エルは、「お前は死後の世界のことを人間たちに報告する者とならなければならぬから、ここで行われることをすべて残らずよく見聞きするように」（六一四d）と魂に判決をくだす裁判官たちに言われ、不正をおこなった魂の刑罰や、光の綱にしばられた天球のもとに魂が到着し、みずからつぎの生涯を選ぶ様子を見、〈忘却の野（レーテー）〉を経て、〈放念の河（アメレース）〉のほとりにたどりついたあと、ひとりだけ水を飲むことが許されなかったという証言をする。[22]『国家』の締めくくりにおかれたこの話をプラトンは、「このようにして、グラウコンよ、物語は救われたのであり、滅びはしなかったのだ[23]」と結んでいる。註釈者によると、通常、架空性をいうための「物語は終わった」という定型が使われるにもかかわらず、プラトンはここで、「ミュトス」という語を使いながらも、「物語が救われた」と書くことによって、それが「虚構」ではなく、「真実」であることを強調しているのだという。[24] そして、一九五〇年のプラトンの仏訳では「ミュトス」も「レシ」と訳されている。[25] このことは、ブランショが引用している『ゴルギアス』と通じているといえる。さらに、このエルの「レシ」には「セイレーン」が現れる。なぜならばエルが物語った天球の運動を支える紡錘体は、運命と必然の女神アナンケの腕に抱えられたものであり、さらに、その回転する紡錘体には、セイレーンが乗って歌っていることが記されていたからである。エルの語りによれば、紡錘は八つの輪を持ち、それらが回転するのであるが、そのひとつひとつにセイレーンが乗り、音階を構成しているというのである。天球の音楽の中心に、セイレーンたちの声があるだけでなく、そこで歌われるのが、現在、過去、未来の一致する「共時」であることが以下の引用からわかる。

> 紡錘はアナンケの女神の膝のなかで回転している。そのひとつひとつの輪の上にはセイレンが乗っていて、いっしょにめぐり運ばれながら、一つの声、一つの高さの音を発していた。全部で八つのこれらの声は、互いに協和し合って、単一の音階を構成している。
>
> 　ほかに三人の女神が、等しい間隔をおいて輪になり、それぞれが王座に腰をおろしていた。これはアナンケの女神の娘、モイラ（運命の女神）たちであって、白衣をまとい、頭には花冠をいただいている。その名はラケシス、クロト、アトロポス。セイレンたちの音楽に合わせて、ラケシスは過ぎ去ったことを、クロトは現在のことを、アトロポスは未来のことを、歌にうたっていた。そし

て、クロトは間をおいては紡錘の外側の回る輪に右の手をかけて、その回転をたすけ、アトロポスも同じようにして、内側の輪に左手をかけてその回転をたすけている。ラケシスは、左右それぞれの手でそれぞれの輪に交互に触れていた[26]。（六一七b－d）

このように、セイレーンが複数であることと、たしかに歌をうたっている点、そして、そうした歌を聞きながらエルが生き延びて報告をした点は、ブランショの描写するセイレーンの歌と、それと遭遇しながら生き延びて語ったオデュッセウスと類似している。ブランショが「エルの物語」を完全に意識的に参照していたのかについてはもちろん確証がない。しかし、プラトン『ゴルギアス』の最後の審判と、この『国家』におけるエルの語りは酷似している。このように、冥府での、本来それを見るならばけっして生きて戻って来ることはできないはずのものとの遭遇から生き延びたものによる「語り」がブランショにとっての「レシ」であって、それは「信じられるか信じられないかが定まっていない」ものである。ブランショにとって、「レシ」は「真実の世界」の報告では決してないが「虚構」をも拒絶するものなのである。

3　「出来事そのもの」としての「レシ」

本節で検討したいのは、ブランショが最終的には「レシ」を「出来事の報告」ではなく、「出来事そのもの」と呼んでいることの意味である。ブランショは、プラトンの『ゴルギアス』の引用をしたあと、「レシの秘密の法則」をつぎのように結んでいるのでみてみよう。

とはいえ、こうしたレシの特徴は、それを例外的な出来事についての真実の報告とみなすのであれば、まったく感じ取られぬことになってしまう。レシは、出来事の報告ではない、そうではなく、この出来事そのもの、この出来事の接近、そのものが生まれでることを要請される場所、いまだ来たるべきものでしかなく、そのことによって、レシもまた、それじたい、現実のものとなることを望むことのできる魅力的な力による出来事なのである。[27]

ここで言われているのは、「レシ」が「出来事の報告」ではなく、「出来事そのもの」であるということである。前節で確認をしたように、ブランショは、「レシ」が例外的な出来事から生き延びたものの語りであることを明言していたが、最終的には、それが「出来事の報告」ではなく、「出来事そのもの」だと主張しているのである。「レシ」が「出来事そのもの」であるとはどういうことなのだろうか。なおかつ、それが、「いまだ来たるべきものでしかない」とは、どういうことなのだろうか。この直後、ブランショは、「オデュッセウスがホメロスになるとき」という見出しのもと、ホメロスのレシはオデュッセウスの完遂する運動であると述べている。この二点については、アリストテレスの『詩学』の記述が念頭におかれている可能性は高い。というのも、詩作は「作者が登場人物となる」形式であり、また「出来事の報告」であることは、いずれもアリストテレス『詩学』の要であって、そのことを踏まえると、ブランショの主張は、詩作を「レシ」に置換したうえで、そのいずれをも逆転させたものになっていることが明白だからである。『オデュッセイア』と『ゴルギアス』もそうであるように、じつは「想像的なものとの出会い」にはギリシア哲学とギリシア叙事詩が下敷きになっているという特徴がある。その点も踏まえて、ブランショによるアリストテレスの『詩学』受容に目を向けてみたい。

『詩学』解釈としての「出来事そのもの」

まず、アリストテレスが『詩学』において、ホメロスをほとんど手放しで絶賛していることを確認しよう。『詩学』第三章は、「再現の方法の差異について」である。アリストテレスは、一、作者が叙述者となって再現する方法、二、作者がすべての登場人物を、行動し現実に活動するものとして再現する方法、という二つに大きく分けている[28]（一四四八a）。そのうち前者の例にホメロスが挙げられている。ホメロスは、作者が別の人間（登場人物）になって再現する、とされているのである。そして、これは、ブランショが「オデュッセウスがホメロスになる」と書いていることとまったく逆である。『詩学』第六章では、悲劇が「行為の再現」であること、「行為の再現」とは、「筋（ミュートス）」、すなわち「出来事の組み立て」であって、それがもっとも重要であることが述べられている[29]（一四五〇a）。そして、第九章では、詩人の仕事についてつぎのように説明されている。

詩人（作者）の仕事は、すでに起こったことを語ることではなく、起こりうることを、すなわち、ありそうな仕方で、あるいは必然的な仕方で起こる可能性のあることを、語ることである。なぜなら、歴史家と詩人は、韻文で語るか否かという点に差異があるのではなくて――じじつ、ヘーロドトスの作品は韻文にすることができるが、しかし韻律の有無にかかわらず、歴史であることにいささかの変わりもない――、歴史家はすでに起こったことを語り、詩人は起こる可能性のあることを語るという点に差異があるからである。[30]（一四五一b）

アリストテレスはここで、詩人は「過去」ではなく、「未来」の出来事を語ると述べていると言い換えることができるだろう。それはいまだ起こっていない、起こりうる可能性のあるこれからの出来事を語るということである。これは、ブランショが用いる「来たるべき（à venir）」という表現と対応している。なおかつ、このように、韻文であるのか散文であるのかではなくて、詩が一種の「未来」と関わることを強調して述べている点は、ブランショ自身が「レシ」を韻文と散文のどちらかに限定していない態度とも類似している。さらに、アリストテレスは、この引用箇所の直前の第八章において、ホメロス『オデュッセイア』の組み立てに際し、傑出していたのは、すべての出来事を取り入れはしなかった点であるとしている[31]（一四五一a）。したがって、アリストテレスにおいて、「筋」は「行為の再現」であるにもかかわらず、現実に起こった行為そのものの報告ではまったくない。この点も、ブランショが最終的にホメロスの『オデュッセイア』を「出来事の報告」ではないとしていた点と対応している。そして、このように、悲劇の最重要の要素である「筋」について説明したあとで、アリストテレスは、第二三章のなかで、叙述形式であっても、「劇的な筋の組み立て」が必要であること、さらには、そのような「出来事の組み立て」については、「それらの出来事の一つ一つが相互に関係をもつのは偶然による」としている（一四五九ａ）。そしてふたたび、アリストテレスはホメロスを取り上げ、ホメロスがトロイア戦争の全体を詩にすることはせずに一部分を取り上げたその手法は「神技」であると絶賛している。[33]

以上より、ブランショが「レシ」を「真実の報告」ではないとする点は、アリストテレスによる「出来事の組み立て」という意味での選びとられた「筋」の問題系と対応していることが想定されているためだとわかる。しかし、ブランショの読解は、「レシ」が「真実の報告」ではなく「出来事の組み立て」なのだ、という方向には進まない。もちろん、このようなアリストテレスの『詩学』理解を補助線とすれば、ブランショがつぎのように、出来事を報告する人物とその報告を聞き、書く人物とのあいだの距離がない境地を提案していることの説明はつく。ただし、つぎの引用箇所からわかるのは、ブランショが「出来事の報告」でないばかりか、「出来事の組み立て」ですらない境地について思考していることである。

もしもホメロスが、オデュッセウス、固定されているにもかかわらず拘束から自由であるオデュッセウスの名において、そこに消え去るという条件で、話す力と物語る力がそこから約束されるようにみえるその場所へと彼が向かってゆくかぎりにおいてしか、物語る力をもたないのだとすれば？

そこにまさしく、レシの異常さのひとつ、言うならばレシの思い上がりのひとつがある。レシはみずからについてしか「報じ」ないのであり、そしてこの報告は、実現されると同時に、報告が物語るものを作り出すのであるが、この報告に生じさせるものを現実のものとするかぎりにおいてしか、それは報告として可能ではないようなものである、というのも報告はそのとき、レシの「描く」現実性がたえまなくみずからのレシとしての現実性にむすびつき、それを保証し、そしてそこにみずからの保証を見つけることができるような地点だったり面だったりを保持しているのである。[34]

これは、「レシ」がなにか外部を報告するのではなく、「レシ」そのものについてしか語らないことを述べている箇所である。「レシ」が「出来事そのもの」であるというのは、「レシ」とともに「レシ」の語る対象も生み出されるという状況なのである。「レシ」は「出来事の組み立て」ではなくて、まさに、語られることによって、物語られることによって、「レシ」と「出来事そのもの」が同時に生み出されるということである。そして、そのように生み出されることによって、「現実性」と結びつこうとする運動が生まれるということである。このようにして、ブランショは、「出来事そのもの」という独自の意味を「レシ」にあたえると同時に、それを「レシ」の「異常さ」、さらには「思い上がり」と呼ぶのである。

このように、アリストテレスの『詩学』における「筋の組み立て」、「出来事の組み立て」を、まさにオデュッセウスがホメロスに「変身する」ことによって、「報告」ではなく「レシそのもの」として、

「出来事そのもの」として生じさせるのだとするブランショが、同様の論理で引き合いに出すのは、かつて『踏みはずし』でも論じられた、ハーマン・メルヴィルの『白鯨』である。「オデュッセウスがホメロスになるとき」ではつぎのように、やはり「レシ」とともにひとつの「世界」が選びとられることが書かれているのでみてみよう。

エイハブがモビー・ディックに出会うのはメルヴィルの本のなかにおいてのみであるというのは、いかにも真実である。この出会いだけが、しかしながら、メルヴィルに書物を書くことを可能にするということもまたたしかに真実なのである、あまりにも壮麗で、あまりにも桁外れで、そしてあまりにも独自であるがゆえに、この出会いは、みずからが生起するあらゆる面、ひとがその出会いをある時点に位置づけようと望むのだとして、しかしそのあらゆる時点をはみ出てしまうのであり、そして出会いが本のはじまるまえに起こったとさえ思われるほどなのだが、しかしそれはまた、にもかかわらず、作品の未来のなかで、みずからに応じたひとつの大洋と化した作品がそうなるだろうこの海のなかで、たった一度きりしか起こりえない出会いなのである。

エイハブとクジラとのあいだには、形而上学的と、この語を曖昧に用いるならば、そう呼ぶことができるような劇が上演されているのだが、おなじ闘争がセイレーンとオデュッセウスとのあいだでも行われている。これらの勝負の一部となっているそれぞれのものが、全体でありたいと、絶対的な世界でありたいと望んでおり、このことがほかの絶対的な世界とその者の共存を不可能にしているのだが、しかしそれぞれは、にもかかわらず、この共存とこの出会い以上に大きな欲望をもってはいない。エイハブとクジラとを、セイレーンとオデュッセウスとをひとつのおなじ空間のなかに集結させること、これこそが、オデュッセウスをホメロスにし、エイハブをメルヴィルにし、そしてこの集結に帰する世界を、もっとも大きく、もっとも恐ろしく、可能世界のうちでもっとも美しい世界に変える秘められた願望なのであるが、ああ、しかしそのような世界は一冊の本、ただ一冊の本だけなのである。[35]

エイハブは、白鯨モビー・ディックと宿命の戦いをする捕鯨船の船長である。なるほど、ブランショは、本が書かれる前に、エイハブが白鯨に出会ったと考えられるとも留保している。しかし、またこの「出会い」は書かれた「本」のただなかでしか生じないともいうのである。そうであるならば、メルヴィルが『白鯨』を書くことと、エイハブと白鯨との「出会い」のどちらかが先であるということではまったくなくて、どちらもが同時に生じるということになる。ここでブランショは、選びとられた「筋」が本という「海」のなかでたった一度だけ起こる「出会い」であると主張している。そのようにして、ブランショは『白鯨』を願望にもとづきながらも、たったひとつだけ、本として、書かれると当時に生まれ出る「出来事そのもの」としての「レシ」の例として挙げるのである。

「出来事の組み立て」ではなく、「出来事そのもの」

エイハブと白鯨、そしてオデュッセウスとセイレーンとのあいだのそれぞれの「闘争」、「勝負」は、実際に生じた出来事をそのまま報告するのではなく、アリストテレスの言うところの出来事の組み立て、すなわち「筋」が選ばれてゆくのではなく、ただ一度だけ「出来事そのもの」として生起する様子を指している。先にも確認したように、もっとも大きくもっとも恐ろしく、もっとも美しいとは、おそれを引き出す効果として『詩学』で重視されている事柄と通じている。ただし、欲望がそのような出会いを望みつつも、そのような筋が闘争の末に生まれる世界は「ただ一冊の本」でしかないということは、ブランショにとっては「ミュトス」＝「出来事の組み立て」ではなく、「レシ」＝「出来事そのもの」なのである。そして、それは、作家の「生」に属する出来事では当然ない。だからこそ、最後の小節「変身」において、ブランショは「レシ」の時間をつぎのように「ロマン」の日常的時間からあらためて区別をしているのだと考えられる。

レシは、オデュッセウスとエイハブが暗示するこの変身にむすびつけられている。レシが現在のものにする筋立ては、変身が到達しうるすべてのレヴェル上での変身の筋立てである。もしも便宜上——というのもこの断言は正確ではないのであるから——、ロマンを前進させるもの、それが集団的であれ個人的であれ日常的時間であるのだと言うのだとして、あるいはより正確には、時間に言葉をあたえる欲望であると言うのならば、レシは前進するために、あの別の時間、現実的な歌から想像的な歌への移行であるあの別の航海をもっているのであり、この航海は、現実の歌がすぐにではあるがすこしずつ（そしてこの「すぐにではあるがすこしずつ」というのが変身の時間そのものなのである）、想像的なものに、謎めいた歌に化すという結果をもたらすこの運動なのであって、この謎めいた歌はいつも遠く隔たっており、そしてこの距離を渡りきるべき空間として指し示し、さらにはみずからが導く場所を、歌うことが擬餌針であることをやめる地点として指し示すのである。

レシはこの空間を渡りきることを望んでいるのであり、そしてレシを駆りたてるもの、それはこの空間の空虚な充溢が要求する変形なのであって、この変形はすべての方向に作用しており、おそらくは強烈に書く者を変形されるのだが、それればかりでなく同様に、レシそのものを、そして、この移行そのものをのぞいては、ある意味ではなにも生じない場所であるこのレシのなかでかけられているあらゆるものを変形させるのである。[36]

この引用箇所で言われているのは、オデュッセウスが「現実に」出会ったセイレーンの「歌」ではなく——ブランショは、セイレーンはたしかに歌っていたが、オデュッセウスはずる賢さによって彼女たちを打ち負かしたのだとしている——、「想像的な歌」へと「移行」することである。ホメロス『オデュッセイア』第一二歌の場合とは異なって、実際に歌われた歌の「報告」であるのではなくて、「出来事そのもの」となった彼女たちの歌が、まったく現実の、真実の領域から逃れている点で、ブランショによって「想像的」と呼ばれている。それが「レシ」そのものであって、そのような常軌を逸した「出来事そのもの」が要請されることによって、現実の歌が変わるだけでなく、書き手をはじめとするそこに関わるものすべてが「変形する」というのである。このように、「出来事そのもの」としての「レシ」はまさに「想像的なもの」とされていることがわかる。物語ることと同時に「出来事そのもの」が生まれでるのであって、そのためには、書き手も、「レシ」そのものも、すべてが変形するのだというのである。

最後に、ブランショは、そのような「レシ」の生まれる地点について、オデュッセウスだけでなく、ゲーテや永劫回帰の観念にも目配せをしながら、「想像的なものとの出会い」をこのように結んでいる。「出来事そのもの」としての「レシ」が「いまだ来たるべきもの」であることが、具体的に説明されているので、読んでみよう。

たしかに、オデュッセウスは本当に航海をしたのであり、ある日、ある特定の日付に、彼は謎めいた歌に出会った。彼は、したがってつぎのように言うことができるだろう。いま、いまそれが起こっている、と。けれどいまなにが起こったのか。いまだ来たるべきものでしかないある歌の現存ということが起こったのである。それでは彼は現在のなかでなにに触れたのだろうか。

現存化した出会いという出来事ではなく、出会いそのものであるあの無限の運動の開示に触れたのであり、出会いみずからが明確に現れる場所と瞬間からつねに隔たっている、というのも出会いはこの隔たりそのものなのであり、不在が現実のものとなり、そして出来事がその果てにおいて唯一生じはじめるこの想像的な距離なのであって、出会いの固有の真実が表現する地点なのであり、いずれにせよ、出会いを言い渡す言葉がそこから生まれることを望む地点なのである。

つねにいまだ来たるべきものであり、つねにすでに過ぎ去っており、ひとを仰天させるほどに切り立ったはじまりのなかにつねに現存しているもの、そしてそれにもかかわらず、回帰と永劫の繰り返しのように展開されているもの——ゲーテは言う、「ああ、かつて生きられたさまざまな時間において、きみはわたしの妹、あるいはわたしの妻だったのだ」——、それがレシの近づいてゆこうとする出来事なのである。この出来事は時間の諸関係を転覆させるのだが、しかしにもかかわらず時間を明示するのであり、語り手を変容させる仕方で語り手の持続のなかに侵入するレシの固有の時間、想像的な同時性のなかで、そして芸術が現実のものにしようとする空間のもとで、さまざまな複数の時間の恍惚が同時に生じる変身の時間を実現するための、時間にとっては、特殊な方法を明示するのである。[37]

ブランショは、「レシ」を、「出会い」という「出来事そのもの」が、語りとともに生じるものであるとし、それを「想像的な同時性」と呼んでいる。アリストテレスの『詩学』の主張は、行為の再現、ミメーシスであるにもかかわらず、実際に起こった出来事ではなく、起こる可能性のある出来事を組み立て、筋とすることだったが、ブランショはそのような「出来事そのもの」が生じるのが、まさになにもかもが変形する「レシの空間」であるとしているのである。「出会いの固有の真実」とは、現実世界のものではなく、つねに、すでに、この地点からは逃れ去っている――そのような意味で、ホメロスの「レシ」、セイレーンの歌と出会った「レシ」は「来たるべき」ものなのである。

以上から、「想像的なものとの出会い」における「レシ」の定義が、単に「ロマン」と区別されているにとどまらないことがわかった。なによりも、ブランショが「レシ」を「出来事のそのもの」と呼んでいることを、アリストテレスの『詩学』におけるホメロスへの言及とも対比することで、「想像的なものとの出会い」でも、「レシ」は「ジャンル」ではなく、「出来事そのもの」という、「再現」の手法そのものの性格とされていることもわかった。すなわち、このテクストでブランショが主張しているのは、ジャンルとしての「レシ」ではなく、常軌を逸した「出来事の組み立て」ではなく、「来たるべき」ものとしての「出来事そのもの」という、「モード」としての「レシ」の独自の説明なのである。

第四章　来たるべき歌——マラルメとクラテュロス主義

1　セイレーンの歌の欠陥

マラルメ論とのつながり

文芸評論集『来たるべき書物』（一九五九）のタイトルは、同題のステファヌ・マラルメ論「来たるべき書物」（一九五七）から取られている。そこで、本章では「想像的なものとの出会い」で、「出来事そのもの」である「レシ」がセイレーンの「現実の歌」ではなく「いまだ来たるべき歌にすぎない」とされる、その「来たるべき」が、マラルメとどのように関係しているのかを検討する。[1]

「想像的なものとの出会い」には、マラルメの名前は一切出てこなかった。しかし、エイハブと白鯨、そしてオデュッセウスとセイレーンとのあいだにおこるそれぞれの「闘争」の結果として生まれるのが、

「ただ一冊の書物」だけであると書かれていた点は、マラルメの「書物」構想に通じていると言えるだろう。そして、もしもカプリ島に向かう船があるとしても、その船は「偶然によってしか進んでゆかないはずだ」と書かれていたことは、『賽のひとふり』において、その賽のひとふりが「偶然を決して廃さないだろう」というように、「偶然」を重視していたマラルメの姿勢に通じているだろう。だとすれば、ブランショが「来たるべき歌」について書いていた際、その「来たるべき」とは、もちろんすでに論じたように、アリストテレスの『詩学』における詩人の詩作がいまだ起こっていない出来事の組み立てという未来に関わっていたのだとして、それだけではなく、「来たるべき書物」で論じられているマラルメの詩学が念頭に置かれてのものであったとは考えられないだろうか。というのも、マラルメもまた、「詩句（vers）」が未来に到来することについての詩論を残しているからである。

これまでみてきたように、ブランショは、書評を書いていた頃から、明らかに特定の書籍や人物を参照している場合であっても、それらを明示しない書き方をしている。第四章でも、わずかな引用の背景に、プラトンの『国家』やアリストテレスの『詩学』など、下敷きとされ、内容が対応していると考えられるテクストが見えることが少なくなかった。よって、なおのこと、「来たるべき」という表現をめぐっては、マラルメとの関わりは無視できないだろう。「想像的なものとの出会い」におけるマラルメの影響を読み解いてゆくと、ブランショがマラルメの詩論をめぐって、一九四〇年代後半と類似した考えを再検討する形で織り込んでいることもわかる。具体的には、「詩の危機」とそれに関連したクラテュロス主義をめぐる考えである。それぞれを順にみてゆきたい。

「欠陥」のある「歌い方」と「欲望」の誘引

まず、ブランショが「想像的なものとの出会い」において、オデュッセウスが遭遇したセイレーンの歌に重要な欠陥があるとしていることを確認しよう。「レシ」と「ロマン」との区別には直接は関わらない箇所であるが、「想像的なものとの出会い」と見出しのつけられた冒頭はこのように書かれている。

セイレーン。彼女たちはたしかに歌っていたように思われる。しかしそれは満足させない歌い方だった。歌の本当の起源と歌の本当の幸福がどちらに開かれているのかということだけを聴解させる歌い方だった。にもかかわらず、いまだ来たるべき歌でしかない彼女たちの不完全な歌によって、彼女たちは歌うことが本当にはじまるはずのあの空間に向けて船乗りを導いていた。したがって、彼女たちは彼を欺いてはいなかった。彼女たちは、本当に目的地へ向かっていた。しかし、ひとたびその場所が望まれたならば、なにが起こったのか。この場所は何だったのか。それはもう姿を消すこと以外になにもない場所であった。というのも、根源と起源であるこの領域では、音楽そのものが、世界中のどんな場所よりも完全に姿を消していたからだ。それは生者たちが耳を閉じたまま沈んでゆく海。セイレーンたち自身もまたみずからの善意の証としていつか姿を消さなければならなかった海。

セイレーンの歌はどのような性質のものだったのか。その欠陥はどのようなものだったのか。なぜこの欠陥が歌をそれほどまでに力強くさせたのか。一部のひとたちはいつもつぎのように答えてきた。あれは非人間的な歌だったのだ。おそらくは自然の物音だが（ほかの音があるだろうか）、自然の余白にあるもので、いずれにせよ人間にとっては異質のとても低いものであり、生の標準的な条件のなかでは歌が満たすことのできない、落ちてゆくというあの極限の快楽を人間のなかに呼び覚ますものだった、と。しかし、別のひとたちが言うには、より異質なのは、魅惑であった。すなわち、歌が人間の通常の歌を再現しているのにすぎなかったのだ。そして、獣でしかないのに、女性的な美の反映のためにきわめて美しいセイレーンは、人間が歌うように歌うことができたので、彼女たちは歌をあまりにも奇異なものにし、それを聞く者のうちに、どのような人間的な歌のなかにも非人間性があるのではないかという疑惑を生じさせることになったのだ、と。すると絶望に酔って、自分自身の歌に心をとらえられた人間たちが命を落としたということになるのだろうか。恍惚にきわめて近い絶望によって？　この現実の歌、平凡で秘密の歌、素朴で日常的な歌のなかには、なにか驚くべきものがあったのであり、異質な、いわば想像的な力によって非現実的に歌われたときに、彼らはそれを突如として認識しなければならなかった。それは、ひとたび聞かれると、それぞれの言葉のなかに深淵を開き、そのうちへ消え去ることを強烈に勧める深淵の歌だった。[2]

まずここからは、ブランショは、セイレーンがたしかに歌っていたとしていることがわかる。ただし、その「歌い方」は、「満足させない」ものであったとされている。どうして「満足させない」のかというと、その「歌」が、「歌の本当の起源と歌の本当の幸福がどちらに開かれているのか」ということをしか、船乗りたちに聞かせないからである。そのために、ブランショは、セイレーンの歌い方が「不完全」であり、「欠陥」を抱えているとするのである。また、ブランショが、その「欠陥」のゆえにこそ「歌」を「強力」であるととらえていることも見て取れる。

では、その「歌の本当の起源と歌の本当の幸福」とはどのようなものなのだろうか。それを聴かせることができれば、彼女たちの歌い方は「完全」になり、船乗りたちは「満足する」というのだろうか。「歌の本当の起源」は、「根源と起源」の領域であるにもかかわらず、「音楽そのものが、世界中のどんな場所よりも完全に姿を消していた」領域だというのだから、そのようなところに「歌の本当の幸福」があるということになるだろうか。そもそも、「いまだ来たるべき歌」は、「不完全」であるとされ、生きている者も、セイレーン自身も消え去るような領域の方向しか聞かせられないとされており、完全で満足した状態がいかなるものであるかは不明瞭になっている。「歌」の起源において音楽が究極的に絶滅しているとも示唆されているため、「満足」することは、実現されないことが前提とされているようにも思われる。

改めて考えてみたいのは、歌っているにもかかわらずそれが「欠陥」をもっているとは、どのような状態なのかということである。先の引用箇所によると、まず、「欠陥」は歌を力強くするとされている。そして「欠陥」をもつ彼女たちの歌の性質として示されるのは、ブランショが二つの通説と考えるものである。ひとつは、セイレーンの歌が人間とは異質で、「落ちてゆくというあの極限の快楽を人間のなかに呼び覚ます」、非人間的なものであるという説である。もうひとつは、セイレーンの歌はむしろ人間の通常の歌の「再現」であって、だからこそ、「人間的な歌のなかにも非人間的なものがある」ということを感じさせるという説である。このとき、ブランショが、どちらかの立場にくみするわけではなく、セイレーンが実際に歌っている歌を「日常の歌」としていることに着目してみたい。このことは、つぎのように書かれていた。

この現実の歌、平凡で秘密の歌、素朴で日常的な歌のなかには、なにか驚くべきものがあったのであり、異質な、いわば想像的な力によって非現実的に歌われたときに、彼らはそれを突如として認識しなければならなかった。それは、ひとたび聞かれると、それぞれの言葉のなかに深淵を開き、そのうちへ消え去ることを強烈に勧める深淵の歌だった(3)。

以上からわかるように、ブランショにとって問題なのは、そのような、「日常的な歌」が、「異質な、いわば想像的な力をそなえた存在によって非現実的に歌われたとき」であることがわかる。そして、そのように歌われたときに、言葉のなかに「深淵」が開かれ、ひとは消え去るように誘惑されるということである。ブランショは、その「魅惑」を誘引するものが「距離」なのだと説明している。

この歌は、無視してはいけないことなのだが、船乗りたち、すなわち危険を冒し果敢な運動をするひとたちに向けられていた。そしてこの歌自体もまたひとつの航海だったのである。すなわち、この歌はある距離だったのだ。そして、この歌が明かすもの、それはこの距離を駆けめぐる可能性、歌を歌に向かう運動に変え、そしてこの運動をもっとも大きな欲望のあらわれにする可能性だったのである。(4)

ここで書かれていることを整理してみるとこうなる。まず「現実の歌」がある。それは日常的で素朴である。しかし、それが「想像的な力で」、「非現実的に」歌われると、なにもかもが姿を消す「起源と根源」の領域の方向だけを聞かせる歌になる。その「歌い方」が「不完全」で「満足させない」という「欠陥」をもっているがために、「深淵」の開かれる「歌の起源」へとむかう「距離」が生じ、それを「駆けめぐる」という「欲望」があらわれるという構図である。

すでに、これがホメロス『オデュッセイア』第一二歌の解釈から離れていることははっきりしているだろう。というのも、ブランショは、「現実的なもの」と「想像的なもの」とのあいだにある「距離」をわたるという「欲望」が、「欠陥」によって誘引されると主張しているからである。前章では、この「来たるべきもの」としての「レシ」が、現実に生じた出来事の模倣ではなく、「出来事そのもの」の生起という、ひとつの「モード」であることを確認した。では、この「起源と根源の領域」の方向をしか「聞かせない」歌がそのような「レシ」の説明となるのはどうしてなのだろうか。そして、なぜセイレーンの歌が音楽の起源と関わることがここまで強調されているのだろうか。

至高の補完物

これらの問いに答えるために、この「欠陥」をめぐる記述が、ブランショによるマラルメの読解に関連していたのではないか、という点から考えてみたい。具体的には、マラルメにとっては、「詩」が「未来」のものであるというのは、かならずしも、「書物」構想に集約されるものではないということだと思われる。なぜかというと、「来たるべき書物」では言及されないが、マラルメには、「来たるべき」という「未来」の「詩」に関連して、もうひとつ、よく知られている「詩句」の「到来」の問題があるからである。それは、「詩の危機」における「諸言語の欠陥」とその「至高の補完物」として「詩句」が到来することをめぐる記述である。該当箇所は以下である。

諸言語は複数であるという点において不完全である。至高の言語が欠けている。すなわち、考えるということは、装飾品なしに、ひそひそ話もなく、しかしいまだなお黙ったままの不死の言葉であるということなのだが、地上において、イディオムの多様性が、諸語を口に出すことを誰からも妨げる。さもなければ、諸言語は、それじたいが物質的に真実である単独的な打ち込みによって、みずからをみつけるはずである。厳しく扱われているこの禁止は、理性をもった存在が、神としてみずからをみなすに値しない（ひとは薄笑いしながらこの禁止に遭遇する）ということを、自然のなかであらわす。しかし、ただちに、美学の問題へと方向を変えられて、わたしの感覚は、彩色法だったり風采においてそれに呼応する筆触によって諸対象をあらわすことに言説がうまくいっていないことを残念に思う。そうした筆触は、声の楽器のなかに、さまざまな言語活動のあいだに、そしてときにはそのひとつのうちに存在している。不透明な音をもつ影のとなりでは、暗闇はほとんど暗くない。夜にたいするように、昼に対して付与される邪悪さをまえにして、矛盾したことに、ここでは不明瞭であるのにあそこでは明るい暗闇をまえにして、なんという失望であることか。輝かしい栄華をもつ項、あるいは、色あせる項への願いが、反対に、光り輝く単純な交替については生まれる。唯一、詩句は存在するはずがないと覚えておこう。詩句は、哲学的に諸言語の欠陥を贖う、至高の補完物なのである。(5)

(Les langues imparfaites en cela que plusieurs, manque la suprême : penser étant écrire sans accessoires, ni chuchotement mais tacite encore l'immortelle parole, la diversité, sur terre, des idiomes empêche personne de proférer les mots qui, sinon se trouveraient, par une frappe unique, elle-même matériellement la vérité. Cette prohibition sévit expresse, dans la nature (on s'y bute avec un sourire) que ne vaille de raison pour se considérer Dieu ; mais, sur l'heure, tourné à de l'esthétique, mon sens regrette que le discours défaille à exprimer les objets par des touches y répondant en coloris ou en allure, lesquelles existent dans l'instrument de la voix, parmi les langues et quelquefois chez un. A côté d'ombre, opaque, ténèbres se fonce peu ; quelle déception, devant sa perversité conférant à jour comme à nuit, contradictoirement, des timbres obscur ici, là clair. Le souhait d'un terme de splendeur brillant, ou qu'il s'éteigne, inverse ; quant à des alternatives lamineuses simples — Seulement, sachons n'existerait pas le vers : lui, philosophiquement rémunère le défaut des langues, complément supérieur.)

マラルメはここで、言語が複数あるために、語の響きとその語の指し示す物とが十全に一致する至高の言語が欠けている、と主張している。マラルメが例に挙げているように、「昼」を意味するフランス語の jour は、「夜」を意味する nuit に比べると、音として、暗く、矛盾しており、失望をもたらす、という事態はそのことを示している。そして、マラルメは、「至高の言語が欠けている」という「諸言語の欠陥」を「至高の補完物」である「詩句」が「贖う」と言っている（ただし、そのような「詩句」は、存在するはずがない、とも言っている）。同様の言葉遣いは、マラルメの「音楽と文芸」にも見出される。マラルメは、「音楽と文芸」でフランスの韻律法の復興にかんして、「ここに再び、完全なイントネーションにしたがって、流動的な、おそらくは至高の補完物によって再建された昔ながらの詩句がふたたび立ち上がることができるのです[6]（maintenant, grâce à des repos balbutiants, voici que de nouveau peut s'élever, d'après une intonation parfaite, le vers de toujours, fluide, restauré, avec des compléments peut-être suprêmes)」と書いている。ここでは、「至高の補完物」がなんであるのかは明示されていないが、少なくとも、現在は失われているものを補填し、それによって復権された「詩句」がやってくることが想定されていることがわかる。

こうしたことから、マラルメにおける「欠陥」は、語の「音」とその語の指し示す対象物ないし「意味」との不一致であることがはっきりする。諸言語が複数になってしまったために、このような「不一致」があるということ、それは、まさにクラテュロスが問題とした、「物」と「語」の一致する理想の起源の言語の探究である。そして、実際、ブランショは過去にマラルメを論じた際に、何度もクラテュロス主義に言及をしている。では、最古の起源の言語をめぐって、ブランショは、なにを考えていたのだろうか。

2　クラテュロス主義

言語の貧しさ

『クラテュロス』とは、ヘルゲモネスがソクラテスにクラテュロスを紹介する場面からはじまるプラトンの対話篇である。クラテュロスは名前の正しさが「有るものに対して本来本性的に〔自然に〕定まっている」ことを唱え、ヘルモゲネスという名前がヘルモゲネス本人にふさわしくないと主張する人物である。[7] まとめると、起源の言語にたどりつけば物の正しさを示す理想の言語に出会うことができるという立場がクラテュロス主義である。

ブランショは、『火の分け前』（一九四九）収録の「マラルメの神話」において、プラトンの教えとして、「あらゆる語、たとえ固有名詞であっても、マラルメという名前であってさえも、個別の出来事ではなく、この出来事の一般的な形式を指し示す。すなわち、それがどのようなものであれ、抽象化が残る」[8]と書き、すこし進んだ箇所では、やはり、「昼」という語の「暗さ」をめぐって、言語の「矛盾」

が、つぎのようなことを詩人に強いると書いている。

クラテュロスの教義をふたたび取り上げることによって、単語とそれらが意味する物とのあいだの直接的な一致を探し求め、夜という単語の明るい色彩と昼という語の不明瞭な音色を悔いるように詩人に強いる。まるであたかも、諸語が、わたしたちを物から引き離すどころか、その物理的な転写であるに違いなかったかのように。すなわち、ここで言語の官能性がそれを奪い去り、そして語は、重み、色彩、重く不動の側面をもつ対象に結びあわされることを夢みる。[9]

ここからは、ブランショが先に確認をしたクラテュロス主義を念頭に置いてマラルメの詩論を読み解いていることがわかる。なおかつ、詩人は語と物との一致を探求し、夢見ていると考えていることがわかる。さらに、ブランショは『文学空間』(一九五五)に収録された「マラルメの経験」でもクラテュロス主義に言及している。ブランショは、マラルメが「詩の危機」で書く「それ自体が物質的に真理であるような語を誰ひとり口にすることができない」という主張については、クラテュロスの理想、あるいは自動書記の理想である、と書いている。[10] そして、さきにみた「諸言語の欠陥」の「贖い」についても、「マラルメの経験」の註でつぎのように書いている。

諸言語が「物質的に真理」ではないこと、「昼」がその暗さによって暗く、「夜」が明るいことを悔いたあとで、マラルメはこの諸言語の欠陥のなかに、詩を正当化するものを見出だす。詩句はそれらの「至高の補完物」であり、「それに、哲学的に、諸言語の欠陥を購う」のである。この欠陥とはなにか。言語がみずからのあらわす現実をもっていないということである。物の現実に異質であり、自然の不明瞭な深みに異質であって、存在から引き離され、存在のための道具になって、人間の世界であるこの虚構的な現実に属しているからである。[11]

この註でブランショは、単語の「音」と「物」の不一致という「欠陥」を、さらに、「言語」の「事物の現実」からの異質さ、「存在」からの引き離しに由来するとしている。かつ、ここで「人間の世界」は「虚構的な現実」とされており、そこに属しているがゆえに、「物」の現実から異質であるというのである。ここからは、言語が人間の世界に属してしまっているからこそ、「欠陥」をもつ、とブランショが考えていることがわかる。

言語がこのような「欠陥」をかかえ、それを補うために詩的言語、それも「比喩形象（figures）」があるという説は西洋の修辞学の議論にもみられる。[12] ここで参照したいのは、ジェラール・ジュネットが再版にあたり序文を寄せた一八世紀の修辞学者デュマルセ＝フォンタニエの著作『転義』（一七三〇、一七五六）、より正確には一九世紀の言語学者フォンタニエがそれに加えた解説である。フォンタニエは「転義」――比喩形象化された語――が存在する原因をつぎのように書いている。

それは言語の貧しさ、適切な語の欠陥、そして、この貧しさとこの欠陥を補う要求と必然性のためである。[13]

「物」に対して「語」が足りない状況をフォンタニエは「言語の貧しさ」と呼んでいる。それを補填するために比喩形象が存在するという主張である。このように、隠喩も含むさまざまな比喩形象の存在意義が言語そのものの欠陥であると考え、なおかつ、それに伴いマラルメの「欠陥」を想起することは、一九六〇年代の隠喩論争の際にミシェル・ドゥギーも行っている。[14] また、のちにジュネットも、こうしたクラテュロス主義を下敷きとして、マラルメが「詩の危機」で述べる「諸言語の欠陥」とは「正しさの不在（l'absence de justesse）」のことであることを指摘している。[15] ジュネットは、マラルメがソシュールを先取りする形で言語の恣意性を考慮しており、諸言語には「模倣的な必然性」という「真理」が欠けてしまっているために音の響きが「物」に一致していない「欠陥」があると考えていた、としている。[16]

原初の、起源の言語にはなかった「欠陥」を「贖う」ために、詩人は様々な創意工夫を凝らしてきたが、そのような「至高の補完物」としての「詩句」は、しかし、存在しないはずだとマラルメは言っていた。それは、すでに「起源」では音楽が焼き尽くされている、という先にみたブランショの記述と一致している。では、セイレーンの歌い方の「欠陥」と、「現実の歌」と「想像的な歌」とのあいだの距離をかけめぐるという「欲望」は、「諸言語の欠陥」と対応するということになるだろうか。

ここで、「欠陥」と「補完」の関係を、「欠陥」と「欲望による充足」に置き換えて考えてみよう。

「不完全な」「満足させない」仕方によって歌われる歌が「想像的な歌」、「来たるべき歌」ならば、そうした「欠陥」を抱えた「歌い方」が「諸言語」ということになるだろう。ただし、この「来たるべき歌」は、あくまでも、たしかにあった現実の出来事の模倣ではなくて、出来事の組み立てとしての「筋」の完遂を「出来事そのもの」の生起としてとらえ直した「来たるべき」ものであった。それは、「現実の歌」、現実にオデュッセウスが遭遇したセイレーンの「歌」を模倣したものではまったくなくて、書かれることによって――書くということは、まさしく、距離をかけめぐる欲望のあらわれである――生じる「出来事そのもの」という「至高のもの」が欠けているのは、「起源」そのものを聞かせる歌い方になっていないということになる。諸言語というよりも、起源から距離によって隔てられたものとして、その「歌い方」は取り上げられている。このことから、「至高の補完物」は、「起源と根源の領域」、音楽の起源の場所そのものに到達する「歌い方」ということになる。そのような「想像的な歌」が生じるのは「レシ」のなかだけである、というのが、「想像的なものとの出会い」の主張であった。

贖うために創り出すこと

しかし、そのような「レシ」の成立は、すでに失われた「起源」へと回帰することによって可能になるものではないことは、これまで見てきたとおりである。そうではなく、むしろ、模倣でありながらも、まったく新しい筋を、組み立てるというよりも、「出来事そのもの」として作り出すことが問題になっていた。このために要請されるのが、「想像的なものとの出会い」の最後で言及されるすべての

「変身」だった。ブランショは、「レシはこの空間を渡りきることを望んでいるのであり、そしてレシを駆りたてるもの、それはこの空間の空虚な充溢が要求する変形なのであって、この変形はすべての方向に作用しており、おそらくは強烈に書く者を変形させるのだが、それればかりでなく同様に、レシそのものを、そして、この移行そのものをのぞいては、ある意味ではなにも生じない場所であるこのレシのなかで賭けられているあらゆるものを変形させる[17]」と書いており、まさしく、「出来事そのもの」としての「レシ」が生まれるために必要な「変形」が、書く者にもまた同時に生じ、歌だけでなく、それを書く者を含めたすべてがまるごと変形することが要請されることを主張していた。その点が、「出来事の報告」ではなく、「出来事そのもの」としての「レシ」というブランショの独自の理解であった。これと関連して、マラルメの「音楽と文芸」に、ある一人の男が現れ、「書く」ことによってアルファベットの「詩句への変貌」が生じる可能性について書かれている箇所には、この「変身」ならびに「変形」の要請と類似点があるので、みてみよう。

もしこの男が、自分自身によって自分を再創造し、厳格に、自分で廃棄することによって、無限の奇跡によって、自分自身のものであるなんらかの言語に定められた、二四文字にたいする憐れみをもちつづけようと心を砕き、それらの対称性、作用、反映が、詩句という超自然的な項へと変貌するまでの感覚を失わずにたもつよう心を砕いたならば、エデンの園に棲まうこの文明人である彼は、ほかのどんな財よりも、至福の基本要素を、つまり、ある国と同時に、ある教義をもつのです。彼の発意によって、あるいは、神的な文字の潜在的な力によって、二四文字を作品化することが彼に教えられるそのときに[18]。

(S'il a, recréé par lui-même, pris soin de conserver de son débarras strictement une piété aux vingt-autre lettres comme elles se sont, par le miracle de l'infinité, fixées en quelque langue la sienne, puis un sens pour leurs symétries, action, reflet, jusqu'à une transfiguration en le terme surnaturel, qu'est-le vers ; il possède, ce civilisé édennique, au-dessus d'autre bien, l'élément de félicités, une doctrine en même temps qu'une contrée. Quand son initiative, ou la force virtuelle des caractères divins lui enseigne de les mettre en œuvre.)

ここで言われているのは、人間が自分自身で自分を作り出す状況である。それも、二四文字のアルファベットによって、作品を作り出すことを学ぶことと、みずからを生み出すこととが同時に生じる状況である。エデンの園に住むこの人とは、最初の人間、アダムのことだろう。つまり、ここからは、人間の起源を人間自身が作り出すという逆説的な状況が描きこまれている。それは、ブランショが、書く行為と「出来事そのもの」とが同時に生じる「レシ」を取り上げていた状況とも対応している。マラルメ研究者のベルトラン・マルシャルは、先の引用における「音楽と文芸」の本文中の表現であるこの「詩句という超自然的な項への変貌」という表現について、そこで用いられる「詩句」が先にみた「詩の危機」における「諸言語の欠陥」を贖うものとしての「詩句」であるととらえ、二つのテクストを繋げる形でつぎのように解釈している。

言語についてのこの要約は、単にある起源、すなわちアルファベットの二四文字に結びつけられているだけでなく、ある終わり、「詩句がそうであるところの超自然的な項」にもまた結びつけられている。必然的に、これは「諸言語の欠陥を贖う」詩句であって、そしてこの贖いはまた、マラルメが手紙のなかで「〈芸術〉による贖罪」と呼ぶものを思い出させる。[19]

ここで言われているのは、起源においては完全であった「諸言語の欠陥」を補う「至高の補完物」へと二四文字が「変貌」するように、最初の人間が自ら試みる状況である。そしてマルシャルは、この引用箇所の後で、後年マラルメによって「贖い」という語が用いられることに言及し、「単純な「贖い」から「贖罪」へという、感性学から倫理学への移行がここにはあるのであって、後者は前者の究極の正当化なのである」[20]と指摘している。マルシャルの指摘は、「詩の危機」と「音楽と文芸」における「詩句」が同一であるとしているだけでなく、それを書く人物自身の再創生という「変身」に結びつけている点で示唆的である。マラルメの文章で、詩句に変貌するのは二四文字である。文字が文字のままに変貌することが問題になっている。そして、ここである男が再び作られるというのはその人物自身が変化することを意味している。マルシャルの解釈にのっとってマラルメにしたがうならば、ここで言われているのは、人間がみずから起源を再び作り出し、そして、「詩句」を作り出す場面である。

以上を踏まえると、「想像的なものとの出会い」にも、わずかではあるが、この「最初の人間」への目配せがあることが理解できるだろう。[21]「オデュッセウスがホメロスになるとき」という小節に、つぎのような記述があったことを思い出そう。

セイレーンの〈歌〉を聞くこと、それはわたしたちがそうであったところのオデュッセウスから、ホメロスになることなのだが、しかしそれでも、オデュッセウスが諸元素の力と深淵からの声との関係のなかに入ってゆく者になる現実の出会いが成就するのはホメロスのレシのなかにおいてだけである。それは難解にみえるし、人間が創造されるために、まったく人間的な方法で、みずからに目を開くことを可能にさせる神の「光あれ」という言葉を、自分自身で発する必要があったのだとすれば、その人間の抱えた最初の困惑を思い起こさせる。[22]

先にも、「想像的なものとの出会い」の最後で、書き手にまでも「変形」が生じることを確認したが、ブランショはこの引用箇所で、セイレーンの歌を聞くことで、オデュッセウスが『オデュッセイア』の書き手であるホメロスになると言っている。ただし、じっさいの「出会い」は、「レシ」の中でしか実現されないのだと言っており、これは、前節で確認をした、「レシ」が「出来事そのもの」であるということのパラフレーズであるとも考えられる。そして、そのことが、人間が自分自身を創造することに重ねられているのが、二段落目である。「光あれ」とは、旧約聖書創世記第一章第3節にでてくる言葉である。[23] 神が「光あれ」というと光が生まれ、その後、その光を昼と夜に分ける。ついで、天空と大海をつくる、という世界創造の記述である。「昼」、「夜」という「語」の明るさと暗さをめぐる「物」と「語」との不一致、欠陥については、すでにみたとおりであって、ここでもその議論が想起される。ブランショは、セイレーンの歌を聞いたオデュッセウスがホメロスとなり、「レシ」を書くことそのものを、最初の人間がみずから創造されるまえに世界を創造しなければならなかった状況に重ねていると考えられる。これは、世界のあとに人間がつくられた、という通常の順序ではなく、人間がつくられるために人間が世界をつくりださなければならないという矛盾した状況である。ブランショが、「レシ」ではすべての次元において「変身」以外のなにものも起こらないと書いたのは、このような「起源」の新たな創造として「レシ」を「書く」行為をとらえていたからであると考えられる。言い換えるならば、人間の現実の世界の事物と「言語」が対応していないという「欠陥」を乗り越えるために、セイレーンの「歌」にいざなわれ、欲望を掻き立てられ、「起源」から世界を新たに創造することが、「出来事そのもの」の到来においては、問題になっているということができるだろう。

3 「仮説」によって示される「来たるべき書物」

本節では、ブランショのテクスト「来たるべき書物」においてマラルメの『賽のひとふり』という「詩」が「来たるべき」とされている一方で、「想像的なものとの出会い」では「出来事そのもの」として「レシ」が「来たるべき」とされている点について考える。

二つのテクストの共通点は、どちらも「来たるべき」というフレーズを用いていると同時に、「海」に関わることにある。まず、「海」について考えると、「海」は古来、世界制覇と密接な関わりを思想のなかでたもってきたことが挙げられる。たとえば、ハンス・ブルーメンベルクは『難破船』(一九七九)のなかで、「海と難破の隠喩法」が古来存在することに言及している。[24]彼はオデュッセウスが海において放浪と難破を経験したことを例に挙げ、コスモスに対する信頼を失う契機がもたらされることを指摘している。[25]ブルーメンベルクによれば、航海そのものがある種の瀆神であり、航海する以上、難破は当然の帰結であるという。[26]すでにデリダがブランショ作品からこの「海」というテーマを抜き出したように、「想像的なものとの出会い」も、以上のような「危険を横断する」経験としての「航海」の系譜につらなるといえる。[27]そのため、ブランショは、「オデュッセウスのなかには普遍的な制覇へと突き動かされるあの熟慮された執拗さがある」[28]と書いていたと考えられる。そして、オデュッセウスの「航海」、「海」としての書物というモチーフは、マラルメの『賽のひとふり』とも通じている。というのも、『賽のひとふり』のテーマは難破だからである。

「想像的な出会い」よりも少し過去の論考に遡ると、まず、ブランショは、『文学空間』所収の「イジチュールの経験」(初出一九五三)で、マラルメの詩作品『イジチュール』(未完、一八六九)に描かれていた青年が『賽のひとふり』の船長に成長したと解釈し「「ほかのものではありえない〈数〉」をにぎっている」という風に、老いた船長の手がつかむものを「自由意志的死」のイメージと結びつけている。[29]ブランショが見ているのは、「死ぬという事実のなかで賭けられる賭け、偶然に逆らいもせず利用もせず偶然の内奥で、あの何ものも捕らえられぬ領域で賭けられるあの賭け[30]である。ここでは、「偶然」を利用する「賭け」があることが指摘されている。しかし、「来たるべき書物」（一九五七）で、海については、『イジチュール』における「あらゆる現実性が溶解する波の海域」という章句が引用されているほか、『賽のひとふり』について「難破の試練」があると書かれている箇所以外に、言及はない[31]。

それでは、信じてよいのかが定まっていないような、冥海からの生還の証言のような「レシ」の要素や、そこからさらに発展して生み出された、「出来事そのもの」としての「レシ」という考えは、マラルメ論であるこのテクスト「来たるべき書物」には認められないのだろうか。ブランショは、「来たるべき書物」において、はっきりと、「来たるべき」ものが「詩（poésie）」であると述べているので、まずそれをみてみよう。

詩の現存は来たるべきものである。すなわち、詩は未来を越えてやってくるのであり、そこに存在するときにもやってくることをやめない〔……〕。

作品は作品の期待である。この期待のなかに唯一、言語に固有の空間を、道筋と場所としてもつ非個人的な注意が集まる。『賽のひとふり』は来たるべき書物である[32]。

ここからは、「レシ」ではなく、「詩」が未来から常に到来しつづけるものであるとされていることがわかる。さらに、具体的には、マラルメの作品『賽のひとふり』が「来たるべき書物」と明言されている。このあとで、ブランショは、マラルメ自身による『賽のひとふり』の序文に言及している。そこで「話」と書かれている部分に注目したい。

この空間——書物の空間そのもの——においては、けっして、不可逆的な生成の水平方向の展開にしたがって、瞬間が瞬間のあとに生起することはない。たとえ虚構的な仕方であったとしても、生じたなにものかについてはそこでは語られない。話（histoire）は、「……ということにしよう」という仮説に置き換えられる。詩が出発地点とする出来事は、歴史的かつ現実のことがらとしてはあたえられず、虚構的に現実のものとしてもあたえられない。すなわち、それは、その結果生まれる思考と言語のすべての運動についてしか価値をもたず、そうした運動は、「退隠、延長、逃走によって」なされるその敏感な形象化は、空間と時間との新しい相互作用を創りあげる別の言語活動のようなのである。[33]

これは、マラルメが自分自身で、『賽のひとふり』という「虚構」が現れるにあたり、「すべては、短縮法によって、仮説のうちに生じる。レシは避けられる[34]（Tout se passe, par raccourci, en hypothèse ; on évite le récit.)」と書いている箇所を受けている。つまり、ブランショは、マラルメによる「レシ」をここで「話」に置換している。もちろん、それは言い換えれば、このテクストにおいては、「レシ」は特別な意味を担わされてはおらず、「話」に置換可能な、通常の意味であるということである。そして、そのことからはっきりするように、『賽のひとふり』という「虚構」としての「詩」、「来たるべき書物」は、むしろ、一般的な「レシ」とは異なるものとされているのである。

さらにブランショは、マラルメ自身による「レシを避ける」という表現について、以下のように註釈している。

マラルメはスピノザではない。彼は言語を幾何学的にしない。彼にとっては、「ということにしよう」で十分なのである。そのときから、「すべては短縮法によって、仮説のうちに生じる。レシは避けられる」。なぜレシは避けられるのだろうか。レシの時間が排除されるからだけではなく、語られるかわりに、示されるからである。そこにこそ、おわかりのように、マラルメが自慢したいと思っていた革新がある。はじめて、思考と言語活動の内的空間が、感覚できる方法で表象されている。(35)

ここからわかるのは、マラルメが『賽のひとふり』で用いた文字の空間的な配置の手法が、示されるものであって、語られる「レシ」とは異なるということである。したがって、「来たるべき書物」である『賽のひとふり』は「レシ」ではない。「想像的なものとの出会い」と「来たるべき書物」の二つのテクストでは、ともに「来たるべき」という表現が使われているが、前者で「来たるべき」と呼ばれているのは「レシ」であり、後者では『賽のひとふり』という書物、「詩」が「来たるべき」ものである。後者においても海のモチーフは大きいが、それが「来たるべき」に結びついているわけではない。さらに、マラルメの詩論における「至高の補完物」の到来という問題系には、むしろ前者が対応しており、後者では、視覚的な空間配置の革新性が中心的に取り上げられている。以上から、ブランショの「想像的なものとの出会い」において「レシ」が「来たるべき」ものとして、「出来事そのもの」として描かれるのは、マラルメ自身の詩論とは対応しているものの、ブランショのマラルメ論である「来たるべき書物」とは、別の文脈であることがわかる。

とはいえ、現実の出来事の語りのように、なにかしらの出来事の現実性が証明されることなく、「仮説（hypothèse）」によって示されるというのは、ブランショによって一九六〇年代に「レシ」の古い意味として示される「非連続の連続」を先取りする性格であると言えるだろう。論証の過程ならびに論理的なつながりを欠いた、語の併置による「連続」の出現である。少なくとも、『賽のひとふり』においては、接続法による仮定、さらには命令によって生まれる現実が問題となっているが、核となる「非連続の連続」の思想が、この時点で見られる。ほかに、「来たるべき書物」では、「想像的なものとの出会い」における「出来事そのもの」とは異なる、視覚的な配置によって生まれる「詩」が「来たるべき」ものとされていたが、このテクストでも、「レシ」はどのように「物」を提示するかという方法としての「モード」であり、「詩」もまた、韻文であるか散文であるかは問われていなかった。この点は、「想像的なものとの出会い」と類似した態度である。こうしたことから、ブランショの「想像的なものとの出会い」にマラルメの詩論の影響があったことは、ブランショの関心からしても、必然的なものであったと言えるだろう。

第五章　子産みなき生成——「非連続の連続」としての「レシ」

1　ブランショの「真の思想」

アランの芸術論

ブランショの「文学」をめぐる思想は、『終わりなき対話』（一九六九）において、「断片的なもの」、「書物の不在」、そして、そうした「非連続」のものたちによる「終わりなき対話」へと集約されてゆく。郷原佳以は、一九六〇年代初期のそうしたブランショにおける「断片化」について、ブランショ自身によるシェーンベルクとヴェーベルンによる音楽の「細分化」への言及との関連で、つぎのようにまとめている。

六〇年代初期のブランショにとって、現代芸術とは、したがって、多様な運動のうちに並行的に見られる統一性と共通の尺度の拒否、そして断片化によって特徴づけられることになるだろう――こうした定式そのものが、ブランショの言うように、この運動に反するものであるのだが。そして文学もまた、この運動のなかで考察されうるものである[1]。

ここで言われているのは、ブランショにおいて、文学だけでなく、広義の現代芸術が「断片化」していることへの関心が、『終わりなき対話』に収録されることになる論考群が書かれた時期に、現れていたことである。そして、郷原は、ブランショが強調する文学に留まらないこの「断片化」の運動とは、「関係の不在」ではありながらも、それでもなお、関係のないままに対話をつづけてゆく、まさに終わりなき対話であることを別の所でまとめている[2]。

本章では、そうしたなかで、ブランショが、一九六〇年代から一九七〇年代まで、「非連続の連続」の思想を「レシ」をめぐって描いていた側面があることに着目する。つまり、「断片化」に集約されるような、「非連続」ないし「関係の不在」が主題となりながらも、そこにそれでもなお存在する「連続」が「レシ」を通して思考されていた側面を考える。というのも、『終わりなき対話』に収録された名前の記されない人物どうしのとりとめない対話の形で書かれたテクスト「バラはバラ……」（初出一九六三年七月）で、ブランショであるかは定かでない語り手の一人は、アランの芸術論に依拠しながら、つぎのように書いていたからである。

――わたしは、文学的な天才だったアランが、展開されることなく語られるにちがいないこうした思想のモデルを、大胆不敵にも、詩の作り方のなかに探求していたのではないかと思う。詩と文学は、意味作用だったり、すでに構築され、ひたすら論理的な言説の照合によって組織される意味作用の集合の執拗さには耐えられない。レシは、もっとも伝統的な意味では、展開された言葉の連続性を拒絶しつつも、連続して話す方法である。すなわち、わたしたちは、切り離された出来事をつぎつぎとつけくわえてゆくだけである。とはいえ、こうしたさまざまな出来事を、ひとつの話のなかに組織したり、あるいは、ある人物をめぐって、ある「観念」をめぐって組織したりすることは、ひそやかに、連続した展開の基本的な特徴を、すなわち、時間的な継起にしたがった線的な展開を回復させることでしかない。すべての現代的な試みは、たとえ著者が莫大で四方八方へと向かう見事で過剰な連続性に頼っているのだとしても、展開の方策の拒絶であると思われる可能性がある。展開させることなく書くこと。まず、詩によって認知される運動である。[3]

語り手は、現代的な書くことの試みのうちには、「連続した展開」ではなく、むしろ、「連続性」の拒絶こそが顕著に見出されると言っている。それも、たとえ著者自身がそう意図していなかったとしても、「連続性」の拒絶が芸術に見出されることが指摘されている。そして、彼はその基本にあるものが「詩」であるのだと言っている。ここで興味深いのは、彼をとおしてブランショが、「レシ」の伝統的な古い意味として「展開されたパロールの連続性を拒絶しつつも、連続して話す方法」、そして、「切り離された出来事を次々とつけくわえるだけ」に留めるという理解を明示していることである。これは、「暗誦する」、「声に出して語る」という意味をもつ動詞 réciter が、中世フランス語においては「列挙する」、「数え上げる」という意味をもっていたことにもはっきりと通じている。すなわち、叙事詩において、人物名や起こった出来事を詩人がつぎつぎと羅列してゆく形式である。

それでは、なぜこれがアランの名を出す形で記されているのだろうか。それは、まさにアランが、このように「展開しない」思想の形を重んじていた人物だからである。「バラはバラ……」ではつぎのようにアランへの言及からはじめられているのでみてみよう。

アランは、真の思想は展開しないと言っていた。そうだとすれば、展開しないことを学ぶこと、それは「考える技術」の最小部分ではなく、一部分であるはずである。[4]

この「真の思想が展開しない」という表現については、ブランショの念頭にあるアランの著作は『芸術の体系』（一九二〇）であると考えられる。これは、アランが想像力や音楽、建築をはじめとする一〇のテーマについて複数の章を設けた芸術論集である。そして、このなかで、第一〇章「散文について」の項目三にある「散文と雄弁」の記述が、ブランショの「バラはバラ……」の冒頭の記述と合致している。ここでアランは、雄弁家による証拠と論証にもとづく言説が、精神を真の道筋からそらすものであるることを、アリストテレスによる論理の理論化と、プラトンの対話篇の中断にまみれた子どもっぽさとを対比してまず示している。そして、そのような雄弁と散文が異なることを、アランはつぎのように書いている。

これに対して散文は、固有な運動によって、雄弁家を勝利させるあの無敵の連続につねに対立しながら作用する。それゆえに、真の散文は説教や口頭弁論、教師然とした講義の自然な形式になっているあれら予備的な分割や要約、原則の確認といったことをすこしも受け入れないのである。もっと言えば、細部に即してみたなら、論理のつながりというものは真の散文においては調子を狂わせることに気がつくはずである。それを使いすぎることは衒学的である。しかし衒学的な態度(**pédantisme**)というのは、その語がよく示しているように、嗜好に対する過ちとはいまだに別のものである。問題は、本のはじまりが終わりで明白となり説明されることはありえないとする、なおあまりにありふれた誤謬である。それは根底において精神の怠惰と疑うことへの恐怖でしかない。というのも、これ以上それについて考える心配をしないために、議論の余地のないようななにかしらの原則を求めるというのは一般的なことであるからだ。そして、やがて科学そのものがそうした論証的な形式を取るようになる。しかし、真の思想は、けっして互いに関係することなく、仮定し、試みる(**Mais la vaie pensée suppose et essaie, sans se lier jamais**)。このようにして、散文は提示し、陳列する。結果、もはや、原則が結論を証明するのか、結論が原則を証明するのかを言うことはできなくなる。そして真実をいえば、ある思考におけるある要素は他のすべての要素を保証し、観念はそれが陳列されることによって自分自身を証明する。散文が、独自のしかたでみごとに表出させるのはそのことである。というのも、散文芸術のいっさいは、読者の判断を、部分があるべき場所に置かれ、たがいに助け合うにいたるまで、宙釣りにすることにあるのだから。そして古代人たちはそれをつながらない文体と呼び、そうすることによって散文の読者が自由になって自分の調子で進みつづけ、好きなときに止まり、好きなときに遡るのだということを巧みに表現したのである。(5)

ここで、アランは、「真の散文」が雄弁家のものである「連続」に対立しており、かつ、論理的なつながりがあると、そのために「調子が狂ってしまう」と主張している。最終的に、科学が「論理」の形式をとったことを認めながらも、アランは「真の思想は、けっして互いに関係することなく、仮定し、試みる」とし、そのようなわけで、「散文は提示し、陳列する」と言っている。これは、散文的な行為としての思想が、「論理のつながり」を拒むということである。アランにおいて、論理的な言語に対立する文脈で散文が「真の思想」であると表現されているこの箇所がブランショの引用元であると考えられる。つまり、ブランショは、アランが「真の散文」と「真の思想」を同義で用いていることを踏まえて、最初の一文を書いたと考えられる。そして、そこからブランショは、そのような「真の散文」、「真の思想」が、「レシ」であって、「展開させることなく」書かれること、詩の運動であると主張していたわけである。つまり、「展開がない」というのは、「論理的なつながりがない」ということである。

ブランショが、なぜ一九六三年にアランをもちだしてきたのかについて、ひとつ考えられるのは、一九六三年に『芸術の体系』がガリマール社から再版されていることが挙げられる。そして、ほかの要因として考えられるのは、アランが「真の思想」は「展開しない」というのと類似した主張をほかの著作でも行っていることである。とくに顕著なのは、子どもの言語習得にかんするアランの記述である。たとえば、『踏みはずし』に収録された「アランの思想」のなかでも、ブランショはアランの『哲学の諸要素』(一九一六)を評しながら、「真のものは繰り返されない」という主張を抜き出している。[6]また、アランの死後には『子どもの教育学』(一九六三)という教育論の講義録も残されているが、[7]そこでは、子どもの言語習得ならびに人間的な感情を教えるために有益な方法として、英雄的な行為についての「レシ」を語り聞かせること、「詩」を子ども自身が「暗誦」することが挙げられている。[8]

このように、非連続のものを連続して話す「レシ」こそが「真の散文」、さらには「真の思想」であるとブランショが言うとき、ブランショはこの「真の散文」をさらに「詩」へと拡張しており、そのさい、それが形式として韻文であるか散文であるかは問われていない。

ガートルード・スタインの「聖なるエミリー」

ブランショは、アランが述べるような連続しない散文の例としていくつかの具体的な作品を挙げているのでそれをみてゆこう。そのひとつが、ブランショのテクストのタイトルの由来となったアメリカ出身の詩人ガートルード・スタインの作品である。タイトルの「バラはバラ……」は、詩篇「聖なるエミリー」以来、スタインの著作に何度かあらわれる章句である。[9]「聖なるエミリー」は定型を完全に逸脱した詩であり、かつ、一行一行の関係は不明瞭で、そのそれぞれの一行は、おなじ単語の反復や、動詞の連続によって成り立っている。さらに、文法規則にのっとっていないため、意味をとりづらいものになっている。「バラはバラ……」の一文が出てくる前後の文章をみてみよう。

安心している、安心している。
アルゴー号の乗組員。
それはたくさん。
ずる賢いサクソン人の象徴。
美の象徴。
すべての指ぬき。
ずる賢いクローバーの指ぬき。
すべてのずる賢い。
指ぬきのずる賢い。
ずる賢い、ずる賢い。
ペットにおける場所。
夜の街。

夜の街、ひとつのグラス。
色、マホガニー、色。
色、マホガニー、色、中心。
バラはバラですバラですバラです。
可愛さ極限。
おまけの深靴。
可愛さ極限。
いちばん甘いアイス、アイス・クリーム。
ページ、時代、ページ、時代、ページ、時代。[10]

ここからわかるように、「バラはバラ……」は関連のない他の行のただなかに入れられている。ブランショは、この「バラはバラ……」について、つぎのように語り手の一人に語らせている。

わたしはガートルード・スタインのひとつの詩句、バラはバラはバラはバラです、を思い出す。どうしてこの詩句はわたしたちを困惑させるのだろうか。それは、これが邪悪な矛盾の場となっているからである。いっぽうで、この詩句は、ひとがそれ自体しか言えないと言っており、そのようなわけで、そのバラは、ひとがそれを美しいと呼ぶときよりもいっそう美しいものとしてみずからの姿を現す。しかし、他方で、この詩句は、繰り返しの誇張によって、本質的なバラというその美を保たせていることを主張する単独的な名前の尊厳をバラから奪っている。思想、バラの思想は、ここでたしかにあらゆる展開に抵抗しており、純粋な抵抗でさえある。バラはバラである。これはひとがバラを考えることができるけれども、わたしたちはそれについてなにも思い描くことができず、それを定義することさえできないということを意味する（つまり、すでに示唆したように、同語反復は定義することにたいする頑固な拒絶でしかありえないのかもしれない）。しかし、バラはバラはバラです……のほうは、存在の命名と喚起の感情移入的な性格の正体を脱神秘化しようとする。バラの「である」と、バラをバラとして永久に栄光化する名は、たがいに根絶されていて、おびただしいおしゃべりに陥っている。そのおしゃべりとは、あらゆる深遠な言葉の言明として、すなわち、はじまりも終わりもなく話すことによって生じるおしゃべりである。[11]

この引用からは、「バラはバラです」と「バラはバラはバラです……」とがまったく異なるものとされていることがわかる。その理由は、後者は定義を拒んでいると考えられているからである。テクストの語り手は、このひとつの「詩句」を「バラの思想」と呼び、「あらゆる展開に抵抗して」いると述べている。そして、それが「おしゃべり」であると言っている。同じように、「展開」と対置されているのは、「繰り返しの誇張」である。繰り返されることは、展開されることではないことが強く主張されている。そして、彼は、「反復」を「非連続的なもの」と呼んでいる。[12] ここにきて、彼が「非連続」と呼ぶものが、「反復」であることもまたわかる。最終的に、このような反復の言葉、文学の言葉は、「記憶と忘却、忘却と想起、頑固さと抹消を求め、すなわちなにも求めず、そのようにしてなによりも傷つきやすく、なによりもたやすく放棄される主張として姿をあらわす言葉[13]」とされるのである。

スタイン自身は、シガゴ大学での講演で、このバラの一節についてある学生に問われたさいに、このような形式が「言語の新しさ」を求めるためであったことを明言していたとされる。スタインの講演集の序文で、エリザベス・スプリッジはつぎのような言葉が残されているとして、引用しているのでみてみよう。

さあ聞いてください！　おわかりになりますか、言語が新しかったとき――それがチョーサーやホメロスと一緒だったとき――、詩人は物の名前を使うことができました、そして物は実際にそこにありましたか。彼は「おお月よ」「おお海よ」「おお愛よ」と言い得たでしょうし、月や海や愛は本当にそこにあったのです。そしておわかりにならないでしょうか、何百年もたったあとで何千もの詩が書かれ、彼はこうした言葉を呼ぶことができ、それらが使い古された文学的な言葉にすぎないと発見したことを。純粋な存在の刺激度は、それらから取り下げられたのです。それらは、ただむしろ古臭い文学の言葉にすぎませんでした。さて、詩人は純粋な状態の興奮のなかで働かなければなりません。彼はあの濃密さを言語に返さなければならないのです。年を取ってから詩を書くことがむずかしいことは、わたしたちみなが知っています。そして、わたしたちは、あなたたちがなにがしか奇妙なもの、なにか思いがけないものを、名詞に活力を取り戻させるためには文の構造に入れなければならないことも知っています。さて奇怪なだけでは十分ではありません。文構造の強さは詩的天才からもやってこなければならないのです[14]〔……〕。

ブランショが引用している「バラはバラはバラです（A rose is a rose is a rose）」のはじまりの rose に不定冠詞の a が付いている形でこの文が発表されたのは、この序文だけであるので、記憶違いでないかぎりは、これが参照されていると考えられる。スタインの詩論ともとれるこの文章のなかで問題となっているのは、はじめて古代の詩人によって言葉が用いられたとき、その言語が「新しかった」状態があったということである。古びてしまった言語から「濃密さ」を言語に返すことが詩人の使命である以上、スタインは、文構造のなかでどう強調するのかという点に重きをおいていると主張している。これは、アランが述べる、子どもの言語習得の際の「繰り返し」ではない言語のあらわれとも類似している。

テクスト「バラはバラ……」そのものを結ぶアフォリズムにこうした「繰り返しではない」にもかかわらず「繰り返しである」言語についての理解が現れているので、見てみよう。

分離されながら同一化する悟性の言葉
否定しながら止揚する理性の言葉
残るのは、重複しながら止揚する、反復しながら創り出す、終わりなき繰り言によって最初に、そしてただ一度きり、言語が卒倒するあの言葉の過剰に至るまで言う文学の言葉[15]このアフォリズムからも、悟性の言葉や理性の言葉とは異なる、反復的でありながらも創造的である文学の言葉が「非連続の連続」としての「レシ」であると、このテクストを通じて打ち出されていることがわかる。ブランショ研究の先駆者であるフランソワーズ・コランは、きわめて早い段階で、システマティックではないものの、確かにブランショには「思想」があり[16]、「あらゆる真の思想[17]」が見出されると述べていたが、以上から、ブランショにとって、「真の思想」は「レシ」であること、展開ではなく反復による文学言語の創造として考えられていたことがわかる。そしてそれは、繰り返しであるにもかかわらず新しく言葉を発することがどのように可能であるのか、という問いにつながっていることがわかる。

この章のはじめで確認したように、ブランショは、『終わりなき対話』において、関係が不在であるにもかかわらず対話をつづけてゆくような運動を、文学にかぎらない、現代芸術の問題としてとらえていた。それを踏まえると、本節で確認をしたような、アランの散文論にもとづく「真の思想」における「非連続の連続」が展開されることなく言葉が陳列されること、その具体例として、ガートルード・スタインの散文詩にみられる散文の陳列が、展開に抵抗しながら終わりなく話す、という点で、「終わりなき対話」の具体的な例にもなっていることがわかる。そして、その説明は、「非連続のものを連続して話す」という、「レシ」の古い意味にも支えられていたことが、このテクスト「バラはバラ……」には顕著に示されていると言えるだろう。

2　太古の〈レシ〉と神々の侵犯

子産みなき生成という展開

これまでみてきたような一九六〇年代の著作を経た上で、ブランショが「レシ」を「叙事詩」という意味ではっきり用いているテクストに「侵犯についてのノート」がある。[18] これは、フランスの西洋古典学者クレマンス・ラムヌーの思想にもとづいたテクストである。本節では、ここで「レシ」が「非連続の連続」であることからさらに発展して、男女のエロスによる生殖にはもとづかない、名前の列挙によってつなげられる非系統的な運動であることをみてゆく。このテクストで、「レシ」は掘り下げられた考察の対象になっているわけでは必ずしもない。しかし、一九七〇年代に入っても、「レシ」の古い意味を「非連続の連続」を主題とする際に取り上げる手つきは、ブランショに独特のものであり、また、彼の一九六〇年代以降の思想の形成につながっている。前節で確認した散文による「陳列」とはやや異なるが、ブランショが、つながらないもののつながりを、生殖の問題ともつなげて考えていたことを、本節では確認する。

ラムヌーは、古代ギリシア哲学を専門とし、パリ第一〇大学で教鞭をとった人物である。[19] ブランショによる二つ目のラムヌー論である「侵犯についてのノート」は、『友愛』に収録されているが、初出雑誌はないため、一九七〇年から一九七一年のあいだの書き下ろしであると考えられる。ブランショ自身は、註で、これがラムヌーの著作『ソクラテス以前研究』（一九七〇）に影響を受けて記されたものであることを明言している。[20] 全九章からなる第一部「ソクラテス以前研究」、全七章からなる第二部「日周と夜行」によって構成されたこの本は、ガストン・バシュラールに献呈されており、ジャン・ヴァールは序文でつぎのように書いている。

クレマンス・ラムヌーの思想が神話によって動いているのを目の当たりにするのは驚異的なことであり、そしてわたしたちは前神話から、〈悲劇〉、それから簡素で厳しい〈知恵〉について、話してゆくことになるだろう。

クレマンス・ラムヌーはまずデュメジルの科学へ、そしてフロイトの科学へ、それからバシュラールの火の精神分析、意味論と歴史へと向かった。そしてハイデガーは彼女の思想の進化にとって異質ではなくて、ハイデガーの背後にはニーチェがいたのである。[21]

このように、一九五二年から一九六九年にかけて各種雑誌に掲載された多岐にわたる主題についての論集であるが、ブランショが依拠するのはそのごく一部である。

「侵犯についてのノート」は、古代ギリシアの神々のなかでも、もっともはじめの神々が生まれ出る過程にあった「近親姦」という「侵犯」を主題にしたものである。ブランショは、「侵犯」を起こさずに子を産んでいった「テラ」の系譜と、「侵犯」によって子を産み、「怪物」を生み出すことになった「カオス」とのあいだに「分離」があることを確認する。ギリシアの神々は、「エロス」にもとづく男女の結合によって子どもが生まれるべきであるとされているが、そうではなく、「カオス」は「エロス」が生まれるまえに、単為生殖ならびに近親姦によって子産みを行った。ブランショは、そのようなカオスについて、つぎのように書いている。

カオスは、動くことなく休息のうちにある美しい空虚を描くどころか、始まりも終わりもない解放の憤激によって増殖する。それは反復的な空白の汎濫であり、増殖する引き算であり、結合の外部の複数性である。太古のレシはどのようなしかたで、わたしたちに主要な禁止を（わたしたちにとっては）象徴するはずのものがそこを経由する出来事を物語っているだろうか。怒り狂った憎悪は（確固たる限界の力である）テラをカオスとの結びつきへと駆りたてる。しかし、この怒り——深淵の解放——は、すでにしてカオスへの帰属を刻印する怪物的な特徴である。したがってそれは——ここで何かしらの結果がしかるべき位置にあるのだとしてのことであるが——カオス的な敵意だったり再‐欲動（re-pulsion）（自身をあべこべに反復する欲動）であるはずなのであり、それによって無限は限界を誘惑し（逸脱させ）、限界を起源なき無秩序のなかへ姿を消すよう導くために誘惑した（逸脱させた）ということになるはずだ。反発（répulsion）、あべこべの反復は、あらゆる攻撃性の原則をおおいにはみだしながら、にもかかわらず、エロスに対して先立つものではない。エロスはある系統に属しているのだが、たとえ、それが底なしの状態において、実存の名への権利をもたないものをたえまなく産出するのだとしても、なにものもそこからは由来しない。再－欲動は、あらゆる欲動に先立つものであり、原初のものでもないのであって、生とも、愛とも、破壊とも、少なくともわたしたちがそう呼ぶことを好んでいるような死とももた関わりをもたない。再－欲動。二重の、分割された語。そのうちに、わたしたちが「葛藤」の最初の形象をみるとすれば、それはまちがいとなるはずだ。というのも、反発は、反復の結果としてしか分割しないからである。反復は、なにも生み出さないことによって生み出す。すなわち、子産みなき生成である。[22]

まず、こういった神々の系譜を記すものが「レシ」と呼ばれている。そして、それがわたしたちからすれば「主要な禁止」と考えられるはずのもの、すなわち近親姦の禁止を記しているとしている。それから、愛の神である「エロス」については、彼女を起源とする神々はなく、彼女が原初のものではないということを確認している。これまでいくつかの別のテクストで現れた「展開なしの連続」を特徴とする「反復」については、「子産みなき生成」と呼ばれている。ということは、逆に、子どもを産むことは「展開」であるととらえることができるだろう。

さらにブランショは、こうした神々の名前を並べたてる「太古の〈レシ〉」という表現を用いて、つぎのように書いている。

テラ、すなわちカオス。みずからをおさえるままにはせず、重い不平、不確かな過剰という方法でわたしたちの意味作用からは離れて働くこれら強力な名前によって、太古の〈レシ〉は吟唱叙事詩風にきれぎれに（d'une manière rhapsodique）、断片の調整だったり並列によって、記憶にないほど遠い過去の〈レシ〉を暗唱する。こうした名前は、本来的な意味では力を持った言葉なのではなく、切り立った決定なのであり、おそらくはなにも名づけていない。すなわち、それらを翻訳するというよりも、ふたたび使用することによって、わたしたちの翻訳はそれらを和らげているのである。〈レシ〉はなにを記載しているのだろうか。朗誦されるための不明瞭な権利であり、そしてまたこの権利なき権利が、それに限界をさだめるさまざまな儀式にもかかわらず、伝達したり運搬したりする侵犯であり、けれども、なにが許され、そしてなにが許されないのかについてわたしたちが確信することはできない。〈レシ〉は自身を生み出し、そして生み出すことについて物語る。すなわち、吟唱叙事詩風にきれぎれに、けっしてはじめて何かを言うことはなしに、しかしつねに言われなかったそのことそのものを繰り返す叙唱によってふたたび言うことによって、欠如から欠如へと、断片から断片へと進み、最終的には繰言の力と反復のうんざりする警戒以外の権威はもたずにそれらをさまざま違ったふうに分節してゆく。わたしたちが全員従属している吟唱叙事詩風にきれぎれのレシは、自身を反復しながら、それらがなにを名づけているのかわたしたちにはわからない、しかしそれを止めるのではなくてレシの空間のなかで囲うのがふさわしい——恐るべき、謎めいた、共同体の言語の外部にある——さまざまな名のまわりに自身を構築する。反復と奇妙な名前（あるいは単純に諸々の名前、名前のうちにあって名づけえないもの）、このようなものこそレシの

なかで働いている二つの可能性である。(23)

ここではっきりと、「太古の〈レシ〉」は、「吟唱叙事詩風にきれぎれに、断片の調整だったり並列だったりによって、記憶にないほど遠い過去の〈レシ〉を暗唱する」というようにその性質を説明されている。ここで、「レシ」は「吟唱叙事詩」がそうであるようなきれぎれの語りと同義とみなされている。なおかつ、それは「はじめて何かを言うことがない」とされている。つまり、もっともはじめに語られる起源がないということである。そして、ただひたすら、起源がないままに、繰り返されているということである。その運動が、「欠如から欠如」、「断片から断片」への運動であるとされている。

具体的にこの「太古の〈レシ〉」は、なにを指しているのだろうか。それは、ヘシオドスの『神統記』である。というのも、ラムヌーの著作において、こうした「侵犯」について語られるのは、第二部に収録された論考「太古・古典ギリシアにおける悪の強さ」の終盤にかぎられており、そこで名前が挙がっているのはヘシオドスだからである。

ラムヌー自身の記述をみてみよう。ラムヌーは、おなじく第二部収録の論考「神性の夜の側面と善悪の二重性」で、神話学者とちがって、哲学者にとって興味深いのは、「貧しい神話学」であって、その対象である「神話」が「神々の歴史をふくむレシ」と呼ばれている。該当箇所は、以下であり、そこでもまた、改作や歪曲によって「連続性」がつくられることがラムヌーによって批判されている。

神々の歴史をふくむレシは興味深いイメージをロマン化された組み合わせ（un assemblage romancé）のなかに、製作のがらくたのはざまにはめこんでいる一方で、物語る歴史をつくるためのすべては時間的な枠組みに入れられており、社会的なカテゴリーと要因の連鎖を期待しており、そこで魅力に包まれる連続する生成によってなんとか許容できるよう改作されている。こうしたレシは、俗人的な伝統によって伝えられ、致命的に歪曲されているので、使われるための処理、すなわち、言語学者たちが消え去った共通の母語を再構築するためにつくるものに似た、遡及的な再－創造の仕事のすべてに服従せざるをえない。それは不可能ではない。しかし、いまだに確かな手法は用意されていない。[24]

この論考ではこれ以上「レシ」そのものについては論じられないが、ラムヌーはこうした神々について記された書物を「レシ」と呼んでいることがわかる。もちろん、神話を「レシ」と呼ぶこと自体は特別な用法ではない。しかし、ラムヌーがそうした「レシ」が「連続する生成」によって改作されているということ、歪曲されているということを指摘する理由としては、起源が不明瞭であるということと、論理的な一貫性が担保されていないなかで、ロマン風に組み立てられる神話にたいする懐疑があるためであると考えられる。つまり、ラムヌーは、「連続する生成」や、「ロマン化された組み合わせ」にイメージをはめこみ改作される「レシ」には否定的な立場なのである。

そして、ブランショが取り上げている問題の論考「太古・古典ギリシアにおける悪の強さ」の末尾で、ラムヌーによって「レシ」と呼ばれているのは、ヘシオドスの宇宙論である。ラムヌーはつぎのように書いている。

実際のところ、ヘシオドスの宇宙論は、三原則を最初から提示している。まずテラがあり、つぎにカオスがある。第三のエロスは、未来の結合をつかさどることになっている。最初の生成は、アムールなく、分裂増殖によって起こる。それからアムールの統治がはじまる。しかし、テラの子どもたち、ウラノスの一族の者たちとポントスの一族の者たちは、アムールの法を受け入れたいっぽうで、カオスの子どもたちはアムールの法を拒み、有害な存在が影さすなかで出産しつづけた。両族のあいだ――テラに出自がありアムールの法にしたがって繁殖する種族とカオスに出自がある一族とのあいだ――には、したがって、いかなる血縁関係も、いかなる親戚関係もない。起源から、カオスの裂け目が両者を分割している。すべてまるであたかも、両者の混合は起源から禁止されていたかのようである。　怪物のなかでもっとも恐ろしく、ゼウスの敵のなかでももっともおそろしいタイパンは、したがって、禁じられた結合から生まれ、女性の怨念によって助長されたのである。[25]

この箇所をよむと、ブランショの記述が、ほとんどラムヌーの文章のパラフレーズであることがわかる。ラムヌーも書いているように、ヘシオドスの『神統記』では、宇宙の誕生にさいして神々の生まれた経緯が、まずテラとカオスの二者によってはじまり、そのあとでエロスが生まれたために、もっともはじめの「生成」が、愛なしの「分裂増殖」によって生じたと書かれている。そうした単一の生殖にくわえ、「禁じられた結合」、すなわち「近親姦」によって生まれた神々が、カオスの系統にあるという点である。ラムヌーは「これらのレシ」から、つぎのように結論している。

これらのレシから引き出される結論はつぎのようなものになるだろう。ギリシア人は悪の起源を宇宙の分節に結ばれた主要な禁止に侵犯する怪物的結合に置いている。あるいは、彼らは悪の起源をアムールの法にしたがって出産することを拒絶した女性の不服従においている。すなわち、彼女はただ自分にとってだけの子どもを望んでおり、そして怪物を産み出すことに成功するのである。したがって、この伝統では、悪の起源は生殖を規定する主要な禁止の侵犯におおいに関係している。この鍵を使えば、その多数の伝説的あるいは偽歴史学的レシの意味があたえられ、多くの扉が開かれることがわかる。英雄伝説では、呪われた一族は禁止された結合に遡る。神託がそれに対して警戒するよう親族に呼びかけていた結合から生まれるべきではなかった子どもたちが問題になっている。彼らの末裔は、互いに滅ぼしあうか、みずからを滅ぼすまで、犯罪と不幸を積み重ねる。半ば理性的にとらえられた歴史においてさえ、暴君ペイシストラトスは、ある前兆が親族に警戒を呼びかけていた婚姻によって生まれたはずなのである。使用法は、姻族関係を結ぶ前に神託に助言を求める前から残っている。[26]

くわえて、ラムヌーは愛、すなわち男女の性的な結合を拒絶したダナイデスの神話も例として示し、悪については、「通過儀礼と記念唱」という二つの宗教制度の目的、女性が「宇宙の主要な〈法〉を尊重して子を産むための佳き女性を完成させる[27]」ことと、輝かしく美しいあらゆるものを救うことに答えがあるとしている。ほかに、こうした「根源的な二重性の分裂」の着想がヘシオドスにあったにもかかわらず、それについての教義も制度もギリシアでは作られず、怪物が飼い慣らされるということもなかった点が最後に指摘されている[28]。

時間なき空間――〈彼方への一歩〉の誘引

分裂増殖ならびに近親姦という神々の「侵犯」から古代ギリシアにおける「悪」の力の強さを指摘するラムヌーを受けて、ブランショが提起する独自の視点は、まず、「エロス」なしの「カオス」との結合が「深淵」との接近であるとされていることにあるだろう。そして、神々の名前を列挙する〈レシ〉そのものが、子産みなき生成とされていることにあるだろう。さらに、「系統」に関わるのが「時間」であるいっぽう、「系統」に関わらない「空間」が、ギリシア語において「カオス」と近接しているとされていることにあるだろう。つまり、ブランショによれば、「レシ」は、時間的な系統、すなわち「エロス」による生殖にもとづく子産みではなく、「空間」に関係するということである。ブランショは〈レシ〉が「太古の言語の反響」であるとして、「主要な侵犯」が、〈時間〉と〈空間〉の非関係(irrelation)にあるとしている。ただし、この点は明確にはされておらず、結論は以下のようになっており、そこでは、関係がないにもかかわらず残る〈レシ〉が、はじめて言うことなしに語るという謎を抱えていることが指摘されている。

〈レシ〉そのものが残る。それはみずからが述べる謎をはらんでいる。それは、恐ろしい諸事物について語る。というのも、それはそれらを再び言うからである。反復の二重の賭けにしたがって、起源の危険からは幸運にも逃れながらも、反発、すなわち欲望に即しても生に即しても鼓動するのではない無規則な鼓動の危機へと陥る繰言である。それゆえに、おそらくつねに、みずからがそれにもかかわらず物語ることを使命としている系統からは隔てられた〈レシ〉。〈カオス〉がその場所をもつ〈レシ〉、これはきわめて奇妙なことであって、というのも、〈レシ〉それ自身が、カオス的になるというのではなく、カオスとともに訪れる除外を内包してしまうという危険にさらされるからである。〈レシ〉をとおして、侵犯は起こり、そして消える。侵犯はつねに未完成な状態で、未完成がその肯定の唯一の態であるがゆえにいっそう失敗させられるがままとなる。したがって、〈レシ〉を経由するのは唯一レシだけである。それは〈時間〉にはけっして属さなかった過去の刻印であり、そして（わたしたちはつぎのように言えるだろうか）、それに向かって、反発が、侵犯できないにもかかわらず名づけることのできる〈外部〉が誘引されるあの〈彼方への一歩〉への呼び声である。(29)

ブランショはテラとカオスという二つの源泉ではなく、最初の存在とされるその二者について語った〈レシ〉という項を、ある種、人格化し、名前をもつ神であるかのように導入している。〈レシ〉は反復するが、愛なしに生まれるどころではなく、起源をもたないという根源的な矛盾を抱えているという指摘である。その「欠如」によって、展開せずに連続するがゆえに、〈レシ〉そのものとそれ以後のすべての神々の名前を列挙するためには「時間」や「系統」とは別の項である〈外部〉が導入されると主張されている。

このように、ブランショが叙事詩としてとらえる「レシ」は、論証的なつながりではない、「非連続の連続」としてのつながり、「断片」から「断片」への移行の運動とされるだけでなく、このラムヌー論に顕著であるように、生まれるはずのないものが連続するという「侵犯」、ならびに正当な生殖的な系統という「時間」ではない、別の空間を導入するものであることがわかる。ここから、「バラはバラ……」で肯定されていた論証的ではないとされる文学の言葉による「非連続の連続」としての「レシ」を、神話に即して、ブランショが「彼方への一歩」と結びつけて考えていたことが明瞭になる。

「レシ」の独自の用法という観点からすると、一九五〇年代から一九七〇年代にかけて、『来たるべき書物』、『終わりなき対話』、『友愛』に収録されたテクストの中に、「想像的なものとの出会い」に見られた「出来事そのもの」というブランショ独自の「レシ」理解は、その後も継続して用いられたわけではなかった。ブランショは、「想像的なものとの出会い」でも作品名を挙げていたブルトンの『ナジャ』を「レシ」と呼び、また、カフカの『日記』が「レシ」によって成り立っていることについて「レシ」を「断片」とも通じる意味合いで用いて説明する場面もあったが、とくに一九五〇年代については、目立った記述はなかった。しかし、本章でみたような非連続でありながらも、それでもそこに連続があることを「レシ」を通して示す姿勢は、『友愛』(一九七一)に収録されたジャン・ポーラン論にも現れている。『友愛』収録のテクスト「死ぬことのたやすさ」は、ジャン・ポーランの『渡られた橋』を論じたものである。このなかで、ブランショは、ほとんどの著作を戦争と関連させたポーランが、「レシ」しか書かなかったのだと、つぎのように述べ、そのさいに、「連続性」に言及している。

わたしは、ジャン・ポーランは、かつてレシしか書かなかったのだと、あるいは、いつもレシの形式下で書いていたのだと思いそうになっている。そこから、彼が、慎みによって、わたしたちを軽やかにしようとするあの重さ、そして、止まることなく、連続した運動(物語る運動)によって再開されるためにしか中断しないあの探求が生まれる。[……]もしもすべてがレシなのだとすれば、するとジャン・ポーランにおいては、闇のような暗さによる覚醒に至るまで、すべてが夢なのかもしれない。ちょうど、エクリチュールが夢であり、実に正確で、じつに早く暴露されがちであり、謎の答えを言いがちであって、結果として、それが夢のなかに謎をたえず再導入しつづけ、そこから、謎めいた方法で暴露されることをやめないのとおなじである。[30]

このようにはっきりとポーランの「レシ」を「連続した運動」と呼びながら、ブランショはこのあとで、「レシのこの運動（連続したレシの非連続性）」[31]によって、すなわち、「非連続の連続」としてのレシによって、ポーランを理解できると書いている。また、ブランショは、「本から本へと進むレシという観念」[32]という言い方もしている。こうしたことから、少なくとも、ポーランの著作を振り返りながら、ブランショは、「物語ること（raconter）」と「書くこと（écrire）」とをおなじものとしてみなし、かつ、「レシ」を「連続するものの非連続」であり、かならずしもひとつの作品そのものだけが「レシ」であるわけではなく、複数の「本」をまたがるものとしても「レシ」をとらえていることがわかる。一見すると「断片」の思想へと向かっていったように思われる『終わりなき対話』の時期に、「断片」同士の関係について、バラバラのものの併置という「連続」の運動としてとらえるようになったブランショの姿がある。

第六章　ブランショにおける音楽と歌——両立しえないものの共存

1　非論証的言語としての音楽的言語

複数の音楽への言及

　前章において、ブランショが、とりわけ一九六〇年代から一九七〇年代にかけて、「レシ」を「詩」としてとらえるとき、そのモデルとなっているのは、クレマンス・ラムヌー論に顕著に見られるように「吟唱叙事詩」、つまり詩人によって歌われるものであったことがわかった。では、ブランショは音楽そのものについては、どのような考えをもっていたのだろうか。本章では、そのことを考える。音楽は、別々の音と音とがつながってでき上がるものであり、言うならば、つなげる力によってできあがっている。そして、「歌」は、叙事詩がはっきりと示すように、人から人へと、世代を越えて、歌い継がれてゆくものである。それでは、「レシ」を「非連続の連続」としてとらえていたブランショは、「歌」がじっさいに声に出して歌われ、また、歌い継がれることについて、どのように考えていたのだろうか。

ブランショは明確な音楽論を残していない。しかし、すでにみた「想像的なものとの出会い」におけるセイレーンの「歌」のように、ギリシア神話に描かれる「歌」は、彼の文学論の主要なモチーフになっている。「想像的なものとの出会い」の下敷きとなっていた『オデュッセイア』では、ホメロスがセイレーンの歌と出会うところから、「出来事の報告」ではなく、「出来事そのもの」というブランショ独自の「レシ」理解が生まれていたが、そのとき、かなめになっていたのは、はたしてオデュッセウスが本当にセイレーンの歌を聞いたのかどうかは、最終的に確かめることができない、ということでもあった。同様に、「歌」の起源そのものへと遡及することが不可能であるという事態については、『文学空間』に収録された「オルフェウスの眼差し」(初出一九五三)でも語られている。「オルフェウスの眼差し」では、「作品」の「起源」がオルフェウスの「歌」の瞬間にあるとされており、その「歌」は不可能な「歌」であり、永遠に到達不可能な地点へ降りてゆくことと創作活動が重ねられている。オルフェウスとは、トラキアの詩人で、竪琴に合わせて歌を吟じる詩人である。死んだ妻エウリュディケーを冥界から連れ戻すために、冥界へと下り、亡者たちに歌を聞かせて、彼女を地上へと連れ戻すことを認められたが、地上に出るまで後ろを振り返ってはならないという禁止の条件を破ってしまったために、彼女を連れ戻すことに失敗したエピソードが知られている。そしてブランショは、エウリュディケーに向かってこそ、オルフェウスは降りていったのだとし、「彼女は夜の本質が別の夜として接近する瞬間なのである」[1]と解釈した上で、つぎのように書いている。

歌の中でしか、オルフェウスはエウリュディケーに対して力を持っておらず、歌の中ではまた、エウリュディケーはすでに失われており、そしてオルフェウス自身はバラバラになったオルフェウスなのであって、彼は歌の力によってすぐさま「無限の死」に変えられたのである。彼はエウリュディケーを失う。なぜならば、彼は歌の節度ある限界を越えて彼女を望んだからであり、そして彼は自分自身を失うのだが、しかし、この欲望と、失われたエウリュディケーと、ばらばらになったオルフェウスは、作品にとって永遠の無為の試練が必要であるように、歌にとって必要なのである。[2]

ここでは、死んだ妻を取り戻すためのオルフェウスの「歌」の失敗がパラフレーズされているのだが、その際、ブランショは「歌」がはじめから失敗を含んでいると言っている。しかしブランショは、それでも、そのような「歌」の失敗にともなう諸々の喪失が、「歌」にとっては必要不可欠であると強調している。ここにはパラドクスがある。つまり、すべてを喪失することをわかっていても、「歌」を歌う試練が必要なのである。そして「歌」を「作品」にたとえ、「作品」をつくるためには、「永遠の無為の試練」が必要であるとして、芸術作品全般に議論を敷衍している。このようにして、ブランショは、このテクストの最後で、オルフェウスの眼差しとともに書くこともはじまるとし、書くためにはすでに書かれている必要があり、逆に言えば創作の起源において創作が挫折しているという、はじまりへ遡及することの不可能性にこそ、作家は迫らなければならないと主張する。これは、ブランショが、「書くこと」と「死ぬこと」とが、共に不可能な経験であるにもかかわらず、その不可能の地点へ作家が入ってゆかねばならないという要請について芸術一般に敷衍して書いた重要なテクストであり、そのときにも「歌」がキーワードになっていたのである。このとき、「歌う」ことと「書く」こと、さらには「つくる」ことは対応関係にあると言えるだろう。そのうえで、実際に歌う行為そのものについて、ブランショは具体的にどのように考えていたのかを問うことにしよう。

数はすくないが、一九四〇年代から一九九〇年代に至るまでのブランショによる音楽への言及を整理すると、つぎのように三つに大きく分けることができるだろう。[3] まずは、一九四〇年代前半にみられる、「論証する」言語と対立するものとしての「音楽的な」言語という考え方である。それから、すでにみてきたような、一九五〇年代から一九七〇年代初頭にかけて頻出する「神話」の歌の問題である。もうひとつは一九四〇年代から一九八〇年代にかけて断続的に記される子どもの「数え歌」の問題であるが、これは、とりわけ一九六〇年代から一九九〇年代に記されるルイ＝ルネ・デ・フォレ論と密接に関わっている。

本節では、「非論証的」であることと「音楽的」であることが重ねられている点を確認したあとで、とくに、ブランショが子どもの「歌」という主題から、繰り返されたものでありながらも無垢な言語の可能性をめぐって形成した思考に近づくことを試みる。

音楽的な言語の二分法

まずみたいのは、『踏みはずし』(一九四三)の冒頭に収録された書き下ろしと考えられるテクスト「不安から言語へ」である。固有名詞や具体的な作品名がほとんど出てこないため、通常以上に抽象的で主張のとらえにくい文章になっているが、まとめるならば、ここでブランショは、「作家」がどのように書くことができるのか、という可能性を探求しているといえるだろう。そのとき問題となっているのは、うまく書くことの難しさといったものではまったくなく、たとえば、言語芸術においては「純粋」に「書く」ことがありえないために、作家が不安にさいなまれるということである。どういうことだろうか。ブランショは、作家の「不安」な立場についてつぎのように書いている。

こうした立場は、苦痛に満ちており、曖昧である。こうした立場は、ときおり芸術家を苦しめる不毛性とは混同されるべきではない。それは、まさにはっきりとそうした不毛性と区別されており、作家は、彼が持っているすべての高尚で希少な思考によって、イメージの豊富さと幸福さによって、文学的な美の流れによってこそ、作家は、空虚に到達しようとしていることに気づくのであって、この空虚は、作家の芸術のうちで、彼の生を占める不安への応答になるものである。作家は言葉との関係を断ち切らなかっただけでなく、彼はそうした言葉を、彼がそうした言葉をかつて持った者よりも、いっそう偉大で、いっそう輝いており、いっそう幸福なものとして受け取るのである。

彼はもっとも多様な作品をつくることができる。彼がもっとも正当であると考えるものと、彼が書くもっとも魅力的なものとのあいだには自然なつながりがある。彼にとって、数とロジックを統合することは驚異的にたやすい。彼の精神のすべては言語なのである。(4)

ここに書かれているのは、作家がなにも言うことができず、なにも書けないにもかかわらず、つねになにか書かざるをえず、書いてしまう状況にあるという作家が抱く不安の両義性である。「芸術家の不毛性」とは、言語芸術以外の芸術、音楽芸術や絵画芸術のことを指していると考えられる。というのも、『踏みはずし』所収の「詩学」では、ヴァレリーのコレージュ・ド・フランスでの講義について論じられ、言語芸術は純粋芸術になりえない、ということが言われているからである。どういうことかというと、たとえば、音楽はそれ自身だけで存在して、それ以外のなにものをも意味しないかのようだが、こうした音や色の世界とは違って、言語は語の世界といったものを組織することができないということである。ブランショはつぎのように書いている。

詩の純粋さは、それが音楽的条件、合理的条件、意味作用的条件、暗示的条件といった、それぞれまったく異なる条件のなかに築かれた調和からやってくる。詩がみずからの力の純粋性のすべてにおいて現実化するためには、不純でなければならない。(5)

ここで言われているのは、作家が画家の絵具のように、色彩のように用いる「語」は、すでにさまざまな思考やイメージ、美によって構成されている時点で、不純だということである。つまり、「語」が無垢ではないということである。

ひとつ前の引用に戻って注目したいのは、「彼がもっとも正当であると考えるものと、彼がもっとも魅力的に書くものとのあいだには自然なつながりがある。彼にとって、数とロジックを統合することは驚異的にたやすい。彼の精神のすべては言語なのである」という記述である。「数（nombre）」とは、リズム、メロディー、ハーモニーを与える特性であり、「諧調」「調和」と訳されることもある。この両者を統合することが「たやすい」とされていることから、ブランショの主眼は、「数」と「ロジック」をわけてはいるものの非論理的とされる側と論理的とされる側のどちらかにつくということではないことがわかる。そうではなくて、その両極を揺れ動く運動そのものを思考していたと考えられる。それは無意味と意味のグレーゾーンというよりも、二つのあいだの往復運動である。この時期、ブランショは、キルケゴールが人生を音楽の音色にたとえる「正確な音色とは、正確なものと調子外れのものとのあいだの揺れ動きである」という章句も引用しており、不純ゆえの往復運動が、音楽の音の定まらなさをも含んでいることがわかるだろう(6)。

そして、このテクスト「不安から言語へ」の末尾で、ブランショは「ロジック」ではなく「数」、すなわち非論証的な言語が、「音楽的な言語」であると、括弧つきではあるが、記している。該当箇所は以下である。

もしもわたしが読むとすると、言語は、それが論理的なものであれ、あるいは完全に音楽的（非論証的）なものであれ、わたしを共通の意味にくっつけるのであって、それは、直接的にはわたしがそうであるところのものには結びつけられていないので、わたしの不安とわたしとのあいだに介在する。しかしわたしが書くとなると、共通の意味を言語にくっつけるのはわたしであり、そして、この意味作用の行為のために、わたしはできるかぎり、自分の力を意味を与える極限の効能にまで高めるのである。したがって、すべては、わたしの精神の中では、必要な連関であろうとし、そして、試練にさらされた価値であろうとするのである。すべては、記憶の中では、いまだに発明されていない言語の想起であり、わたしたちが思い出す言語の発明なのである。(7)

ここからはっきり分かるのは、ブランショが問うているのは、論理的な言語と非論証的な言語にかぎらず、なぜ言語はいかなる場合も共通の意味をもちうるのか、ということであり、なおかつ、そのときに、音楽的な言語はロジックの対蹠点にあるとみられていることである。

以上から、『踏みはずし』では、「音楽」が非論証的とされていることがわかる。もちろん、ブランショ自身は「音楽的な言語」が優れているということではなく、言語でありながら古びてはいない新しい言語が生まれ出ることを思考している。そして、不純さを抱えた言語は「いまだ発明されていない言語の想起」と「わたしたちが思い出す言語の発明」という、それぞれ矛盾を抱えた状態の言語とのあいだの行き来であるとされている。

空間と歌――ボードレールとマラルメにおける「音楽」への言及

ほかに、こうした詩学と関連した音楽についての言及が、『踏みはずし』のボードレール論「『悪の華』のとある版」にもみられるので確認しておこう。このテクストで、ブランショは、ボードレールのすべての詩句がなにかしらのテクストと呼応しているように思われるということを書いている。そしてその様子について、古代のさまざまな文学的蓄積をオーケストラにたとえ、ボードレールの詩句のひとつひとつがそうしたオーケストラを背景に響く「歌」なのだと説明している箇所がつぎになる。

数え切れないほどのこだまが目覚める。まるであたかも、詩人の作品が多くの別の詩人を生き生きとさせる声の瞬間的な滞在でしかなく、類似した旋律のコンサートのなかでしか聞くことができないかのようである。それはときにあまりにも驚くべき集合体をなす。ひとは無限のハーモニーを聞く。それは、みかけ上では単独的な単語をめぐって、多かれ少なかれ幸福にその単語をまた用いていたほかの詩人たちの著作が構築するものである。そしてひとはいくぶんかおののきながら、言語のこうした多様な好機、――つねに同じで、つねに栄光化され、そしてつねに歪曲されて過ぎ去る――たえまなく刷新される言葉のこの宿命についてゆく。それを永久に固定するはずのどのような完全な使用法――拡声器から拡声器へと、仏教が止めることを当て込んでいる輪廻に類似したこの種の輪廻を終わらせることはできない――もわからないものを探し求めて。これはまさに学殖に固有の歌である。純粋な音楽の歌のように、なにかに役立たせることを拒んで楽しむときにしかその美しさをもたない歌である。[8]

ここでは単語が旋律と重ねられている。そして、それが「純粋な音楽の歌」に類比されている。この記述からわかるのは、ある語が、すでになにかしらのイメージを纏っているというその「不純さ」そのものが、過去の他の詩人たちの詩句のイメージを喚起するために、その「不純な」一語が「ハーモニー」を醸し出すということである。つまり、不純さは、かならずしもネガティブな意味では用いられていない。むしろ、単独的な語であってさえも、それが複数の他の過去の詩で用いられた単語の響きを喚起させ、かつ響かせるため、複声の「歌」となりうるのだと解釈できるだろう。よって、「不純」であるとは、ひとつではない、ということでもあるだろう。

すこし年数があくが、『火の分け前』(一九四九)に収録された「マラルメの神話」では、音楽にたいするブランショの見解が、ヴァレリーと対比される形でみられるのでこれも確認しておこう。ブランショは、人間の声による「歌」を「詩」に接近させるヴァレリーに対し、諸語を視覚的に配置しつなげる力として「音楽」をとらえており、ここには両者のマラルメ解釈の違いが現れている。ブランショは、マラルメが「詩の危機」で、言語を二分しながら、「本質的な言語は散文を廃さない」ことを確認したうえで、詩と音楽が接近することについてこのように述べている。

もちろん、「すばらしい詩、音楽」であるのは、詩が言語からある種の音楽をつくるからではなくて、音楽という運動の芸術のように、唯一の持続から意味作用とそれが到達しようとのぞむ効果を引き出すからである[9]。

いま引いた箇所では、ブランショはたしかに、マラルメが詩を音楽と重ねており、かつ、音楽を運動の芸術とみなしているのだと理解していたことがわかる。それに対して、この少しあとでは、ヴァレリーの詩論について、ブランショはつぎのように書いている。

ヴァレリーは反対に、詩を歌に結びつける。彼は、ひとがその音価を再現する言語が、目とは違って、それを探求し、その感覚的な強さを明らかにする器官を要請すると理解している[10]。

この最後の例からわずかに読み取れるのは、当時、ブランショがマラルメを読む中で、「音楽」については、「語」の配置、「語」と「語」とをつなげる運動とみなしていた部分もあったということである。類似した使用例がほかのテクストには見られないため、これはブランショの例外的な側面であるとは思われるが、一九四〇年代のいくつかの記述からわかる、音楽的な言語が非論証的であるという思考は、のちに一九六〇年代に入ってから「バラはバラ……」で述べられることになる、論理的な展開に対立する「レシ」の先駆けとなっているといえるだろう。ただし、この時点では、このような言語が優位にあるとはされておらず、かつ文学的言語は両者のあいだの揺れ動きそのものと考えられていた点は、それと異なっている。

2　子どもの歌の問題

「数え歌」と詩の記憶

先にみた「数」を意味するフランス語 nombre をもう一度取り上げよう。これは、修辞学の用語としては、「諧調」という意味をもつ。言葉の数を整えて調和をとるための技法である。「調和」と訳されたり、そのまま「数」と訳されたりすることもある。これは韻文と散文の両方に用いられる修辞である。ブランショは、マラルメを通して、なによりも「詩句（vers）」に着目しており、「想像的なものとの出会い」では、その「詩句」が「レシ」とほとんど置換される形で「来たるべき歌」が思考されていることを第五章でみたが、この vers という言葉こそ、韻文か散文かにかかわらず、ある種の「数」の区切りにもっとも関わるものであり、ブランショは、この「数」が持つときとして神秘的な性格を、晩年に至るまで追究していた。[11] 一言であらわすならば、そこには「数」を自分以外の人間と分かちもつことができるのかどうかという問いが潜んでいるように思われる。そしてその問いが、「子ども」の「歌」をめぐって展開されていることを本節では確認したい。

この要素が最初にわかりやすく現れているのが、『踏みはずし』に収録されたテクスト「詩と言語」

である。この中で、ブランショはレーモン・クノーの詩集『涙の眼』について、「このリズムの並列には子どもの歌と数え歌に比較されうる形式がある。それは疑いようがないが、しかし想起の子どもっぽさをとおして、言語をかき乱しそれをその起源へと連れ去る創造的な声を聞くこと以上に困惑するものはない」と述べている。ブランショはつぎのように書いている。

『涙の眼』の詩はほとんど口実のない言語の試練である。この試練はきわめて厳格で、韻律をつけられ、あるいはリズムをつけられた韻律法の枠組みのなかで繰りひろげられている。それは、形式の要請と息の規則性によって、重要な章句の彼方でパロールの表現する意志をたもっている。言語が単純かつ直接的に問題とされていて、それがまた間近から、その破滅を喚起する理由そのものによってみずからを最終的に救うための破局をかすめる作品は少ないように思われる。言葉のこの皮肉な劇よりも素早く決定的なものはなにもない。拍子によって魔法をかけられて、言語はばらばらになり、それによって持続と結ばれていた意味を失い、その力の手段を失って、統語的な源を捨て去り、もはや論理的にはつながらず、墜落する調子の狂ったかけらの騒音でしかなくなっている。しかし、おなじ驚くべき影響下で、こうした言葉の破片から、別の言語と別の構成がふたたび生まれる。イメージの融和できない散乱のなかで目にみえる地平線を分割する失墜の躍動は、新しい比喩形象として、めくるめく運動そのものを提示する。音綴、意味、物理的な強さ、すべてが、きわめて奇妙な感情を生まれさせる安定した親和性にしたがって集まる。

死はおもしろみのない説教を聞いていた
道徳は風に運ばれて説教をした
道徳の説教は死によって聞かれた
死が聞き、死が理解する
たえまない別の言葉とその声は
風に運ばれた息の空間にしかとどまらない
それは聞いて理解する、話すことはできず、においで判断する
それはわたしの説教でわたしの死、わたしの道徳とわたしの時間
わたしの汚れたにおい、臨終のひとのにおい
だって毎日わたしは死ぬのだから、そしてわたしは浮気に願う
すべての風に借りられたわたしの道徳の死を

このリズムの並列には子どもの歌と数え歌に比較されうる形式がある。それは疑いようがないが、しかし想起の子どもっぽさをとおして、言語をかき乱しそれをその起源へと連れ去る創造的な声を聞くこと以上に困惑するものはない[12]。

もう一度確認すると、この時期のブランショは、反修辞学とも呼ぶべき立場と修辞学を再評価する立場の双方を乗り越えた上で、古くから存在している言葉をまったく新しい形で響かせるという試みを評価し、また追究していたとまとめることができる。それは、韻文であるとか散文であるとか、そういった二分法に留まらない、新しい言語表現を探求する姿勢であるといえるだろう。その姿勢を、ブランショはクノーに読み取っている。つまり、ブランショは、クノーはこの作品でたしかに一見古く伝統的な、拍子をつけたり、韻律をつけたりするという技法を用いているが、しかしそうしたものを用いながらも、言語に魔法のような作用が見事に与えられているというのである。そのときにブランショが引き合いに出すのが、先の引用でみた「数え歌（comptine）」である。

ブランショは、このテクストの前半で「詩的記憶」について、つぎのように書いている。

古い学術的伝統は、その記憶技術的な価値によって詩を分類している。この素朴さには深みがないわけではない。子どもたちに、詩は記憶につかむべきものをあたえることで記憶の基礎をつくり、動かない言葉の外部に、なにか繰り広げられるものの空虚な力の基礎をつくるのだ、と説得するのは悪くないことである。子どもたちは、それによって語が構成され、あるいはあらゆる一般的な意味から逃れて解体される運動のなかでひとは語を思い出すのだということを学ばなければならない。[13]

ここで確認されているのは、詩と記憶の関係である。とりわけ、それが子どもにとって有する教育的な機能が確認されている。ブランショは、「語」を構成するにもかかわらず、一般的な意味が破壊されるなかで、「語」が思い出されるという「記憶」の仕組みを説明している。それを詩の技術が、子どもたちに教えるのだという。それはいわば、古い言葉をまったく無垢なままに発するという、子ども時代にはかならず通過するだろうが、しかし大きくなってからけっして戻ることのできない稀有な経験と言えるだろう。音の数が決まり、韻が揃えられた定型詩は、暗唱しやすくするための記憶装置として作用するけれども、記憶されることは、意味の解体をともなっていることが念押しされている。このように、誰のものかわからない——少なくともそれまでみずからのものではなかった——言語の律動が、子どものなかにはじめて刻まれ、日々の中で繰り返し、あちこちで波打っていること自体に、古さと新しさの共存があるという驚異、さらには言語の起源をも考える契機が含まれているのだとブランショが考えていたことが読み取れるだろう。それは言語が学ばれ、「数」が引き継がれることをめぐる問いであるとも言い換えることができるだろう。

「数え歌」は言葉をもつか？

つづいて、このような子どもの「数え歌」に関する記述が、一九八〇年代にも見られることにも着目したい。取り上げたいのは、ジャン゠リュック・ナンシーによって編まれた雑誌特集『主体のあとに誰が来るのか？』のなかで、ブランショはそれでもなお「誰か」が想定されていることを指摘した上で、「ただ子どもたちだけが、不可能性に開かれるものを数え歌にすることができる。ただ子どもたちだけが、それを喜んで歌うことができる」と書いていたことである。問いに直接答えることはせずに、その問いをめぐる匿名の者たちによる会話を挿入しながら、ブランショは末尾でこのように書いている。

「したがって主体のあとに誰がくるのか」。それを理解しながら、それを理解せずに、わたしはクロード・モラリから、彼女の著作の題のひとつと彼女がそれを引き出した引用を借りることを許してほしい。「まるであたかも押し殺したしかたで、あの呼び声が、しかしながら楽しい呼び声が、庭で遊んでいる子どもたちの叫びが鳴り響くかのように。「きょうは誰がわたし？」「誰がわたしのかわり？」そして楽しい、無限の答え。「彼、彼、彼」」

ただ子どもたちだけが不可能性に開かれるものを数え歌にすることができる、そしてただ子どもたちだけが、それを楽しく歌うことができる。不安と不確実性の重々しさのなかではあるが、ときどきは、こうした子どもたちになろう。[14]

クロード・モラリからの引用というのは、正確には、モラリが『今日は誰がわたし？』という著作の最初で引用しているブランショ自身の『彼方への一歩』（一九七三）の中の言葉である。[15]この断章で、ブランショは断片的に、子どもが「彼」になったり「わたし」になったり、人称を入れ替えて遊んでいる様子を記していた。そういった子どもの言葉遊びとしての「数え歌」についての記述である。言語が言語のままでありながら、どのように新しくも共通のものでありうるのかという問いは、ここにきて、明確に、書かれたものだけでなく、声によって歌われるものにも通じていると言えるだろう。

　では、その歌われたものは、本当に言葉を持っているということになるのだろうか。子どもをめぐっては、言葉を持たないものを指す「インファンス」という概念が存在する。しかし、「数え歌」は、言葉をともなっている。ここでは、そのとき彼ら、彼女らは言葉を歌っているのだから、言語はたしかに使用されている。したがって、すでに上田和彦が指摘しているように、子どもであるにもかかわらず、言葉を持たない者としての「インファンス」と単純に呼ぶことはできないように思われる。[16]つまり、このように記述するブランショにおいては、子どもの発する声が言語をもたない「インファンス」のものであることよりも、歌を歌うという言語活動をなしていることにこそ関心が寄せられているとわかる。もちろん、そのような子どもの歌が、意味と無意味の往還になっているのだろうかといった問いや、鸚鵡（おうむ）のように、口真似をしているだけで、本当に意味をわかって歌っていないのではないだろうか、という疑念が生じる余地もあるだろう。しかし、このように、ブランショが子どもの数え歌に、「不可能性」の彼方へと向かう可能性があると考えていた以上、歌われた歌がどのような言語なのかを考えるために、ブランショが珍しく、音楽用語を用いて評する作家をつぎにみたい。それは、ルイ＝ルネ・デ・フォレである。

3　ルイ＝ルネ・デ・フォレ論

「語」の「大殺戮」

ルイ＝ルネ・デ・フォレについて、ブランショは一九四〇年代前半、彼の『乞食たち』を評して、フォークナーの「語り（レシ）」があると述べていた。そのあと、デ・フォレが発表した『子ども部屋』と『狂った記憶』をめぐって、ブランショは「虚ろなパロール」という文章を書いている。これは、直前の一九六二年に亡くなったジョルジュ・バタイユがデ・フォレの「レシ」を好んでいたという思い出に寄せた形式になっている。ブランショは、とりわけ『おしゃべり』がおしゃべりそのものではなく、おしゃべりをする「わたし」の亡霊的な語り、「物語の幽霊に類似した性格」を、ミシェル・レリスの一人称の記述と照らし合わせ、それを「魔術化」と呼んだ上で、その語り手が「自分自身にしか話していない」という点を指摘している。

まず、特徴的なのは、ブランショが「おしゃべり」は「言葉」ではないとしていることである。「なにも嘘を言わない」としても「本当には話していない言葉」であるとしているのである。これがハイデガーによって厳しく「非真正な言葉」として糾弾されることも言及されている。しかし、ブランショは、このおしゃべりにこそ、文学的言語の真実との出会いがあるのだとしており、つづく箇所でこのように書いている。

『おしゃべり』はわたしたちを魅惑し、わたしたちを脅かす。しかしそれは、『おしゃべり』が象徴的なフィギュールとして、わたしたちの世界に固有の、おしゃべりな無意味さを表象しているからではなく、それがわたしたちに、ひとたびこの運動のなかに入れば、そこから出ようとする決定、そこから脱したのだという主張が、すでにそれに属しており、かつ、この前もっての莫大な浸食が、この内部の空虚が、緘默（かんもく）による語と、語による沈黙のこの混交が、おそらくはあらゆる言語の真実を指し示しているからであり、そしてとりわけ、文学的言語の真実を、わたしたちが、あるいは厳格に、あるいは体系的に、あるいはだらしなく自身を幻惑にゆだねる決意とともに奥まで進んでゆく力をもっているのだとすれば出会うことのできる言語を、指し示しているからである。[17]

ここからは、ブランショが、「おしゃべり」の中に、「緘默による語」と「語による沈黙」の混合という、言い換えるならば、沈黙とパロールのまぜこぜ状態があると考えているとわかる。そしてそれが、文学的言語の真実を示すとされている。

ブランショは、なにも言わずに言う非真正の言葉である「おしゃべり」について以上のように述べたあとで、デ・フォレの短篇集『子ども部屋』の解説に移る。[18] それから『おしゃべり』についてブランショが指摘するのは、言葉でありながらも言葉ではないという曖昧さが「語」の「大殺戮」を引き起こすことである。「大殺戮」とはなにか。ブランショは、そこに「幼年期」の問題が現れていると述べた上で、想起と重なる形で現れる「遠い過去から、壁の後ろで目に見えぬまま歌う小さな神学生たち」のイメージから、この「大殺戮」の発生について、つぎのように書いている。

なにか無限が開かれており、永久に動かず、沈黙したままである。それはあたかも、空虚な語の空虚さが、なにか目に見えない仕方になり、空虚な場所の空虚さに場所をあたえ、そして晴れ間を生み出すかのようである。奇跡的な、奇跡なしの瞬間である。それは沈黙との、そしておそらくは死との、幽霊に似た等価物なのであり、死はあらゆる差し押さえから、したがって、あらゆる視覚から逃れる純粋な可視性でしかないのであって、この瞬間は、沈黙、パロールそして死が、歌において和解した（危険にさらされた）一瞬なのである。そのすぐあとで、このオルフェウスの振り返りのあとでは、ほかならぬ語の大殺戮が必要である。おしゃべりがその危機と呼ぶもの、虚構的な危機であり、語りの危機であるものが必要である。瞬間を永続させるために、そしてまた、それを、嘲弄的な一瞬の思い出に還元しながら無効にするために、よりよく崩壊するために、みずからを発明されたものとして思わせ、その発明によってささえられ、損なわれたものと思わせる思い出に。[19]

ここからは、「大殺戮」とは、「語」が空虚であるにもかかわらず「語」であり、パロールとして存在しながらも、それが沈黙と等価になっているという、「語」本来の状態の崩壊を指すものと読み取れるだろう。さらに、ここで注目したいのは、幼年期についてのこの「レシ」において、「沈黙」と「死」に対する「等価物」が、話しているにもかかわらず生じていることである。そしてその瞬間に「沈黙」と

「パロール」と「死」の三要素が、「歌」のなかで和解するとされている点である。この「歌」が、オルフェウスの「歌」とブランショ自身によって重ねられているため、神話の「歌」が、この子どもの聖歌のなかに、日常のおしゃべりのなかにあるとされ、かつ、その後に「語の大殺戮」が生じるとされていることから、オルフェウスの「歌」、不可能な「歌」は、話しているがなにも話していない死の様態であるとわかる。

このようにして、ブランショは、デ・フォレの『おしゃべり』が「ほかのレシ」とは異なり、「ある種の嘲笑的な暴力、激昂、興廃と忿怒(ふんど)という力、驚異的な突破を成し遂げるための努力にそれを巻き込む運動」を持っているとする。そして、バタイユが『青空』の序文で「レシ」について「生のさまざまな可能性を明らかにするレシは、必然的に助けを呼ばず、しかし激怒の瞬間に、それがなければ著者が極端なこうした可能性がわからないでいるかもしれないような助けを呼ぶ」と述べた箇所を引用し、デ・フォレ作品における「霊感の力」が、「制約」に結ばれているのだとして、このテクストを閉じている。これらからわかるのは、ブランショが言語の曖昧さ、両義性を主張するさいに、きわめて具体的に、子どもたちが歌う要素を例として挙げ、その「歌」に、相反する「沈黙」と「パロール」と「死」が共存していると考えていることである。

音楽用語「アナクルシス」の援用

このように、子どもの「歌」のなかに「沈黙」と「パロール」が「死」として融和するという思想は、

『他のところからやってくる声』に収録された別のデ・フォレ論にもみられるので最後にそれを確認したい。このデ・フォレ論は「白黒」、「アナクルシス」、「他からくる声」という三つのテクストによって構成されている。

まず、「白黒」では、デ・フォレの「オスティナート」について、それが「展開することのできないまま脳内に止まり続ける独特の音色」としてのシューマンの名前とともに挙げられている。[20] ブランショは、「終わりから出発して書く」という必要性が見られると述べた上で、「黒がなければ白はない、言葉と騒音が止まるために生み出されるのでなければ沈黙はない」と述べ、「断片的な構成」からなるオスティナートが「非連続」であると述べている。[21] このように、ブランショが「オスティナート」について説明する「非連続」と「展開しない」という性質は、「バラはバラ……」において顕在化した「非連続の連続」としての「レシ」の説明に酷似している。そして、ブランショはそのようなデ・フォレの「オスティナート」における一人称の「レシ」を、つぎのように特異な「わたし」によって語られる自伝の問題としてとらえている。

自伝が問題になっているのだろうか。現在形(持続の外部)で書かれており、そしてつねに三人称で指示されている何者かを取り扱っているので、すでにして中性的であり、あるいは非個人的な遠くのわたしをそこに認めることがなければ、テクストを見誤ることになるはずである。(ルイ゠ルネ・デ・フォレのこれまでのレシはもっとも多くの場合、一人称で書かれていたが、しかしこれはすでに特異な位置を占めている、わたしなきわたし、異議申し立ての揺れ動くモード、不確実性、現実的なものと想像的なものとのあいだの揺れをもっていた[22]）

ブランショは、デ・フォレの過去の「一人称」が、「一人称」でありながら「わたしなきわたし」という特異な「一人称」であるとしている。そしてその「一人称」が「現実的なもの」と「想像的なもの」とのあいだを揺れ動く「モード」であったと述べている。つまり、ブランショによって、「非連続の連続」としての「オスティナート」としてとらえられるデ・フォレの人称が、ここでは「モード」の問題とされている[23]。

そして、二番目のテクスト「アナクルシス」において、ブランショはヘーゲルを援用しながら、ふたたび、「わたし」ということそのものが、死でもあり、生まれ直しでもあるのだということを、デ・フォレのレシ論として書いている。

よってわたしが作り出しているものだったり、作り出していると信じているものだったりは、たとえそれが他の者たちによって物語られているのだとしても、レシなのである（しかし、もしもわたしが見捨てられた子どもなのだとすれば、誰がこのレシを作っているのだろう。そしてフロイトによれば、わたしはいつもそうであると思っている）。非直接的なものを堕落させるレシからわたしのもとへやってくるこの喪失は最初の苦痛である（仮に人が数えることができるとすればだが）。

しかしもうひとつの苦痛（にもかかわらずいつも同じ苦痛）が、「わたしが不当に追い出されたこの巨大な喪失」の想起なのである（「海のメガイラ」）。そしてさらにもうひとつ（けれどそれはいつも同じなのか）。

生まれることをわたしたちは終わりにしないのだと言わせてくれ、けれど死者たち、彼らは、死ぬことをやめたのだ、と。

（「サミュエル・ウッドの詩[24]」）

ここでブランショは「どうしてわたしたちは生まれることをやめないのだろうか」と問うている。そして、このような、音楽でありながら沈黙である「アナクルシス」がその謎に重ねられているのである。声が発せられないままに歌を導く「アナクルシス」が、パロールでもなく沈黙でもない言語の状態とおなじものと見なされている。ブランショによってこの音楽用語は次のように使われている。

しかし、ヘーゲルでないものにとっては、問いが、パロールが、沈黙が、そして栄光に輝く太陽、鳥たちの叫び声、言語の冥界的な必然性を逃れる歌、天の創造物の歓喜、アナクルシスによって、聞かれえないもののなかでなおも聞かれ、あるいは聞かれようとするものの沈黙のたもたれる音楽が残る[25]。

この引用からは、ブランショが沈黙の音楽としての「歌」があると言っていることがわかる。ここで、ブランショは、音楽の用語に接近している。「アナクルシス」を詳しく説明する前に、ブランショは、「コントルタン（contretemps）」という音楽用語をさりげなく用いている。ブランショは、次のように、シンコペーションを意味するこの言葉が、「時ならぬ出来事」を意味することに注意を促し、「コントルタン——それはおそらく、ある別の仕方での、回顧によって後ろへ回帰することへの期待である。そこには、決して存在したことがないためにこそ、すでに失われてしまったひとつの現在が幻影となって立ち現れている[26]」と述べている。シンコペーションとは、ある小節の最初の強拍が、その前の小節の弱拍と同音ならば、その強拍が、弱拍にまで遡って移動する効果をもたらすものである。つまり、拍の移動である。それから、ブランショは、「インファンスの沈黙」が「パロールの出発」であると考えると同時に、その両者を行き来する運動としての「アナクルシス」、それも子どもが歌うさいの「アナクルシス」をつぎのように説明している。

アナクルシスはおそらくギリシア人においては単純なプレリュード、たとえば竪琴のプレリュードである。一九世紀の例では、それは複雑化する。最初の拍子で、端緒となるもののなかでは、いかなるものも聞かれないし、とても弱いので誤りをなしているように見える音色、そしてそこから持続なく続き、あるいは持続する以上の持続をする、その後のように、あるいは、それから発して、最終的に叩かれた音はときに驚異的なひらめきにまで高まる、高まりや飛翔であって、極めて強いので新しい沈黙の中に落ちる――落下する――ことしかできないような、そんな音になる。このようにして前と後が移動し、決定的な地点には固定されないが、訓練された耳であれば雑多な集まりの混沌をそこに聞くことはない。

　そのようにして最初のあるいは至高の幼年期の占い的なものは、――最初の一拍目で――沈黙――叫びを経験したのである。それはなおも動物的なものでありながら、すでに人間的なものである[27]。

「アナクルシス（anacrouse）」とは、ドイツ語では「アウフタクト（Auftakt）」、英語では「アップビート（upbeat）」に相当する音楽用語である。『新グローヴ音楽事典』によると、日本語では「上拍（じょうはく）」と訳され、拍節的リズムに置いて、下拍（一拍めのもっとも強い拍）の直前にあり、下拍を導く働きを持つ拍、または楽曲や楽句などの最初の小節線の前にあってその小節の下拍を導く一つの音符や音符群[28]」と説明されている。詩法では、「行頭余剰音」がこれに該当する。ブランショ自身、註でこれが「黙説法」であるとし、つぎのように説明している。

> 声の導入部として、とりわけわたしたちの時代に再発見される話す歌（シュプレッヒゲザング）においては、最初の音は生み出されるが、生み出されるのではなく、唇は閉じたままで、ついで、二番目の口がかろうじて開かれ、はじまり、そして呼吸のように止まる。詩の最初の語と一致する第三音もまた歌われる最初の音であり、それは音楽的ではない次元を離れる最初のものであるだけにいっそう強くあらわれる。

したがって、歌われるべき、歌とパロールと「閉じられた口のパロール」を融和させるべき黙説法（恥辱？）のように、なおも沈黙があり、吹き込む沈黙があって、声のなかで響きとなる沈黙があった。「狂った記憶」のなかでとおなじく、合唱の子どもは、沈黙することを拒むことなく、まずもって歌うことなく、「唇の端で」、あるいはただ声の成果を真似することによってのみ歌うのであって、それは、警戒に満ちた登攀によって歌のなかに押し運び去られるそのときまで、隷属した風、天そのものを通りすぎる高さに達する閃光、終わりにおいて最高点に達する宙吊りまで歌う[29]。

「コントルタン」も「アナクルシス」も、つながっていなかった現在と過去がつなげられる技法であり、それはどちらも、はじまりの音の厳然を揺るがしていると言えるだろう。そして先の引用を見ると、「歌う」ことは、ここでも「話される」ことに接近しており、少なくとも言葉があることは前提とされている。それも、沈黙もせず歌うこともせず「形を作る」こと、呼吸することが、生み出されることのない生み出しとされている。ブランショが子どもの「数え歌」に「想起」と「発明」の両立を見て取っていたことは先に確認したが、ここでは子どもの「歌う行為」の「唇」の端の運動に、語が殺戮される直前の、「歌の只中」に運び去られるまえの、つかのまの「誕生」があり、その直後に「死」があることが述べられている。それは、瞬間ごとに、「生まれ直し」と「殺戮」が繰り返されている見立てとも言えるだろう。そのような視点を、ブランショはデ・フォレ読解をつうじて、子どもの「歌」から提示しているとわかる。一九四〇年代の前半に、すでに子どもの数え歌に言語の「想起」と「発明」が共存しているというパラドクスがあることを、音楽を非論証的な言語の側に引きつけて考えていたブランショは、一九六〇年代、一九七〇年代に「非連続の連続」としての「レシ」を、神話を歌う「詩人」の「歌」としてとらえながらも、歌う行為そのものについては、子どもの「歌」にもっとも強く、具体的に引きつけて理解しており、そこに言語の二重性を見てとるに至ったとまとめることができるだろう。沈黙することと歌うこととが同時に行われている点から、ブランショは「アナクルシス」に着目していたのである。

本章のはじまりでも確認したように、ブランショは「書く」ことの起源、芸術作品を「作る」ことの起源が、ギリシア神話における起源の「歌」の不可能性と失敗にあることを示していた。起源のないところから人間がみずから「作品」を作り出す矛盾した構図は、第三章で確認をしたように、セイレーンの歌との遭遇という出来事を報告するのではなく、「出来事そのもの」の生起を思考する「レシ」理解と通じているといえるだろう。そして、その「想像的なものとの出会い」で、ブランショは「歌」の起源では音楽そのものが焼き尽くされていたと書いていたが、本章で見てきたように、ブランショは音楽の不在や不可能性を語るだけではなく、じっさいに、「数え歌」や「わらべ歌」が歌われることに即して、その「歌」のただなかに、両立し得ないものの共存があるのだと考えていたのである。したがって、ブランショにとっての音楽は、子どもの「数え歌」や、子どもの「歌」をめぐる記述から明らかになるように、「非連続の連続」を支える、「生起」と「殺戮」の両立する、驚異的な「歌」としての言語の問いに通じていたと言えるだろう。

第七章　失われた始まり――『謎のトマ』という「レシ」

1　生殖に結びつかない鳥の歌

本章では、ブランショの「非連続の連続」としての「レシ」の思想が、評論ではない著作にも現れていることを、『謎のトマ』の初版を例として検討する。具体的には、文学的言語がつながらないはずのものをつなげてゆくことを要請している点を、『謎のトマ』にもみられる男女間の性愛にもとづかない非生殖的な要素ならびに子どもを生み出すことのない関係性に結びつけて考察する。

これは、トマという名前の男が主人公の物語である。初版は全一五章からなり、海辺のホテルに滞在しているトマが、アンヌ、それからイレーヌという名の女性に出会い、死別し、最後、ひとり生き延びて崩壊した街を見やりながら草原を歩いてゆく奇妙かつ複雑な筋からなる。

作品全体として、トマに幼年期があったのかどうかということが極めて不明瞭ではあるが、小学校や中学校における教育の場面が描かれており、プラトンやパルメニデス、ソクラテスといった哲学のテクストを声に出して読み上げ学んだ経験が暗示されていることが示すように[1]、一定程度、当時の日常生活や社会の慣習が反映されている。しかし、トマが「ホムンクルス」であるとされる場面があり、また、父や母との家族関係は不明であり――母は「怪物を妊娠した」と感じたと書かれている[2]――、少なくともトマが子どもを残す記述はない[3]。それは、たとえば第六章で、慈善活動をするなかで「未婚の純潔の身体」で五〇人の子供を育てたと説明され[4]、やがて第一三章で病に臥して死ぬ際には、とても似ていると書かれる母親に看取られるアンヌと対照的である[5]。そして、第九章でのアンヌとのやりとりからは、トマが、自分がどこからやってきたのか、決して答えることができない様子がわかる。アンヌは何度か「あなたは誰?」と聞くのだが、トマは答えることができず、そしてまた、アンヌも彼が誰であるのか、説明しようと何度も試みるものの、それは叶わないのである[6]。そのあとでは、「彼には家族がおらず、それは、父と母のイメージが隠れてみえる孤児のような仕方で家族がいなかったのではなく、家族がいない事実そのものによって家族のしきたりにかなっている存在として家族がいなかった[7]」と家族の不在が説明されている。つまり、この作品そのものは、トマという一人の人間が、自分自身がどこからやってきたのか、起源への遡及不可能性を抱え込んで進んでゆく物語なのである。もちろん、そもそも人間と動物の境界どころか、生物と非生物の境界さえも揺らいでいる世界なので、そのことを念頭に置かなければならないが[8]、彼自身の起源の不明瞭さが、家族との関係が揺らいだ中で問われている点は、ブランショの虚構作品の中でも際立っていると言えるだろう。よって、この初版で「歌」がどのように「非連続の連続」と関わる形で描かれ、「レシ」の思想と関係しているのかについて、それぞれの要素を順にみてゆきたい。

鳥のように歌わなくなるトマ

アンヌが死んだあとにひとり生き残ったトマの独白が語られる初版の第一四章では、つぎのようにトマの声が鳥の歌に喩えられている場面がある。

わたしの声はもはやナイチンゲールのようには歌わず、おしゃべりな鳥の声のようにさえも、もはや話さなくなっており、自分の考えを表明することができなくなった。コウノトリにとっても人間にとってもまたまったく未知の状態を、わたしは嫉妬、友愛と呼んだ。わたしはアリや思想家たちとは違って、考えられないという性質をもつ行為において、あらゆるイメージとあらゆる抽象的観念の外部で思考していた。どんなときもわたしはあの純粋に人間的な人間であり、唯一無二の模範である至上の個体であって、誰もが死ぬ瞬間に交換され、すべての人の代わりとなって唯一死ぬ人間だった。わたしとともに人類はそのたびごとに完全に死んだ。もしも人間であるあの混合の存在を好きなように死なせていたならば、彼らはさまざまな種に分有された断片となり、虫とオウムと猿の混合物として再び構成され、惨めに生き延びるのがみられただろう。[9]

まず、この第一四章では、人間が動物的であるのか、動物的でないのかといった二分法は退けられ、どちらでもありうるという二極が数えきれない撞着語法によって描写されているとはいえ、トマはかつて「犬との類縁性」をもち、「ナイチンゲールのように歌い」、「人語を話す鳥のように話していた」がゆえに、「考えを表現できた」のだということが推測される。つまり、動物性と思想の両立が、動物の声によって成立していた存在だったということである。もちろん、この引用のすぐあとでは、ほかの様々な生物が人間になろうとする様子が描かれており、そこで諸々の種の境界は爆発的な加速度で変化しているため、ここに出てくる犬やナイチンゲール、人語を話す鳥がどのような鳥であるのかは、正確には把握しがたい。しかし、動物の声、それも鳥の声にかぎっては、それがどのような声であるのか記されているので、つぎに整理する。

次世代へと繋がらない歌

最終の第一五章において、さまざまな生物の様子は生物学的な知識を揺るがすものになっている。[10]たとえば、胚なしでの生物の誕生が示唆されたり、翅のないトンボ、目の見えないヒキガエル、実のならない木、花の咲かない花が描かれたりしている。[11]そうしたなか、とりわけいくつもの鳥の様子がときに種名を明示された上で書き分けられているのでみてみよう。

カッコウは、聞こえない彼の耳のために、未聞の歌を歌いはじめた。無数の卵、微生物、根が、頭のない鳥、全身が目である魚、道徳的な植物を形づくろうとしていた。[12]

彼が木の下をとおったとき彼を警戒したカササギは、すでにもう普遍的な鳥でしかなく、冒瀆された世界のために鳴き声を上げていた。[13]

色のレパートリーとして選ばれた色とりどりの鳥たちは羽ばたき、さまざまな赤、さまざまな緑の色合いの変化ではなく、赤の虚無、緑の虚無を示していた。音符のない音楽学校のために任命された、目立たない鳥たちは、歌の不在を歌いはじめた。[14]

ヒバリは、誰にも聞かれずに、自分には見えない太陽へと鋭い声をあげ、虚無のなかに自分の上昇する最高地点をみつけられなかったため、大気と空間から離れた。一輪のバラが、トマが通ると花を咲かせ、数え切れないほどの花冠を輝かせて彼に触れた。木から木へと移動しながら彼の後を追っていたナイチンゲールは、常軌を逸した無声の声を聞かせた。自分にもほかのすべての者にも無言の歌い手であるこのナイチンゲールは、それにもかかわらず賞賛すべき歌を歌っていた。[15]

ここからわかるのは、トマの耳が聞こえないというだけでなく、鳥たちの歌も誰かに宛てられてはいるのかもしれないが聞かれえないのだということである。それは「歌の不在」である。とくにナイチンゲールの歌については、それが「沈黙」であるにもかかわらずなおも「歌」であるとされており、「見事」と形容されているのだから、鳥の「歌」はもはや誰かに届くものではなくなっていると言えるだろう。注目してみたいのは、この第一五章の季節は不完全であるとはいえ春であり、そして、別名サヨナキドリ、夜鶯であるナイチンゲールの「歌」は、オスの鳥によるメスの鳥に対する求愛行動を想起させるという点である。ナイチンゲールはその美しい歌声から多くの文学作品だけでなく音楽作品のモチーフともなってきたが、その求愛の「歌」さえも聞こえず、「未聞」であるというのは、動物においてさえも生殖が不可能になっていることを示唆しているように思われる。では、トマがナイチンゲールのように歌わないというのは、美しい歌を歌わないという以上の意味、つまり求愛の歌としての意味をもたないということなのだろうか。

2　偽装された近親姦と脆い家族

歌われないロマンス

トマがナイチンゲールのように歌っていた歌がどのような歌だったのかを考えるために、初版の第九章をみてみよう。というのも、先に述べたように、そこでは、一度きりではあるが、登場人物のトマとアンヌの二人による「ロマンス」について記されているからである。二人の愛について描かれていることは第二章でみたとおりで、両者は一目惚れし、恋に落ち、時間をかけて身体的な接触をすることがいくつもの部分から読み取ることができる。しかし、「ロマンス」が歌われたことは明確に書かれておらず、むしろ、アンヌが「沈黙」していたことが露わとなっており、この「歌」をめぐる記述は錯綜している。具体的な該当箇所はつぎのとおりである。

彼女は彼のなかに浮薄な口と罪のない耳しか見てはいなかった。近づくことができず、話をさせようとは考えることもできない人間が、自分の膝枕に乗っていて、自分と一緒にロマンスを歌うことに同意していることをたしかめて、彼女は居心地の悪さを覚えるのではなく、そのことを楽しんで、彼の指に無邪気に四つ葉のクローバーを挟み、目を閉じ、沈黙を保っていた。この沈黙は真の挑発だった。彼女の立場からすれば無分別な行為だった。これほどまでに脆い絆で親密に結ばれたこの二つの身体のあいだには、恐ろしい仕方で絆の不在を露わにする接触がいつ生まれてもおかしくなかった。[16]

ここから、すでにアンヌの膝の上にトマは頭を乗せており、二人はとても近い距離にあることがわかる。しかし、あくまでも「ロマンスを歌うことに同意している」だけであって、アンヌは歌わずに「挑発」しているというのである。春のようなころあいにベンチのあるところで病気をもったアンヌは「幸福」を感じている場面であるにもかかわらず、この親密そうな二人は結ばれえないことが示唆されている。

両者の関係が曖昧であることは、イレーヌとトマとの恋模様に比べると顕著である。イレーヌはアンヌよりも前に死ぬ女性の登場人物だが、彼女は、すでに結婚と複数の子どもの出産の経験を持ち、離婚してトマのまえに姿を現すことが示されている。いっぽうで、アンヌが病に陥る場面では体が猥雑に変化することが示唆されるものの、はじめから、「子どもっぽい」性格であることがいくたびも示唆されており、彼女が実際に恋愛関係をもったり子どもをもったりする様子は描かれない。婚姻や親子関係によらず、養老院で老人たちの世話をしたり、病気の人たちを治したり、自分の子どもではない子どもたちと一緒に遊んであげるような人間関係を築いていることが示唆されるのみである。

死者を子どもにすること

それでは、二人の愛はどのように描写されているのだろうか。先触れは第八章にある。アンヌとトマが接近し、最後にアンヌがトマに抱きしめられることが描かれるとき、『ロバの皮』という作品名が挿入されている。これは、シャルル・ペローによる教訓譚で、実の父による恋心から逃れるために、王女が「ロバの皮」を被って逃亡する話である。王女がそれを脱ぐのは運命の王子に出会った場面であることを踏まえると、ブランショによるつぎの記述において、アンヌとトマは、それぞれ王女と王子に対応するようにも思われる。

アンヌは、トマが彼女の体に死んだ手で触れて、彼女に残っていた優しさや子どもらしさをすべて消すのをみていた。もはや、生きているものへの友愛も、「ライラック」、「黄昏」、「アンヌ」といった好みの言葉もなかった。彼女から最後のコントが、『ロバの皮』が、若い娘の最後のチュニックが脱げて落ちてゆくことになる。[17]

しかし、先に確認をした、歌われない「ロマンス」のあとで、この二人の愛が「裏切り」に基づくことが示唆されていることに目を向けたい。というのも、アンヌは、トマと口づけをしながら、そのトマのなかに、「別人」、それも「実の兄のポール」を見出していたとされているからである。事実上の物理的な兄との性的な接触ではないにもかかわらず、これが「近親姦」と呼ばれている。第一〇章では、セックスが描写されているが、再度、「一目惚れが、一挙にトマを襲った」と繰り返し恋に落ちる様子が描かれているそのときでさえも、列挙されるのは「フランチェスカ・ダ・リミニの声の抑揚、イズーの眼差し、ジュリエットの差し出す手」、そして「メリザンドに対するペレアスの無関心」といった不義の愛をテーマとした古典作品の名前である。[18] トマとアンヌをめぐる恋に、こうした偽装された近親姦のイメージと（未婚であるのだから不義の要素はないにもかかわらず）不義のイメージがあたえられている点は、トマとイレーヌとの関係とは大きく異なる。というのも、イレーヌについては、近親姦も不義もなかったにもかかわらず、トマとのあいだには「愛」があったことは書かれていないからである。

初版の第一二章の終わりで、イレーヌは死ぬ。しかし、注目してみたいのは、死んだはずのイレーヌが、第一三章において、トマが自分の夫であると主張しアンヌに飛びかかってくる場面が描かれていることである。そして、このイレーヌは、「彼女の子ども、彼女がトマとのあいだにもうけたかもしれない唯一の子ども[19]」と呼ばれていることである。アンヌはイレーヌに子守唄を聞かせるのだが、そのとき、トマがポールであるのだと言い聞かせもする。みずからも病を得る前兆のなか、「彼女は、頭上ですぐさま払いのけられてゆく雲をとおして、自分の兄に接吻すると彼が兄でなくなってゆく唯一の瞬間を悲劇的に意識した[20]」とあるので、ホムンクルスであり両親を持たず家族を持たなかったことが示唆されるトマを、アンヌはここでもなお兄ポールと見立てていることがうかがわれる。したがって、兄ポールに擬せられたトマとの近親姦と不義の末に、純潔無垢のアンヌは、自分よりおそらく相当程度年上のイレーヌという子どもをもうける。

このように、初版の『謎のトマ』では、「ロマンス」は賭け金として宙吊りにされているものの、セックスはある。しかしセックスは子どもをもうけるためのものではなくなっており、むしろ、セックスにはよらない、血縁にはもとづかない家族形成を読み取ることができる。それは、先にすこしみた、アンヌが孤児たちをケアする関係を強調することとも連関しているだろう。求愛の歌すら歌わずに沈黙のなかでトマと接触したあと、アンヌの身体は粗野（grossière）となり、それは妊娠（grossesse）による身体的な変化を暗示するようにも思われるが、アンヌは「トマなんてどうでもいい。眠ろう[21]」と言って、あっさりと死ぬ。その後の独白でトマは死んだアンヌに触れ、完全な使者である彼女がなおも生に溢れているとは言うのだが[22]、二人の愛からは結局なにも生まれないのである。出自が不明なまま、トマが最後ひとり生き残り、「猥雑なイメージの洪水へと飛び込む」という終末思想的な最後は、直線的な時間の否定になっているとも言えるだろうが、このように『謎のトマ』の初版には、出産のない、男女間の愛にもとづく生殖という時間的な系統の「連続」をもたない、「非連続」のつながりが描かれている。

3 『トリスタン物語』の変奏としての『謎のトマ』

生と死の共存

『謎のトマ』は海からはじまり海に終わる物語である。この「海」から出発し、デリダが『境域』(一九八六)でも示唆していた「再-引用(rê-citation)」としての「レシ」の問題を考えてみたい。それは「ひとつの声で歌われる」あるいは「ひとつの楽器で演奏される」という意味での「レシ」が、たとえ単声であったとしても、その背後に引用元を響かせており、それを聞き手は聞くことができるということである。そして、そのような観点からすれば、『謎のトマ』ほど、メタテクストが多く暗示されており、背後に別のテクストを聞き取ることのできる作品はないだろう。トマという名前がヘブライ語で「双子」を意味することや、使徒トマスの想起、キリストの復活のイメージ、さらにはコクトーの『山師トマ』、トマス・ハーディの『日陰者ジュード』との関連はすでに指摘されている。[23]さらに、テクスト中にもいくつもの作品名が散りばめられ、様々な別の作品世界が想起される点はすでにみたとおりである。さらに、トマとアンヌの偽装された兄妹関係は、旧約聖書の創世記において、妻を妻として紹介すると彼女を奪い取るために夫である自らが殺される可能性があるため、妻を妹と偽った、アブラハムとサラ夫婦の行為も想起させる。

そうしたなか、最後に新しく提示したいのは、『謎のトマ』が、一二世紀の騎士道抒情詩、ブルターニュのトマによる『トリスタン物語』の「再‐引用」という意味での「レシ」となっている読解である。第一〇章の表現「イズーの眼差し」にある「イズー」という固有名は、中世の恋愛物語、『トリスタンとイゾルデ物語』のヒロインの名前である。[24]ブランショは、のちに、『明かしえぬ共同体』の中の「恋人たちの共同体」で、この作品を「レシ」と呼んだ上で、トリスタンとイゾルデの名前を挙げ、決して結ばれない二人においては、互いに近づくことができないままに「無限の関係」が結ばれている、と述べている。[25]そのような距離のあるつながりこそは、これまで本書が見てきた「非連続の連続」の一つの具体例でもあり、こうしたブランショの思考にとって『トリスタンとイゾルデ物語』が親和性の高いテクストであったと考えることは不自然ではないだろう。簡単にあらすじを確認すると、これは、マルク王の妃であるイズーと彼女に騎士として仕えるトリスタンが恋に落ちることによって、海上で媚薬をのみ、心身をひとつとして、生きているあいだも、死んだあとも、永久に愛し合い離れないことを目指す物語である。森を逃亡したりするなか、第一五章には、「恋人はいずれか一方がいなくては生きることも、死ぬこともできなかった。別れていることは、それは生でもなく、死でもなく、生と死とのかたまりであった[26]」という表現がある。ここからわかるように、生と死の両義性という問題は、恋愛における二人で生きることの問題でもある。それが、少なくとも、「イズー」の一語からは透けてみえる。エピローグで編者のベディエが明らかにしているように、これはケルト起源の物語で、一二世紀以降の宮廷文学の時代にまとめられたテクストとしては、ここで取り上げるトマによるもののほか、ベルールによるものと、それからドイツのゴットフリートのものが知られている。とはいえ、こうした全体像は、二〇世紀初頭にフランスの文献学者ベディエによる編纂作業がおこなわれるまでは、十分に見えていなかった。

さて、『謎のトマ』にある海を待つ様子、さらに最後にトリスタンとイゾルデの両者が生き残らないという点は、意外かもしれないが、韻文形式のトマ本と最もよく合致している。ベルールのものが散文による流布本であるのに対し、トマのものは騎士道もので、基本的に宮廷風恋愛が不倫であることを極めて肉欲的に描写している。そして、トリスタンがイズーをいったんは愛しながらもその愛が定かでなくなる点も『謎のトマ』におけるトマとアンヌの関係と共通している。

もうひとつ、トマの『トリスタン物語』が『謎のトマ』の引用元になっていると読み取れる理由はその起源の二重の不明瞭さである。最後、つぎのような断片でトマの『トリスタン物語』は結ばれている。

トマはここで彼の書物を終える。
彼は別れの挨拶を送る、
すべての恋人たちに、思い煩う人たちに、
恋をする人たちに、嫉妬する人たちに、
恋に焦がれる人たちに、快楽好きの人たちに、
血迷った人たちに、この物語詩を開くであろう〔すべての人たちに〕。

すべての人の望み通りに語らなかった〔にしても〕、
私は最善をつくして語りました、
最初にお約束いたしました〔ように〕、
真実はすべて〔語りました〕。
もとの話と詩に仕立てた話を纏めました。
そうすることでいわば教訓に、
より美しい物語に仕上げたのです、
恋人たちに喜んでもらえるように、
また、心にとどめるにふさわしい事柄も
そこかしこに見つけてくれるように、と。
彼らはここに大いなる慰めを見出すべし、
心変わりに対して、過ちに対して、
苦しみに対して、悲しみに対して、
あらゆる愛の裏切りに対して[27]!

注目したいのは、この「最初にお約束いたしました〔ように〕、真実はすべて〔語りました〕」という箇所である。編者は、「この詩句はわたしたちを失われた始まりの部分へと送り返す[28]」と註記している。

したがって、トマが約束のとおりに「真実」を語ったのかどうかは、「この物語（ces vers）」そのものが「真実」であるかどうかということと同様に、信じられるのか信じられないのかが定まっていない、不確かな構造になっている。

海で舟を待つ光景の類似

一九九四年にガリマール社から出たクリスチャン・マルチェロ゠ニジアの現代フランス語訳では、「トマはここでそのレシを終える」と訳されており、トマの『トリスタン物語』という escrit は「語り」としての「レシ」としてとらえられていることがわかる。[29] 異なる点はもちろん多々ある。そもそもブランショの『謎のトマ』は散文であり、登場人物の名前も、トリスタンに相当するのはトマであるが、マルクに相当するものはおらず、イズーもアンヌになっており、名前は別である。さらに『謎のトマ』の場合は、もうひとりの女性イレーヌが出てくる。なによりもトマの物語ではまずトリスタンが死にそしてトマも死ぬのだが、ブランショではトマひとりが生き延びる。そして人間が動物と混ざり合った二重性をもつ様子が絶えず示されている。しかし、それらを差し引いたとしても、『トリスタン物語』において、生き延びたトリスタンが、瀕死の状態でみずからを癒すためにイズーを呼び求め、そのイズーを探すために、自分の身を海に浸し、それからイズーが「だから、あなたはわたしを探しに海に入られた」と言う流れは、『謎のトマ』の冒頭で、トマが海を見つめ、やがて泳ぎはじめ、そののちに、ホテルでアンヌと出逢うことと対応していると考えられないだろうか。

このことを考えるために、まず、もう一度、『謎のトマ』の最後を見よう。

誰しもが海のほうを振り返り、ひとつの眼差しを目にした。その眼差しの果てしなさとやさしさは、彼らのなかに、耐えがたい欲望を生まれさせた。彼らはただ一瞬人間に戻った。そして、無限のなかに、愉しいひとつのイメージをみると、おぞましい誘惑に身をまかせ、うっとりとして水に入ってゆくため裸になった。トマもまた、この粗雑なイメージの流れをみつめ、それから哀しそうに、絶望して、そこに飛びこんだ。彼にとって恥辱がはじまったかのようだった。[30]

このように、ブランショの『謎のトマ』は、海に飛び込む場面で終わっていた。そして、物語のはじまりは、つぎのように、やはり海からはじまっていた。

トマは座って海をみた。しばらく彼は動かないでいた。まるでほかの泳ぎ手たちの動きを目で追うためにそこにやってきたかのようだった。靄のせいであまり遠くまでは見えなかったにもかかわらず、彼は水中をなんとかして進んでゆくいくつもの体にしつこく目を向けていた。それから、一段と強い波が彼の体に触れると、彼もまた砂の斜面をおり、渦巻く水中にすべりこみ、すぐに水に呑まれた。海は穏やかで、いつもトマは長く泳いでも疲れなかった。[31]

このように海を泳ぐなか、トマはいつもとは違う方向に波によって運ばれるままになる。他にも泳いでいる男がいるなかで、叫び声や轟音があふれ、トマの体は揺さぶられる。そのようななかで、船が現れる。その様子はこのように書かれている。

しかしながら、霧のなかから船があらわれた。はじめはゆっくりと動いていて、というのも規則正しい間隔で闇に姿を消していたからなのだが、その闇というのは、そこに船が隠れることによってはじめて成り立つ闇だった。それから、その船がとても近くにあらわれたので、そうしようとすれば、トマは船体に輝く文字を解読することもできただろう。その船が無人だったからだろうか？トマはこの光景に錯覚の約束をみてとったかのように、無関心に船を遠ざかるがままにした。(32)

トマの『トリスタン物語』で、トリスタンは海岸で船が戻るのを待っていた。イズーを乗せているならば白い帆、イズーを乗せていないなら黒い帆を掲げるという言葉を信じて待っていた。そして白い帆の船は来なかったので、トリスタンは死ぬ。イズーは「生き返らせてあげたのに」と嘆くが当然叶わず、イズーも死ぬ。もちろんブランショの『謎のトマ』との異同はあるが、誰も乗っていない、すなわち、待っていた女の乗っていない船に「偽りの約束」を見てとるというのは、きっと来るだろうというイズーとの愛の約束が「偽り」であったという解釈をうながすのではないだろうか。韻文のなかに、語り手としてトマが何度か現れる。それによると、古来さまざまなトリスタン物語が伝わっているが、トマその人が耳にした物語は、そもそもこのケルト由来の神話を伝播してきたとされるブレリによるそれにもとづいておらず、そこに記されている内容について、「トマはこれを受け入れる気になれない、／そのようなことのあり得ないことを、／理をもって証明するつもりである」[33]と述べられているのである。もちろん、このブレリの語りそのものは残っていない。その点からしても、『トリスタン物語』は真偽を定めることのできない、つまり本書がブランショに独自の用法として確認してきた意味での「レシ」の性格を備えており、その変奏を、ブランショの『謎のトマ』に読み取ることができる。そしてブランショのトマは、死ぬことなく海に飛び込む終わりが、ふたたび海で船を待つはじまりへと回帰できるような円環構造を伴っているとも言えるだろう。

終章　レシの限界——歌の残滓、誰でもない者のバラに向かって

1　本書のまとめ

本書が、モーリス・ブランショの「レシ」の思想というテーマから、各章で論じてきた内容を振り返ってみよう。

第一章では、一九四〇年代前半のブランショの「レシ」理解が、いまだ洗練されておらず、独自の用法に至ってはいないこと、当時の「ロマン」論や論集『踏みはずし』にも「レシ」論と呼べるものはないが、ヴァレリーによる「ロマン」と「レシ」の区別が参照されていることや、『踏みはずし』に収録されなかった『デバ』紙の書評からは、フォークナーやウルフをはじめとする英米ロマンの「語り」へ

の関心が見られること、その際には、「ロマン」を優位とする文学理論への違和感があり、ジロドゥのヌーヴェル論やフォースターのノヴェル論に対する積極的な関心と、隆興する新しい形のテクストをどう呼ぶのかという模索があることがわかった。そして、これまでのブランショ研究における「ロマン」と「レシ」の区分をめぐる議論を、ジャック・デリダのブランショ論において、ジェラール・ジュネットによる「モード」と「ジャンル」の区別が援用されていることに着目し、ジュネットの「モード」の説明がアリストテレス『詩学』における「模倣の仕方」に相当すること、「レシ」という「モード」は古典的な語りの技法であるとされていることを確認した。その上で、「ロマン」なのか「レシ」なのか長らく議論がつづいている一九四〇年代の諸作品、『謎のトマ』(一九四一)、『アミナダブ』(一九四二)、『至高者』(一九四八)、『死の宣告』(一九四八)、『白日の狂気』(初出一九四九)の中でも、『白日の狂気』において、はじめて、「レシ」の語り手と聞き手の間に「レシ」の有無、十分さと不十分さをめぐる見解の齟齬が生まれることを指摘した。

第二章では、『火の分け前』(一九四九)に収録されているテクスト「虚構の言語」において、カフカの『城』が日常言語とは異なる「レシ」の言語で書かれているとされ、それがヘーゲルの『美学講義』における「象徴」の説明を下敷きとして「貧しさ」と結び付けられながら説明されていることに注目した。「想起なき記憶の言明」という表現が用いられていることから、全くイメージを欠如させた状態で記憶するという、記号それぞれの不可能な状態へ入ってゆく無限の運動としてとらえられており、それがのちの「想像的なものとの出会い」にあらわれる欠陥を充足しようとしながら最終的にそれに到達することができないという「レシ」の運動につながっていることを明らかにした。

第三章では、『来たるべき書物』（一九五九）収録の「想像的なものとの出会い」が、ホメロスの『オデュッセイア』にもとづいていることに立ち返り、「レシ」が「虚構」でも「真実」でもなく、さらには「信じられない」わけでもなくて、信じられるかどうかが定まっていないものであるということを確認した。『ゴルギアス』の引用を分析することで、ブランショが最後の審判の話を「レシ」と呼び、その原語がギリシア語の「ロゴス」である点を同時代のプラトンの仏訳との対比から明らかにした。ブリス・パランの影響も検討しつつ、ブランショの「ロゴス」としての「レシ」は、冥界から生還したものの語りである以上、パランがいうような証言によって確証されるようなものではないことを最終的に明らかにした。「エルの物語」に出てくるセイレーンもまた現在、過去、未来の共時を歌っていたことを確認した上で、この論考にはアリストテレスの『詩学』に対する批判が透けてみえるという読解を提案した。「レシはみずからについてしか報告しない」「レシは出来事そのものである」といったブランショの命題は、『詩学』第三章の「再現の方法」の説明、それから第六章の「行為の再現」にあるような、起こる可能性のある出来事を組み立てて筋とするようなものではないという違いが明らかになった。

第四章では、「想像的なものとの出会い」のなかで、「出来事そのもの」である「レシ」が、「いまだ来たるべき歌にすぎない」と表現されていることに着目し、この「来たるべき（à venir）」が、ステファヌ・マラルメの詩論とどのように関係しているのかを分析した。ブランショがセイレーンの歌に欠如を見出し、その欠如が永遠に充足されないという構図を整理した上で、それをマラルメが「詩の危機」

で示す諸言語の欠陥を至高の補完物である詩句が贖うのだとする記述と照らし合わせた。ブランショが一九四〇年代から何度も物と名前の不一致をめぐるクラテュロス主義に目配せをしていることに着目し、ブランショがマラルメを参照して事物の現実と異質な言語が非人間的な世界に属していると考えていたことを確認した。そして、マラルメの「音楽と文芸」にある諸言語の欠陥を報いるものとしての詩句という超自然的な項への変貌が、人間がみずからをはじめて創造する「起源」の物語に重ねられている読解を提示し、さらに、ブランショが「未来の書物」と呼ぶマラルメ『賽のひとふり』の解釈において、「語るのではなく示す」もの、つまり「出来事そのもの」としての「レシ」という観念が提示されていることを、海という主題に着目して説明した。

第五章では、アランの「真の思想」をめぐるテクスト「バラはバラ……」のなかで、ガートルード・スタインが引用され、展開させることなく書くという「レシ」の伝統的な語義が説明されている箇所の分析を行った。さらに、アランの『芸術の体系』（一九二〇）において散文が論理的な言説と対比されていることを整理した上で、それを踏まえたブランショが「レシ」を、アランのいう意味での論証的ではない散文に見られる「真の思想」を表現するような、つまり展開ではなく反復による文学の言葉であると考えていたことを明らかにした。その上で、そうした「非連続の連続」が、叙事詩と極めて通じており、西洋古典学者クレマンス・ラムヌー論である「侵犯についてのノート」（一九七〇頃）では、そうした「展開なしの連続」が「子産みなき生成」と呼ばれ、かつ、ラムヌーがヘシオドスの宇宙論にもとづいて提示した「愛なしの分裂増殖」が、時間と空間との非関係（irrelation）という「主要な侵犯」、すなわち、起源の遡及不可能性を解決するための彼方への一歩を誘引しているのだという、ブランショの見立てを明らかにした。

第六章では、「レシ」が叙事詩として語られる際に、それが「歌」と呼ばれていたことから、ブランショが「音楽」についてどのように考えていたのかを論じた。言語が不純さを抱えていることを、「いまだ発明されていない言語の想起」であり「わたしたちが思い出す言語の発明」であるという両義的な状態として思考していた当時のブランショが、ボードレールの詩句ひとつの背景に数えきれない古代の詩句の響きをもつハーモニーであるという、一でありながら多であるという矛盾があると考え、さらにはヴァレリーとは異なり、マラルメの「音楽」を語の配置として、空間をつなげる行為とみなしている点を確認した。その上で、一九四〇年代に非論証的な言語が音楽的な言語と呼ばれていたことと関連して、そうした音楽的な言語が、レーモン・クノーの詩が喚起するような子どもの数え歌になぞらえられていることに注目した。同様の思考回路は一九八〇年代にも見られ、子どもの「歌う」行為を、鸚鵡のような口真似であることと、本当に意味をわかっているという相矛盾した境地の体現としてとらえていたのではないかという問いから出発し、ブランショがルイ゠ルネ・デ・フォレ論で示した「沈黙」と「パロール」と「死」が融解する地点としての「歌」というテーゼに集約されていることを明らかにした。とりわけ、音楽として「歌う」ことは「話す」ことに接近しているが、「生まれ直し」と「殺戮」が瞬間ごとに繰り返されているという思想を生み出す根幹の行為であることを明らかにした。

第七章では、第六章までに明らかになったそのつどの「レシ」の思想が、どの程度、ブランショの評論ではない作品と対応しているのかを見るために、『謎のトマ』の初版を取り上げた。『謎のトマ』では、そもそも生物と非生物の境界すらも揺らぎ、生物の発話や聴取も常軌を逸した形でなされるが、鳥の歌に着目すると、ふつうは求愛の歌であるにもかかわらず、もはやそれがその機能を喪失している点で、さまざまな奇形種、異形種が描かれるなか、動植物の生殖に基づく次世代への継承が不可能になっていることを端的に示している様子を明らかにした。その上で、登場人物のトマとアンヌの恋愛の描写に着目することで、そこには偽装された近親姦と不義があり、それが子どもをもうけないどころか誰もおなじ形では生き残らず、死者を子どもとして脆弱な家族を形成する点で、「非連続の連続」の倫理が現れている見取り図を提示した。そして、そのような一風変わった恋物語の側面のおおもとに、一二世紀のブルターニュのトマによる『トリスタン物語』の残響を聞き取れることを、海に身を浸す姿、恋人たちにとっての生死の両義性、さらには断片からなる作品、起源の遡及不可能性、トマその人の伝聞といった諸々の変奏可能性から示した。それらはあくまでも雑多なテクストのなかに見出されるひとつのありえたかもしれない起源のひとつに過ぎないが、『謎のトマ』そのものが、そうした読解が複数織り込まれ混在している、原典にある意味では忠実な、しかし極めて雑多なノイズによるアンサンブルになっている。

以上から、これまで注目を集めてきた「想像的なものとの出会い」にかぎらず、ブランショが一貫して、「レシ」をめぐって紡いできた豊かな思想があることが明らかになった。もちろん、それら「レシ」をめぐるブランショの記述そのものは決して同一のものではなく、そのつどそのつど、その背後にあるテクストに応じて生み出された説明であった。とはいえ、ホメロスの『オデュッセイア』やクレマンス・ラムヌーによるソクラテス以前の哲学への目配せから見えるような、ギリシア的な、論証的ではなかったころの「思想」が、「非連続の連続」の「レシ」として、変化をしながらも、ブランショのなかに残され、一九九〇年代までつづいていることがわかった。そしてそれは、「バラはバラ……」に結実するような、散文であるとか韻文であるといった二分法を越えた、「ジャンル」ではなく、「モード」としての「レシ」であるとまとめることができる。そして、テクスト同士が、あるいは言葉同士が、断絶しているにもかかわらず、一方から他方が透けてみえるような、距離のあるつながりをもつという、「レシ」の性格もまた浮かび上がった。『終わりなき対話』に結実する「断片」としての文学の運動、そして「終わりなき対話」という思想の背後には、本書が明らかにしたような、それでもなおそのような「断片」を「非連続の連続」として布置してゆく「レシ」の思想があったのである。

2　非‐レシ

「アウシュヴィッツのレシ‐虚構はありえない」

最後に、ブランショ自身は、一九七〇年代以降、「レシ」の限界に言及するようになり、「非‐レシ」という表現を自ら用いるようになったことを整理する。一九八三年にミニュイ社より出版された小著『事後』には、一九三〇年代に書かれたとされる「牧歌」、「究極の言葉」という二つの短い作品が収録されているが、その最後には「事後」と題された、自分自身の作品に対する解題が収録されている。着目したいのは、そこでブランショが、テオドール・W・アドルノを意識して、「アウシュヴィッツのレシ－虚構はありえない」と書いていることである。

まず、アドルノの言葉が発せられた文脈を確認しておこう。アドルノは、『プリズメン』(一九五五)に収録された「文化批判と社会」において、文化批判そのものが文化に基づいているという矛盾を指摘している。そしてこの論考の最後で、「文化批判は、文化と野蛮の弁証法の最終段階に直面している。アウシュヴィッツ以後、詩を書くことは野蛮である」[1]と書いている。アドルノは、一九四四年に発表された『啓蒙と弁証法』で、セイレーンの歌を聞きながらずるがしこく生き延びることに成功したオデュッセウスを批判していたように、西洋文明の根幹を貫く理性主義だけでなく、文明そのものの野蛮さを批判していた。そして、詩さえもまた、アウシュヴィッツを生じさせるにつながった野蛮であるとして、批判していた。

『事後』において、最初に「アウシュヴィッツ」への言及があるのは、「牧歌」をはじめとする作品を「アウシュビッツ以前のレシ」と呼ぶ箇所である。そのあとで、ふたたび、つぎのようにブランショは「アウシュヴィッツ」に言及し、「レシ」について書いているので、読んでみよう。

あらゆる点において不幸なレシ。けれど正確には、レシとして、言うべきことのすべてをみずからに告げることで言いながら、あるいは、さらによりよく、それが転写もまた行う深刻だったり曖昧な意味作用の先立ちとなる過去の明るさのようにみずからを告げるレシとして、それは牧歌となるかもしれないものである。それが聞かせることとそのものによって、不正で、侮辱的なちいさい偶像であって、それは、みずからが予感させる不運のなかでも幸福であり、その不運をたえず魅惑に変えてしまいかねないのだ。それがレシの法則であって、その幸福であるはずだ。そしてそのことから、それがレシの不幸なのである。ヴァレリーがそのことでパスカルを批判したように、美しい形式が必然的にあらゆる悲劇的な真理の脅威を破壊するかもしれず、それを耐えられるもの、あるいは素晴らしいもの（カタルシス）にするかもしれないからではない。そうではなく、形式と内容、シニフィアンとシニフィエとの違いのすべてに先立って、言表行為と言表とのあいだの分割にさえ先立って、なんとも形容できない〈言葉〉がある。「語りの声」の栄光がある。それははっきりと聞くべきものをあたえる。伝達されるものの不透明さだったり謎だったりおぞましい恐怖によってけっして不明瞭になるということはありえない。そのようなわけで、わたし自身の考えで、またアドルノがそう言おうと決意した――もっとも、それはこのうえなく正当なことだったが――のとはちがう仕方で、わたしは、アウシュヴィッツのレシ‐虚構はありえないと言おう（わたしは『ソフィーの選択』のことを言いたいのである）。証言することの必要性とは、ただ不可能な証人――不可能な物を証言する人――のみがそれぞれその単独性においてもたらしうるような証言義務である。何人かの者は生き延びたが、しかし彼らの生き‐延びはもはや生ではない。それは生きた肯定と縁を切ること、生（ナルシシスム的な生ではなく他者のための生）というこの善がもはや無傷のままにはしておかない決定的な到達を経験した証明書である。そこから出発して、あらゆる語り、さらにひいては、あらゆる詩が、もっとも凡庸な沈黙のなかでさえ期待される話すことの幸福が絶滅したことで、その上に別の言語が立ち上がる基盤を失ったということはありえるかもしれない。おそらく忘却がその作品をつくり、作品がさらになおも作られることを可能にする。しかしこの忘却に対して、あらゆる可能性が消失する出来事の忘却に対しては、欠陥があり、むなしくも遠い過去のものがつきまとう想起なき記憶が対応する。人類は、その集合において、それが幾人か（生そのものを体現するひとびと、すなわち永続する現存を約束された民族のほぼ全員）のもとでこうむった試練によって、死ぬべきだった。この死はいまもつづいている。そこから一度だけ死ぬということはけっしてあってはならないという義務がでてくる。とはいえ、反復によってつねに死をもたらす終わりがわたしたちにとって慣れ親しんだものになることなどありえない[2]。

まず言えるのは、ここで一九五四年の「想像的なものとの出会い」における「レシの秘密の法則」が自己引用されていることである（ただし、単に「レシの法則」と呼び直されている）。元々の「想像的なものとの出会い」の「レシの秘密の法則」と題された節では、「気晴らし」を保証する豊かな「ロマン」に対して、「レシ」は「貧しくみえる」からこそ、「一つの探索の豊穣と豊かさに化す」のだと説明されていた。それがさらに、ここで「不幸」と両義的な「幸福」と呼ばれていることには、ブランショによる思考の変化が見て取れるとはいえ、三〇年近く前の自分自身の言葉を用いて、やがて「牧歌」になるべき「レシ」があると考えていることがわかる。

つぎに言えるのは、「アウシュヴィッツのレシ－虚構はありえない」という言葉の背景には、ブランショが「正当」と評価するアドルノと通じる態度があるだけでなく、作品『ソフィーの選択』、それから証言の問題があることである。一九七九年に発表されたウィリアム・スタイロンの『ソフィーの選択』は一九八二年に映画化された。名高い場面を中心に要約すると、娘と息子とともにアウシュヴィッツに連行されたソフィーが、ドイツ軍将校から子どものどちらか一人を生かすように選ぶことを求められ、選ばなければ二人とも焼却炉に送られると言われ、娘を選ぶのだが、最終的に、自分だけが生き残った母親の物語である。ふつうに考えれば、ソフィーの語りは、それが信じがたい生き延びの結果であるということ、そして、ほかに証人がいないという点において、「想像的なものとの出会い」で例示されていたホメロスや、あるいはエルと同様に、信じてよいのか定かではない語りにつながっている。しかし、ブランショがソフィーをはじめとするアウシュヴィッツからの生存者の「生き延び」を「生き延びではない」ととらえ、アウシュヴィッツにかんしては、生き延びたものがいないとして、人類の「絶滅」を強調している点は決定的である。そして、自分自身が一九三〇年代に書いた「牧歌」については、「レシの秘密の法則」の説明の通り、貧しいがゆえの「レシ」の探索の豊かさにつながるほとんど不幸と同義の幸福があるとしていたのに対し、ソフィーらについては、そのような「幸福」が「絶滅」しているると言っている。つまり、ブランショは、アウシュヴィッツという出来事については、貧しさすらもない、と考えている。そして、それについて何か作品が作られるのだとすれば、それは「忘却」にもとづくのだとし、結果、「想起なき記憶」が対応するというのである。この説明は、とりわけ「侵犯についてのノート」に顕著だった、「非連続の連続」としての「レシ」の起源の説明不可能性をめぐるパラドクスと通じているように思われる。あるいは、子どもの数え歌のテーマに明示されていた、はじめて言葉を発することなく何かを言う、という、無垢な言語を繰り返し言うことをめぐる問題系に通じているようにも思われる。しかしながら、この「貧しさすらもない」というのは、まさしく、「レシ」がありえない到達点を求めるという固有の探求の運動をつづける根底すらも失われている状況であり、それゆえに、アウシュヴィッツの「レシ」はありえないのである。「想起なき記憶」が対応する、という記述は、たしかに類似している。しかし、本節でみたように、一九七〇年代以降、同じ表現を利用しながらも、そのような「想起なき記憶」を探索するわずかばかりの痕跡もない状況をこそブランショは思考している。つまり、「レシ」の限界である。そのようなわけで、この二段落のあとで、ブランショは「何日に書かれたのだとしても、あらゆるレシは、これ以後、アウシュヴィッツ以前のものになるだろう[3]」と書き、アウシュヴィッツ以後に「レシ」を書くことの不可能性を強調していると考えられる。

したがって、『事後』において自己引用された「レシの秘密の法則」は、一九六〇年代までの思索に一九七〇年代以降の思索を上書きしたと言えるものになっている。つまり、ブランショは、信じてよいのかどうかが定まっていない語りそのものがそもそも存在しえない領域があるとし、「出来事の忘却」という言葉をもちだしていることから、一九五四年に語っていた出来事そのものとしての「レシ」の到来もないと考えており、むしろ、一九六三年にはっきりと打ち出した、「非連続の連続」としての「レシ」の根源にある、時間的系統では説明のつかない起源のありかたを重ねているとひとまず言える。しかし、「アウシュヴィッツのレシ－虚構がない」という表現には、「非連続の連続」としての「レシ」の文学的倫理の根底にある、「レシ」のはじまりの謎が未解決であることこそが、「限界」として読み込まれており、そこには、「非連続の連続」の可能性が一切ないことが示唆されている。

記憶の外部としての「非－レシ」

先に見たような、非連続の連続としての「レシ」の起源のパラドクスをめぐる「レシ」の限界が、「非－レシ」という言葉で表現されるのが『災厄のエクリチュール』（一九八〇）である。この著作において、「レシ」は三度、使われている。一度目は「受動性」にかんして、二度目は「神話」にかんして、三度目は幼年期にかんしてである。

まず、「受動的であるということ」を説明する箇所で、ブランショは、「受動的であること。すなわち、非－レシ、それは引用を逃れるもの、そして想起が呼び起こすはずがないもの――思想としての忘却、すなわち、つねに記憶の外に落ちてしまっているがゆえに忘れられることのできないもの[4]」と説明している。ここからは、はっきりと、「レシ」は引用によるものであるということ、そして想起によって呼び起こされるはずのものであることがわかる。しかし一方で、最後に書かれているように、「非－レシ」が「記憶の外部」にあるがゆえにそもそも「忘れられることのない」ものであると説明されている。ここからは、「レシ」は記憶と関わるがゆえに、忘れられうるものであることと、このときには、「記憶の外部」の忘れられないもののほうにブランショの関心が向けられていることがわかる。

二回目に「レシ」が出てくるのは、神話が「仮説の急進化」であるかもしれないと説明される断片である。

神話は、仮説の急進化なのかもしれず、その仮説によって、限界へと移りゆきながら、思想はいつも、思想を単純ではないものとし、解体し、ばらばらにするものを包み隠してきたのであり、頂点においては、たとえ創造的なレシによってのことだったとしても（言うことそのものへの回帰である）、持ちこたえている可能性を破壊しているのである。[5]

譲歩付きではあるが、「創造的なレシ」がここでは、「思想」を解体するものとして、神話と同等の、「仮説の急進化」に並べられている。このつづきでは、「神話」という単語が、非‐真理としてみずからをあたえるかぎりにおいて、「非現代的なもの」を保つ、ということ、そして、このような「急進化」が、「（終末論的、すなわち、究極性がなく、ロゴスのない）極限の要請がわたしたちから引き抜く根こそぎを隠している」[6]と書かれている。少なくとも、「神話」という、その誕生の起源の不確かさを抱え続けている「仮説の急進化」は「ロゴス」のないものによって支えられているという解釈が垣間見えるため、一九八〇年の時点の「レシ」もまた、「ロゴス」ないしそれにもとづく「思想」とは別の側にあることがうかがわれる。

その上で注目してみたいのは、『災厄のエクリチュール』で最後に「レシ」が用いられている箇所である。それは、「(ひとつの原光景?)」という言葉ではじまる斜体の文章である。そこでブランショは、子どもの目撃するある原光景を「言う能力」について、つぎのように書いている。

――言うこと。言う能力? それは言うことをすぐさま変質させる。機能不全のほうが、言うことにはずっとふさわしいはずだ。――ふさわしさという言葉がここでは通用するなら。それはつまり、かつて一度も受け取られたことのない喪失のかわりの、わずかな、貧しい贈与。――けれど誰が語るのだろうか。――レシだ。――レシ以前、「閃光を放つ状況」、それによって、茫然自失した子どもは――彼にはその光景がみえる――、みずからの言葉を沈黙させる自分自身の幸福な殺害を目にする。――子どもの目から涙がさらに流れでる。――一生涯に流される涙、あらゆる生が流す涙、すなわち、あの絶対的な溶解。喜びによるものであれ、悲しみによるものであれ、幼い顔は、それを不可視のうちに立て直して輝き、ついには前触れなき感情へとたどりつく。――すぐさま凡庸に解釈される。――凡庸さは間違っていない。孤独が徹底的に拒否される慰めの註釈だ。――もう一度考えてみよう。すなわち、状況は世界から、木から、壁から、冬の庭から、遊び場とそれにともなう飽き飽きした気持ちからやってくる。したがって、それは時間であり、時間とその言説、エピソードのない、あるいは純粋にエピソード的な語りうるものなのだ。空さえも、それが名づけられるや否や仮定されるコスミックな次元――星、宇宙――にあっては、つましい光の明るさなのだ。それはたとえ「光あれ」であったとしても、遠ざけることのできない遠ざかりなのだ。(7)

対話体での匿名の者同士のやりとりのなかで取り上げられるのは、子どもがみずからを殺害する場面である。それは、「みずからの言葉を沈黙させる自分自身の幸福な殺害」とあるため、言語をもたなかったときのおのれを殺害するという意味であると考えられる。そして、この引用箇所ではまず、この問題が語られる「レシ」であるとされている。そして、そのように物語られるのは、「レシ以前」の光景であるとされるのである。それは、子どもが「自分自身の殺害」を目撃する場面である。そしてそのような「レシ以前の状況」は「時間」であり、かつ、「語りうるもの」であるとされている。ここでも「仮定される」という言葉が使われているが、「レシ以前」を「仮定する」ことによって、「レシ」が語りうるものになることが示唆されているのが、『災厄のエクリチュール』であると言えるだろう。そしてそのような「仮定する」行為によって生み出されるものが、「コスミックな次元」と呼ばれている。

「外部」と「内部」の衝突

「レシ」について書く機会も大幅に減る中で、「レシ」について言及する際にはその限界を積極的に指摘するようになった老齢のブランショによって発表された、『わたしの死の瞬間』（一九九四）の特徴は、なによりも、ブランショ自身の実体験と重なっていることを強くうかがわせるものとなっている点にあり、構造としては、ナチスの中尉の命令で銃殺されかかった、ある男性について、語り手の「わたし」が「彼（il）」と呼びながら語られている。

この作品は「わたしはひとりの若い男を思い出す」と書きはじめられている。語られる内容を要約するとつぎのようになる。「城」と呼ばれる建物にいる若い男が、ノックの音でドアを開けると、ナチスの中尉がおり、全員が外へ出され、銃殺のために並ばされる。そのとき、その若い男が、死に結ばれた「軽さの感情」を覚えたことを「わたし」は知っている。結局、その銃殺のための指令は、第二次世界大戦中、ドイツ占領下のフランスにおいて、対独抵抗地下運動グループであるマキの仲間による物音によって中断され、その間、森の中で農民の息子が殺されたことがわかる。いずれにせよ、中尉の戻った後、「城」が燃やされることもなく、「彼」と呼ばれる若い青年が殺されることはなかった。一九四四年の出来事とされるこの銃殺を逃れた場面の最後は、こう結ばれている。

戦争とは、そのようなものだった。ある者たちにとっては生であり、他の者たちにとっては殺人の残酷さだった。
　それにもかかわらず、もはや銃殺が待たれるだけのその瞬間には、軽さの感情が留まっていたのである。［……］まるであたかも、彼の外部の死が、それ以後、彼の内部の死にぶつかることしかできないかのように。「わたしは生きている。いや、おまえは死んでいる」(8)

「軽さ」とは、死の直前における生と死のどっちつかずの状態の浮遊感、さらに、死んでいたはずなのに生きている、かぎりなく生死の近接した状況で生じた感覚を指している。パリに戻ったあとのことを記した最後では、「死そのものである軽さの感情、あるいは、最上に正確を期するならば、それ以後いつも、待機の中にあるわたし自身の死の瞬間[9]」と形容されているので、自分自身ではけっして経験できないはずものである「死」が「生」と重なってしまい、その両者のあいだに滞留していることが描かれているということができるだろう。そしてまた、語り手の「わたし」が「彼」と呼んでいた者を「おまえ」と一体化する形で、近づいてゆくという「わたし」と「彼」／「おまえ」のあいだの距離の中の滞留も描かれているということができるだろう。

この『わたしの死の瞬間』において、「レシ」という言葉は使われず、装丁には「ロマン」とも「レシ」とも記されていないが、出版直後にデリダは『滞留』というテクストを発表し、このテクストが、虚構なのか証言なのかわからない、としながらも、これをはっきり「レシ」と呼んでいる。そして、デリダが問いとして投げかけるもののひとつは、「レシ」そのものの可能性や不可能性ではなく、「フィクションと自伝との区別」である。デリダは、ポール・ド・マンによるフィクションと真実との区別を喚起したあとで、つぎのように書いている。

したがって、ただたんに決定不可能なままであるというだけではなく、さらにいっそうはるかに重大であるのは、ド・マンがはっきりさせているように、この区別においては、その決定不可能性において、一定の、あるいは、停止した仕方でみずからを保つこと、みずからを維持することが不可能である、そのようなフィクションと自伝とのあいだの区別への明らかな暗示があることです。[10]

ここからわかるように、デリダは、フィクションでもなく自伝でもないもののあいだにあるにもかかわらず、このあいだにとどまり続ける「滞留」そのものが不可能であることを示唆している。そして、デリダはこうしたなかで語られるものの「真実」を、「文学の限界」における「受難」を語る証人の「伝記的だったり自伝的な真実性[11]」と呼んでいる。デリダは、このように、「わたしは死んでいる」と述べる不可能な可能性をめぐる議論に、不可能な証言の可能性の議論を、フィクションと自伝の問題として引きつけている。さらに、ややあとで、「証言の本質は、かならずしも、語り、つまり記述的で、情報的な報告に、知に、レシに還元されるわけではありません。それはまずもって現在時の行為です[12]」とあるように、デリダは、「レシ」を知としての報告の側に引きつけ、「証言」と完全なイコールで結んでいるわけではない。つまり、時制への目配せから、バンヴェニストによる「レシ」の定義への参照をうながしつつ、ジャンルとしての「レシ」とモードとしての「レシ」の用法を撹乱してもいる。

注目してみたいのは、「外部」という言葉である。ブランショは、「まるであたかも、彼の外部の死が、それ以後、彼の内部の死にぶつかることしかできないかのように」と書いていた。「まるであたかも(Comme si)」と書かれているがゆえに、現実に「外部の死」が「内部の死」にぶつかるのではないのだろうが、そうであるかのような感覚が得られることが言われている。つまり、「死」が二つある。これまで、文学的言語による「非連続の連続」の「レシ」のためには、「彼方への一歩」という、決定的な「外部」を導入しなければそのはじまりが説明不可能になる、という点を確認してきた。そして、まさにそのような「彼方への一歩」とは、一人称ではけっして経験することの叶わない「死」につうじていた。そうであるのだとすれば、そのような「彼方への一歩」が、わたしの「内部」に入ってしまったかのような状況を描いたのが、『わたしの死の瞬間』であるといえるのではないだろうか。つまり、経験し得ないはずの「外部」が、自分自身に内包されてしまっているという、「レシ」の起源の謎が、自分自身にあるということを、晩年のブランショは示している。

3 ラヴェルの《ボレロ》からツェランの「歌の残滓」まで

本書で見てきたような、展開なくして展開する「レシ」の思想は、初期のブランショにおいて、すでに音楽と結びつく形で現れていた。一九四一年五月二六日から二七日にかけて『デバ』紙に掲載された「フランスと現代文明」という書評で、ブランショはポール・ヴァレリーの『現在世界についての眼差し』を取り上げつつ、ヴァレリーがさまざまな形でいくつもの本を出していることを、無限に連続する鏡の中で自己増殖する「ランプ」にたとえるだけでなく、それをモーリス・ラヴェルの《ボレロ》にもたとえていた。当時三三歳のブランショはこのように書いている。

ときには同一であるテクストによってつくられた異なる著作がこのように花開いてゆくのをみていると、モーリス・ラヴェルの《ボレロ》の規則にしたがって展開が生まれるかもしれないある種の文学が思い浮かぶ。その多様性の全体は、いっそう秩序づけられ、だんだんと正しくなるあらわれのなかにあるはずで、そのあらわれのもとで、それはすこしずつ、みずからに属するだろうあらゆる明るさと謎を表現することになるだろう。[13]

ここで言及されているラヴェルの《ボレロ》は一九二八年に作曲され初演されたバレエのためのオーケストラ曲である。「規則」とあるが、これは、ひとつの「主題」が全く変えられずに、幾度もさまざまな楽器によって代わる代わる演奏され、器楽の音色が変わりながら、オーケストラ全体の音量が増してゆくという規則である。最後に、わずかに転調が生じるが、それは一度きりで、直後、曲は終わる。これは、通常の考えからすれば、展開のない曲であり、展開のないミニマル・ミュージックの原型のひとつとされている。ブランショが、この《ボレロ》を一九四一年五月時点で、展開が生まれる曲としてとらえ、かつ、ヴァレリーのテクストのある版から別の版への変化と重ねていたことは、のちのちまで断片的に織りなされるブランショの「レシ」の思想――繰り返され、展開なしに展開をするという、非論証的な「歌」をめぐる思想――に、文字どおり、音楽の力が重ねられていたことを、先触れのようにあざやかに示している。

その数十年後、「アウシュヴィッツのレシ‐虚構がない」と表現し、「非連続の連続」としての「レシ」の文学的倫理の根底にある、「レシ」のはじまりの謎が未解決である「限界」が読み込まれ、「非連続の連続」の可能性が一切ないことが示唆されるに至った一九七〇年代を振り返るならば、もう一度聞き取られるべきは、パウル・ツェランの「詩」、「歌の残滓」に対するブランショの言葉だろう。はからずも、ジャック・デリダが『境域』収録の「生き延びる」下段の「航海日誌」で、ブランショに現れる「バラ」のモチーフを整理するなかで、もちろんスタインの「バラはバラ……」にも目配せをしながら、ブランショ自身が直接的には参照項としては示していない「バラ」の例として挙げる中には、シレジウスの「バラはなぜという理由なしに咲く」という言葉があった。[14] シレジウスが『瞑想録』で記したのは、バラは目的を持たず、なんのためにでもなく、ただ咲いている、という形で存在している、そのようなあり方である。[15] これは、アリストテレスがすでに可能性を実現した段階にあって、目的を持つものではない開花のプロセスとして可能態（デュミナス）を説明したことにも通じるだろう。すなわち、「なぜ」を持たず、目的や根拠をもたず、非論証的なものそのもののあり方と響き合う姿である。一見すると、これはブランショが一貫して価値をおいていた非論証的な、音楽の力、「レシ」の断片としての可能性を担保する、そのような文脈にも思われる。しかし、おなじくデリダがブランショに直接は現れない「バラ」として挙げるツェランの「バラ」の詩を経由するならば、そのような系図は途端に崩れるだろう。なぜならば、わたしたちは、プリモ・レーヴィが、アウシュヴィッツには「なぜ」がないと述べていることを知っているからである。プリモ・レーヴィは、『これが人間か』で、つぎのように述べていた。

実際、その通りだ。渇きにせめられて、私は窓の外の、手の届く、大きなつららにねらいをつけ、窓を開けて、つららを折りとった。ところが外を巡回中の太った大男がすぐにやって来て、荒々しくつららを奪いとった。「なぜだ?」私は下手くそなドイツ語で尋ねた。「ここにはなぜなんて言葉はないんだ」男はこう答え、私を突きとばして中に押しこんだ。[16]

喉が渇いて取ったつららが奪われる。それには理由がないのだ、という。アウシュヴィッツには「なぜ」がない、そのことを思い出すと、ブランショの「バラ」の思想が、単純に、根拠律をめぐる神秘思想にも通じる非連続の連続を描き出しているというだけにとどまらず、この非連続性が、さまざまな連続性を強奪された極限状態の語りと重なっていることが思われるだろう。「なぜ」がないことを素朴に首肯することは極めて難しいのである。

ツェランは『誰でもない者の薔薇』(一九六三)の中の「詩篇」で次のように歌っていた。

お前が讃えられるように、誰でもない者よ。
お前のために
ぼくたちは花咲こう。
お前に
向かって。

ひとつの無

だった　ぼくたちは、である、でありつづける
だろう、咲き誇りながら――
あの無の――、あの
誰でもない者の薔薇。[17]

過去形でも現在形でも未来形でも存在することが歌われており、その様態は、一人称複数の者たちがいったい誰なのかはわからないが、まさに花が咲く姿と重ねられている、そのような詩句である。しかし、そのバラは、無の、誰でもない者のバラだというのである。そのようにしてツェランが歌い上げる目の見えない者たちの目がまなざす事物たちを通してやってくるものを、ブランショは、「最後に語る人」のなかで、彼の詩篇そのものを断片化する形で読み解きながら、声なき声に耳を研ぎ澄ませていた。そうして、ブランショは、「語れ」と呼びかけるツェランの詩をもう一度引用してテクストを終えていた。ほとんどがツェランの詩の断片的な引用で占められるこのテクストを読み解くことが、非連続の連続の極限を問う、そのようなバラの記憶に結ばれて、そしてなお、歌になろうとする言葉の叫びとその聴取を呼びかけているように思われる。

註

序章

（1） *Communications*, n°8, Paris, Seuil, 1966.

（2） 本文では「大きな《物語》の解体（décomposition des grands Récits)」と表現されている。Jean-François Lyotard, *La Condition postmoderne. Rapport sur le savoir*, Paris, Minuit, 1979, p. 31.（ジャン＝フランソワ・リオタール『ポスト・モダンの条件』小林康夫訳、水声社、一九八九年、四三頁）

（3） Paul Ricœur, *Temps et récit*, Paris, Seuil, 1983-1985.

（4） Gérard Genette, *Figures III*, Paris, Seuil, 1972, p. 71.（ジェラール・ジュネット『物語のディスクール——方法論の試み』花輪光・和泉涼一訳、水声社、一九八五年、一五頁）

（5） *Ibid.*, p. 72.（同上、一七頁）

（6） Takeshi Matsumura, *Dictionnaire du français médiéval*, Paris, Les Belles Lettres, 2015, s. v. « reciter ».

（7） TLFi., s. v. « récit ».

（8） Barbara Cassin (dir.), *Vocabulaire européen des philosophies*, Paris, Seuil/Robert, 2004, p. 1068.

（9） TLFi., s. v. « récit ».

（10） Jean-Michel Adam, *Le Récit* [1984], Paris, Presses universitaires de France, 1999, p. 10.（ジャン＝ミシェル・アダン『物語論――プロップからエーコまで』末松壽・佐藤正年訳、白水社、二〇〇四年、一七頁）

（11） *Ibid.*, p. 17.（同上、二六頁）

（12） Jean-Yves Tadié, *Le Récit poétique* [1978], Paris, Gallimard, 1994, p. 6-7.

（13） *Ibid.*, p. 7-8.

（14） Dominique Rabaté, *Le Roman français depuis 1900*, Paris, Presses universitaires de France, 1998, p. 24.（ドミニク・ラバテ『二十世紀フランス小説』三ツ堀広一郎訳、二〇〇八年、白水社、三二頁）また、ラバテは同書第二部第二章「出来事の危機」の「レシの限界」という小節でブランショの「レシ」を取り上げ、そこでは「語り（narration）」の通常の法則に異議申し立てがされており、「語り」が循環構造、つまり「レシ」による方角の見失いの中で進んでゆくと指摘している。*Ibid.*, p. 74-75.（同上、九二―九四頁）

（15） 中山眞彦は、ラテン語を基礎とする「ロマン」が一二世紀に文学ジャンルとなり、『トリスタンとイズー』のように韻文を特徴とし、武勲詩（叙事詩）の歌唱とは異なって、テクストを「朗読」するものであったことについて概念整理を行っている。中山眞彦『ロマンの原点を求めて』（水声社、二〇〇八年）の第一章（同書、一三―三六頁）を参照。

（16） 言語学においては、一九六六年、エミール・バンヴェニストが『一般言語学の諸問題』第一九章「フランス語動詞における時制の関係」において、動詞の時制が「歴史（histoire）」と「言説（discours）」の二つの体系に分かれているとした上で、前者を「レシ」、「出来事」、「過去」の三要素をもつ「過去の出来事を物語る」ものであると説明し、歴史的な言明については、「あらゆる「自伝的な」言語活動を排除する言明のモードとして歴史的なレシを定義することにしよう」と書いていることが挙げられる。Émile Benveniste, *Problèmes de linguistique générale I*, Paris, Gallimard, 1966, p. 238-239.（エミール・バンヴェニスト『一般言語学の諸問題』岸本通夫監訳、みすず書房、一九八三年、二一八―二一九頁）文学においては、作品の呼称、ジャンルとしての「レシ」もあり、さらには、一人称による語りもあるため、バンヴェニストの定義とは相容れない部分が出てくると考えられる。

（17） Dominique Rabaté, *La Passion de l'impossible. Une histoire du récit au XXe siècle*, Paris, Corti, 2018.

（18） *Ibid.*, p. 17.

（19） *Ibid.*, p. 19.

（20） *Ibid.*, p. 23.

（21） *Ibid.*, p. 66.

（22） Bruno Clément, *Le Récit de la méthode*, Paris, Seuil, 2005.

（23） *Ibid.*, p. 73.

（24） *Ibid.*, p. 245.

（25） こうした「レシ」の「曖昧さ」を示す例として、ミシェル・フーコーの「汚辱に塗れた人々の生」（一九七七）を挙げたい。フーコーは、一七世紀から一八世紀にかけてさまざまなひとたちによって記された文書を「ヌーヴェル（**nouvelle**）」と呼んでいる。フランス語の **nouvelle** は「知らせ」を意味する単語であるが、とくに複数形の場合、いまでいう「ニュース」を意味する。その上でフーコーは、「ヌーヴェル」には「レシ」の意味が含まれているとしている。フーコーの言葉は以下である。「わたしにはこれらを《ヌーヴェル》という用語で呼ぶとちょうどよいのかもしれない。それは、《ヌーヴェル》という用語が、レシの素早さと、報告された出来事の現実性という、二重の指し示しをしているからである」。Michel Foucault, « La Vie des hommes infâmes » [1977], *Dits et écrits III 1976-1979*, Paris, Gallimard, 1994, p. 237.（ミシェル・フーコー「汚辱に塗れた人々の生」丹生谷貴志訳、『フーコー・コレクション6　生政治・統治』小林康夫・石田英敬・松浦寿輝編、筑摩書房、二〇〇六年、二〇二頁）

（26） Christophe Bident, *Maurice Blanchot. Partenaire invisible*, Paris, Champ Vallon, 1998, p. 281-282.（クリストフ・ビダン

『モーリス・ブランショ——不可視のパートナー』上田和彦・岩野卓司・郷原佳以・西山達也・安原伸一朗訳、水声社、二〇一四年、二三八—二三九頁）

（27）Anne-Lise Schulte Nordholt, *Maurice Blanchot. L'Ecriture comme expérience du dehors*, Genève, Droz, 1995, p. 87.

（28）Maurice Blanchot, « A Rose is a rose... » [1963], *L'Entretien infini*, Paris, Gallimard, 1969, p. 502.（モーリス・ブランショ「バラはバラであり……」郷原佳以訳、『終わりなき対話Ⅲ　書物の不在（中性的なもの、断片的なもの）』湯浅博雄・岩野卓司・郷原佳以・西山達也・安原伸一朗訳、筑摩書房、二〇一七年、一一三頁）

（29）*Ibid.*（同上）

（30）Gérard Genette, *Figures III*, *op. cit.*, p. 71.（ジェラール・ジュネット『物語のディスクール——方法論の試み』前掲書、一六頁）

（31）Takeshi Matsumura, *Dictionnaire du français médiéval*, *op. cit.*, s. v. « reciter ».

第一章

（1）Maurice Blanchot, « Les Jeunes romans » [1941], *Faux Pas*, *op. cit.*, p. 211.（モーリス・ブランショ『踏みはずし』粟津則雄訳、筑摩書房、一九八七年、二五六頁）

（2）Maurice Blanchot, « Une œuvre de Paul Claudel » [1942], *ibid.*, p. 329.（同上、三九一頁）

（3）Maurice Blanchot, « L'Art du roman chez Balzac » [1941], *ibid.*, p. 207.（同上、二五〇頁）

（4）クセジュ文庫から出された小著ながら、ラルーは四〇〇人あまりの小説家を「個人のロマン」「田舎のロマン」「社会のロマン」「世界のロマン」「想像力のロマン」「コントとヌーヴェル」「宿命のロマン」という七章に分けて列挙し、特徴を概観している。René Lalou, *Le Roman français depuis 1900*, Paris, Presses universitaires de France, 1941.

（5）Maurice Blanchot, « L'Énigme du roman » [1942], *Faux Pas*, *op. cit.*, p. 217.（モーリス・ブランショ『踏みはずし』前

掲書、二六三頁）

（6） Maurice Blanchot, *Le Livre à venir* [1959], Paris, Gallimard, « folio », 1986, p. 16.（モーリス・ブランショ『来るべき書物』粟津則雄訳、筑摩書房、一九八六年、一三頁）

（7） Paul Valéry, « Hommage à Marcel Proust », *Œuvres, t. I.*, Paris, Livre de Poche, 2016, p. 813.

（8） それゆえに、同論のすこし手前でブランショは、「レシをロマネスク作品の名に値するものにするのは、本当で真の要素がそこで受けとる部分であり、その部分はあまりにも重要なので、全体がその客観的な性格によって必要不可欠になっており、虚構について一般的に感覚するものが消えないように十分念入りにつくられている」と書いているのだと考えられる。Maurice Blanchot, « L'Énigme du roman » [1942], *Faux Pas, op. cit.*, 1943, p. 215.（モーリス・ブランショ『踏みはずし』前掲書、二六一頁）

（9） René Lalou, *Le Roman français depuis 1900, op. cit.*, p. 8.

（10） そのため、アンドレ・ジッドが『狭き門』（一九〇九）をはじめとする自作を「レシ」としたことについて、ラルーは「彼はそれを謙虚にも《レシ》と呼んだ」と書いている。*Ibid.*, p. 25.

（11） *Ibid.*, p. 108-112.

（12） Virginia Woolf, *Mrs. Dalloway*, traduit par Simone David, Paris, Stock, Delamain et Boutelleau, 1929. Virginia Woolf, *Les Vagues*, traduit par Marguerite Yourcenar, Paris, Delamain et Boutelleau, 1937. ブランショによる論文は以下。Maurice Blanchot, « Un roman de Colette » [1942], *Chroniques littéraires du* Journal des débats *avril 1941-août 1944*, Paris, Gallimard, 2007, p. 131.

（13） *Ibid.*, p. 116.

（14） Kléber Haedens, *Paradoxe sur le roman* [1941], Paris, Grasset, 1964, p. 23.

（15） *Ibid.*, p. 26.

（16） *Ibid.*, p. 27-28.

（17） Maurice Blanchot, « Un roman de Colette » [1942], *Chroniques littéraires du* Journal des débats *avril 1941-août 1944, op.*

cit., p. 131.

(18) 引用されているのは「モダン・フィクション」。ブランショの仏訳は孫引きと考えられる。roman と仏訳されている箇所の原語は fiction である。Virginia Woolf, « Modern Fiction » [1921], *Selected Essays*, Oxford, Oxford University Press, 1992, p. 9.

(19) 『響きと怒り』(一九二九)、『いまわのきわに』(一九三〇) のそれぞれは、一九三八年、一九三四年に仏訳が発表されている。William Faulkner, *Tandis que j'agonise*, traduit par Maurice Edgar Coindreau, Paris, Gallimard, 1934. William Faulkner, *Le Bruit et la fureur*, traduit par Maurice Edgar Coindreau, Paris, Gallimard, 1938.

(20) Maurice Blanchot, « L'Influence du roman américain » [1943], *Chroniques littéraires du* Journal des débats *avril 1941-août 1944*, *op. cit.*, p. 463.

(21) *Ibid.*, p. 463.

(22) Maurice Blanchot, « Contes et récits » [1942], *Chroniques littéraires du* Journal des débats *avril 1941-août 1944*, *op. cit.*, p. 137-140. 書評対象は以下。André Fraigneau, *La Fleur de l'âge*, Paris, Gallimard, 1941. Robert Francis, *Histoire sainte*, Paris, Gallimard, 1941.

(23) Maurice Blanchot, « Contes et récits » [1942], *Chroniques littéraires du* Journal des débats *avril 1941-août 1944*, *op. cit.*, p. 136.

(24) *Ibid.*, p. 136. ブランショはこのときポール・モラン監修の叢書に言及している。それは、ガリマール社で一九三四年一月から一九三九年五月までに出版された三七冊である。そのなかには、マルグリット・ユルスナール『東洋のヌーヴェル』(一九三八) や、海外作品の翻訳も含まれている。ブランショが具体的に取り上げるマルセル・エーメの作品は、大衆受けしたものであると「コントとレシ」の本文中で書かれているため、一九三九年に発表され、その後もつづいた『鬼ごっこのコント』(一九三九) であると考えられる。

(25) Jean Giraudoux, « Sur la nouvelle » [1934], *Or dans la nuit*, Paris, Grasset, 1969, p. 191-198.

(26) *Ibid.*, p. 192-194.

（27） *Ibid.*, p. 194.

（28） *Ibid.*, p. 195.

（29） Maurice Blanchot, « Histoire de fantôme » [1942], *Chroniques littéraires du* Journal des débats *avril 1941-août 1944, op. cit.*, p. 206-210. 書評対象のエランスの著作は以下。Franz Hellens, *Nouvelles réalités fantastiques*, Bruxelles, Les Ecrits, 1942.

（30） あらすじはつぎのようなものである。語り手の「わたし」の下宿先の老婆は、毎晩彼のもとを訪れ、執拗に彼の髪がかつてのルートウィヒ二世に似ていると語り聞かせる。ある日、扉をたたく音がする。またあの老婆かと思った「わたし」が扉を開けると、そこにいるのは老婆の夫であった。そこで「わたし」は彼女が亡くなった知らせを受ける。その晩、ラップ音とともに起こる心霊現象についての短い「語り」である。Franz Hellens, « Le Brouillard » [1942], *Herbes méchantes et autres contes insolite*, Verviers, Marabout, 1964, p. 257-271.

（31） 「レシ」を「本当らしさ」と結び合わせたつぎの記述を参照。「読者にとっては、レシの引き離す力が瞬間的に本当らしさの代わりになる。話が正当化されるのは、この一連の「それから？　それから？」以外の必要性を公然と求めることなく、はじめから終わりまで注意力が駆けめぐってきたからである。しかしこの正当化は暫定的なものでしかない。たんにレシが巧みに構成されている、またそうした語りの器用さが絶対的に真なる必然性を体現しているという理由によってではない要因を見つけなければならない」。Maurice Blanchot, « Histoire de fantôme » [1942], *Chroniques littéraires du* Journal des débats *avril 1941-août 1944, op. cit.*, p. 201-202.

（32） Edward Morgan Forster, *Aspects of the novel, and related writings* [1927], London, Edward Arnold, 1974, p. 18-19.（E・M・フォースター『小説の諸相』中野康司訳、みすず書房、一九九四年、四〇頁）

（33） *Ibid.*, p. 60.（同上、一二九頁）

（34） Abel Chevalley, *Le Roman anglais de notre temps*, London, Humphrey Molford, 1921.

（35） Edward Morgan Forster, *Aspects of the novel, and related writings, op. cit.*, p. 3.（E・M・フォースター『小説の諸相』前掲書、八―九頁）シュヴァレーの引用元は以下。Abel Chevalley, *Le Roman anglais de notre temps*, Oxford, Université d'Oxford, 1921, p. 1.

（36） Pierre Madaule, « Retour d'épave », Maurice Blanchot, *Thomas l'obscur. Première version, 1941*, Paris, Gallimard, 2005, p. 14-15.（モーリス・ブランショ『謎の男トマ』門間広明訳、月曜社、二〇一四年、ⅸ—ⅹ頁）

（37） 最近では、二〇一三年にナンテール大学で催されたコロックをもとに論集『モーリス・ブランショ——ロマンとレシのあいだ』が出版された。収録論文のひとつであるアントワーヌ・フィリップの論考「ロマンはレシである」は、これまでの議論を三つに分けている。一つめは、ピエール・マドールに代表される『至高者』と『死の宣告』のあいだに明白な差異を認める立場である。二つめは、デュラ＝マヌリーに代表される「レシ」ないし「ロマン」が表記上の問題でしかないという立場である。三つめは、いずれの立場もしりぞけるかたちで、「セイレーンの歌」における定義を作品に適用するクリストフ・ビダンに代表される立場である。フィリップは、「セイレーンの歌」の第二部プルースト論に着目し、そこでプルーストの『ジャン・サントゥイユ』が「ロマン」でありながら、「純粋なレシ」と呼ばれていることを強調している。Antoine Philippe, « Le Roman est le récit », *Maurice Blanchot entre roman et récit*, Paris, Presses universitaires de Paris Ouest, 2013, p. 43-57.

（38） Maurice Blanchot, *L'Espace littéraire* [1955], Paris, Gallimard, « folio essais », 1986, p. 292.（モーリス・ブランショ『文学空間』粟津則雄・出口裕弘訳、現代思潮新社、一九六二年、三〇九頁）

（39） Roger Laporte, « Le Oui, le non, le neutre », *Critique*, n° 229, Paris, Minuit, juin 1966, p. 590.

（40） Maurice Blanchot, « Prière d'insérer pour Le Très-Haut » [1948], *La Condition critique. Articles 1945-1998*, textes choisis et établis par Christophe Bident, Paris, Gallimard, 2010, p. 131. このことにくわえ、両者の分量は大幅に異なる。『至高者』は二四三頁あり、『謎のトマ』初版の三三三頁、『アミナダブ』の二八六頁に近い。いっぽう『死の宣告』は一四九頁である。こうしたことから、前者は「ロマン」として書かれ、後者は「レシ」として書かれたと、ひとまずとらえることができる。また、このあとにつづく作品としては、単行本として発表されたのは一九七三年ではあるが、初出は一九四九年である『白日の狂気』が挙げられる。これはきわめて短いものである。こうしたことから、フィリップがまとめるように、のちに発表される論考「想像的なものとの出会い」（一九五四）における「ロマン」と「レシ」との区分が、一九四八年と一九四九年を境として決定的な形で生じたという説明が浮上すると考えられる。ブランショは、『死の宣告』が出版された際、『至高者』との関係について、「関係づけられている二つのテクストではなく、両方においてひとしく不在であるひとつのおなじ現実についての、融和しえないにもかかわらず一致するふたつの異版のように思われる」と書いている。Maurice Blanchot, « Prière d'insérer pour L'Arrêt de mort » [1948], *La Condition critique. Articles 1945-1998, op. cit.*, p. 131-132.

(41) 「まえおき」、「パ」(初出一九七六)、「生き延びる」(初出一九七五)、「タイトル未定」(初出一九八一)、「ジャンルの掟」(一九八〇)を収録して一九八六年に出版された『境域』はデリダのブランショ論集である。この論集は、ブランショの死後、論考「モーリス・ブランショが死んだ」を加えて、二〇〇三年に再版されている。Jacques Derrida, *Parages* [1986], Paris, Galilée, 2003.(ジャック・デリダ『境域』若森栄樹訳、書肆心水、二〇一〇年)

(42) 「生き延びる」はもともと『ディコンストラクションと批評』(*Deconstruction and Criticism*, New York, The Seabury Press, 1979)に掲載されたものである。デリダによると、イエール学派の新派のひとりとみなされ、理論を展開するよう出版社から要請されたという。Jacques Derrida, *Parages, op. cit.*, p. 110.(ジャック・デリダ『境域』前掲書、一七三頁)

(43) 初出は以下。Maurice Blanchot, « Un Récit [?] », *Empédocle. Revue littéraire mensuelle*, n° 2, Paris, s.n., mai 1949, p. 13-22. タイトルのみが変わる形で、のちに以下が出版される。Maurice Blanchot, *La Folie du jour*, Montpellier, Fata morgana, 1973.(モーリス・ブランショ『白日の狂気』田中淳一・若森栄樹・白井健三郎訳、朝日出版社、一九八五年)デリダは『エンペドクレス』の複写を画像として引用し、じっさいの表記を論じている。Jacques Derrida, *Parages, op. cit.*, p. 123-125.(ジャック・デリダ『境域』前掲書、一九二―一九三頁)

(44) Jacques Derrida, *Parages, op. cit.*, p. 129-130.(ジャック・デリダ『境域』前掲書、二〇二―二〇三頁)デリダの言葉の末尾は、『白日の狂気』のタイトルの「レシ」が、はじめから疑問符のある形態とない形態の両方をもつ流動的なものであって、かつ事後的に抹消されたこと、ただし本文からは消え去ってはいないことを指摘してのものである。

(45) Gérard Genette, *Introduction à l'architexte*, Paris, Seuil, 1979.(ジェラール・ジュネット『アルシテクスト序説』和泉涼一訳、水声社、一九八六年)

(46) *Ibid.*, p. 74-76.(同上、一二四―一二五頁)

（47） *Ibid.*, p. 71-72.（同上、一二〇頁）
（48） *Ibid.*, p. 27.（同上、四三頁）
（49） Maurice Blanchot, *Thomas l'obscur. Première version, 1941*, *op. cit.*, p. 103-104.（モーリス・ブランショ『謎の男トマ』前掲書、七九―八〇頁）
（50） Maurice Blanchot, *Aminadab* [1942], Paris, Gallimard, « l'imaginaire », 2004, p. 133.（モーリス・ブランショ『アミナダブ』清水徹訳、書肆心水、二〇〇八年、一四八―一四九頁）なお、『アミナダブ』については、ジャン＝ポール・サルトルがこれを「ファンタスティック」に分類し、カフカの「ロマン」に驚くほど類似しているとしたことが知られている。Jean-Paul Sartre, « *Aminadab* ou du fantastique considéré comme un langage » [1943], *Critiques littéraires* (*Situations, I*), Paris, Gallimard, 1947, p. 114. 発表直後、ティエリ・モルニエは、『謎のトマ』を「ロマン」と呼んだのに対し、『アミナダブ』を「レシ」と呼んでいる。Thierry Maulnier, « Causerie littéraire » [1942], *Maurice Blanchot entre roman et récit*, *op. cit.*, p. 297.
（51） Maurice Blanchot, *Le Très-haut* [1948], Paris, Gallimard, « l'imaginaire », 1988, p. 210-212.（モーリス・ブランショ『至高者』篠澤秀夫訳、現代思潮社、一九八五年、三五三―三五四頁）
（52） Maurice Blanchot, *L'Arrêt du mort* [1948], Paris, Gallimard, « l'imaginaire », 1990, p. 7-8.（モーリス・ブランショ『死の宣告』三輪秀彦訳、『ブランショ小説選（謎の男トマ／死の宣告／永遠の繰言）』菅野昭正・三輪秀彦訳、書肆心水、二〇〇五年、一六八頁）
（53） *Ibid.*, p. 43-44.（同上、二〇三―二〇四頁）
（54） *Ibid.*, p. 60-61.（同上、二二一頁）ラリーヴとフルーリはオーギュスト・メルレット（Auguste Merlette）とエメ・オーヴィオン（Aimé Hauvion）による筆名であり、一九世紀末から二〇世紀はじめにかけて、主にフランスの小学校の準備課程から第三学年のためにフランス語の教科書および練習問題集を記した人物である。以下を参照。Larive et Fleury, *La Première année de grammaire*, Paris, A. Clin, 1871. id., *La Deuxième année de grammaire. À l'usage des élèves qui recherchent le certificat d'études primaires*, Paris, A. Colin, 1871 ; id., *L'Ecole. Exercices français de* 1er *année correspondant et faisant suite à la* 1re *année de grammaire*, Paris, A. Colin, 1872. 以上は、それぞれ生徒用と教員用に分かれている。ほかにも

同種の教科書をいくつも執筆しており、ほかに、以下が一八七〇年代から一九五〇年代にかけて断続的に出版、再版されている。例えば以下を参照。id, *Dictionnaire français illustré des mots et des choses, ou Dictionnaire encyclopédique des écoles, des métiers et de la vie pratique. À l'usage des maîtres, des familles et des gens du monde*, Paris, G. Chamerot, 1887-1889. マレは歴史家のアルベール・マレ（一八六四―一九一五）である。フランス史の専門家であるが、マレも学校教則本をいくつか記している。つぎのような教科書も残している。Albert Malet, *Enseignement secondaire des jeunes filles. Histoire de France et notions sommaires d'histoire générale jusqu'en 1610. Première année*, Paris, Hachette, 1906 ; id., *Enseignement secondaire des jeunes filles. Histoire de France et notions sommaires d'histoire générale, de 1610 à 1789. Deuxième année*, Paris, Hachette, 1906 ; id., *Ecoles normales primaires. Brevet supérieur. Histoire de France et notions sommaires d'histoire générale depuis la Révolution jusqu'en 1875. Deuxième année*, Paris, Hachette, 1907 ; id., *Histoire de France et notions sommaires d'histoire générale de 1789 à 1875. Troisième année*, Paris, Hachette, 1907.

（55）Maurice Blanchot, *La Folie du jour*, *op. cit*, p. 36-38.（モーリス・ブランショ『白日の狂気』前掲書、三四―三五頁）

（56）*Ibid.*, p. 36.（同上、三三頁）

（57）*Ibid.*（同上）

第二章

（1）『城』は、カフカの死後、マックス・ブロートによって一九二六年に出版されたものである。一九三八年に仏訳が出版されている。Franz Kafka, *Le Château*, traduit par Alexandre Vialatte, Paris, Gallimard, 1938.

（2）Maurice Blanchot, « Le Langage de la fiction », *La Part du feu*, Paris, Gallimard, 1949, p. 79.

（3）*Ibid.*, p. 80.

（4）*Ibid.*

(5) *Ibid*., p. 81.
(6) *Ibid*., p. 83.
(7) Maurice Blanchot, « Le Langage de la fiction », *La Part du feu*, *op. cit*., p. 83-84.
(8) ヘーゲル『美学　第二巻の上』竹内敏雄訳、岩波書店、一九六五年、八三七―八三八頁。
(9) 同上、八四〇―八四一頁。
(10) Maurice Blanchot, « Le Langage de la fiction », *La Part du feu*, *op. cit*., p. 85.
(11) Jean-Paul Sartre, *L'Imaginaire. Psychologie phénoménologique de l'imagination*, Paris, Gallimard, 1940.
(12) *Ibid*., p. 255.
(13) Maurice Blanchot, « Le Langage de la fiction », *La Part du feu*, *op. cit*., p. 86.
(14) *Ibid*., p. 86.
(15) *Ibid*., p. 87.
(16) *Ibid*., p. 89.
(17) Maurice Blanchot, « Le Langage de la fiction », *La Part du feu*, *op. cit*., p. 88.
(18) *Ibid*., p. 89.
(19) ヘーゲル『美学　第二巻の上』前掲書、九七八―九七九頁。
(20) 同上、九七九頁。
(21) 『論理学』『自然哲学』『精神哲学』からなるもので、ここでは『精神哲学』が該当箇所である。初版は一八一七年。
(22) Paul de Man, "Sign and Symbol in Hegel's Aesthetics", *Aesthetic Ideology*, Minneapolis / London, University of Minnesota, 1996, p. 101.（ポール・ド・マン『美学イデオロギー』上野成利訳、平凡社、二〇一三年、二四一頁）
(23) *Ibid*.（同上）
(24) *Ibid*., p. 102.（同上、二四二頁）

（25）ヘーゲル『精神哲学』船山信一訳、岩波書店、一九九六年、三七一—三七二頁。

第三章

（1）Maurice Blanchot, « La Rencontre de l'imaginaire » [1954], *Le Livre à venir* [1954], *op. cit.*, p. 9-18.（モーリス・ブランショ『来るべき書物』前掲書、五—一五頁）初出時の題は「セイレーンの歌」であった。これは、ミシェル・フーコーが主体なき言語についての「外部の思考」という概念を抽出する際に依拠したテクストでもある。Michel Foucault, « La Pensée du dehors », *Critique*, n° 229, *op. cit.*, p. 523-546.

（2）郷原佳以はほかに、アドルノの『啓蒙の弁証法』が暗示されている可能性を指摘している。郷原佳以「セイレーンたちの歌と「語りの声」——ブランショ、カフカ、三人称」、塚本昌則・鈴木雅雄編『声と文学——拡張する身体の誘惑』平凡社、二〇一七年、七四—一〇二頁。Kai Gohara, « Le Chant des sirènes et la voix narrative », *Cahiers Maurice Blanchot 5*, Paris, Les presses du réel, 2018, p. 70-83.

（3）ホメロス『オデュッセイア（上）』松平千秋訳、岩波書店、一九九四年、三一二—三一三頁。

（4）同上、三一三頁。

（5）Maurice Blanchot, « La Rencontre de l'imaginaire » [1954], *Le Livre à venir* [1954], *op. cit.*, p. 12-13.（モーリス・ブランショ『来るべき書物』前掲書、九—一〇頁）

（6）*Ibid.*, p. 16.（同上、一三頁）

（7）キルケの命令の言葉はつぎのようなものである。「[……] そなたらは帰国の前に、今一つの旅を仕遂げねばならぬ、すなわち冥王（アイデス）と恐るべきペルセポネイアの館へ行かねばならぬのです。これはテバイの盲目の予言者、テイレシアスの霊に行先のことを訊ねるためで、この男の智力は今も生前も渝らぬ。他の亡者どもは、ただ影の如くひらひらと飛び交っているだけであるが、ひとりこの男のみにはペルセポネイアが、死後も心の活力を持つことを許されたのです」。ホメロス『オデュッセイア（上）』、前掲書、二六九頁。

（8）　オデュッセウスは、船に乗ってオケアノス河に到着し、テイレシアスに、帰国後起こる災厄の予言を受ける。さまざまな亡霊のなかには、オデュッセウスの母がいたが、話しかけてもらえないことをテイレシアスに相談すると、亡霊が真実を語るためには、牝牛の供物の血に亡霊が触れることを許す必要があるという返答がある。「そなたが血に近づくことを許せば、どの亡者も真実を話すのだが、それを拒めば、拒まれた亡者は引き退ってしまうのだ」。同上、二八三頁。

（9）　第一二歌は、つぎの一文からはじまる。「オケアノス河の流れを後にした船は、波騒ぐ広い海原に出て、朝のまだきに生れる曙の女神の住居と踊り場があり、陽の神の昇り口なるアイアイエの島に達したが、この地に着くと船を砂浜に揚げ、浜の渚に降り立つと、そこでぐっすりと眠り込んで、輝く曙の到来を待った」。同上、三一一頁。

（10）　Maurice Blanchot, « La Rencontre de l'imaginaire », *Le Livre à venir*, *op. cit.*, p. 13.（モーリス・ブランショ『来るべき書物』前掲書、一〇頁）

（11）　藤沢令夫は「ロゴス」が真実である点を強調しており、彼の日本語訳はつぎのようになっている。「では、聞くがよい、世にもすばらしき物語を……と、ぼくは語部をまねて、この話をはじめよう。これを君は、きっと作り話（ミュートス）だと考えるだろうと思われるが、しかしぼく自身は、ほんとうの話（ロゴス）だと考えているのだよ。と言うのは、ぼくは、これからはじめようとしている話の内容を真実のことと見なして、君に話すつもりなのだからね」。「ゴルギアス」藤沢令夫訳、『プラトンI』田中美知太郎編、中央公論社、一九七八年、三九五―三九六頁。ギリシア語の原文はつぎのとおりで、強調部が「ロゴス」である。« Ἄκουε δή,φασί, μάλα καλοῦ **λόγου**, ὃν σὺ μὲν ἡγήσῃ μῦθον, ὡς ἐγὼ οἶμαι, ἐγὼ δὲ λόγον. » なお、ブランショによる「ロゴス」の訳語についての関心は、のちに『終わりなき対話』に収録されたクレマンス・ラムヌー論からもうかがわれる。以下の論考では、ラムヌーが「ロゴス」を「レッスン（leçon）」と訳出したことが論じられている。Maurice Blanchot, « Héraclite », *L'Entretien infini*, *op. cit.*, p. 119-131. 郷原は、教育の観点からこの問題を考察している。Kai Gohara, « L'Enseignement par le dis-cours. La forme de l'enseignement selon Blanchot », *Philosophie et Education. Enseigner, apprendre – sur la pédagogie de la philosophie et de la psychanalyse*, UTCP

Booklet 1, UTCP, 2008, p. 23-42. 該当の記述は p. 39 以降。

（12） 前後のフランス語訳文は以下のとおりである。« Ecoute donc, comme on dit, une belle histoire. Toi, tu estimeras, j'en suis convaincu, que c'est une fable, mais selon moi c'est une histoire, et c'est dans la pensée que ce sont des vérités que je te dirai ce que je vais te dire. » Platon, *Œuvres complètes I*, Paris, Gallimard, 1950, p. 483.

（13） 『ゴルギアス』のこの文脈の仏訳で「ロゴス」が「話（histoire）」と訳される例は以下である。« Ecoute donc, comme on dit, une belle histoire, que tu prendras peut-être pour un conte, mais que je tiens pour une histoire vraie, et c'est comme véritable que je te donne les choses dont je vais te parler. » Platon, *Œuvres complètes*, t. III, 2e partie, Paris, Les Belles Lettres, 1968, 523A.

（14） フランス語の訳文は以下のとおりである。« Voilà, Calliclès, le récit que j'ai entendu faire et à la véracité duquel j'ai foi. » Platon, *Œuvres complètes I*, *op. cit.*, p. 485. ギリシア語の原文はつぎのとおりである。« ταῦτ᾽ ἔστιν, ὦ Καλλίκλεις, ἐγὼ ἀκηκο ώ ς πιστε ύ ω ἀληθῆ εἶναι.»

（15） Barbara Cassin (dir.), *Vocabulaire européen des philosophies. Dictionnaire des intraduisibles*, *op. cit.*, p. 727.

（16） Anatole Bailly, *Dictionnaire grec français*, Paris, Hachette, 1950, p. 1200.

（17） Maurice Blanchot, « Recherches sur le langage » [1943], *Faux pas*, *op. cit.*, p. 102.（モーリス・ブランショ『踏みはずし』前掲書、一二五頁）ブランショは、パランの著作とジャン・ポーランの『タルブの花』とのつながりをまず紹介している。

（18） Brice Parain, *Essai sur le logos platonicien*, Paris, Gallimard, 1942, p. 11.

（19） *Ibid.*, p. 188.

（20） Maurice Blanchot, « Recherches sur le langage », *Faux pas*, *op. cit.*, p. 108.（モーリス・ブランショ『踏みはずし』前掲書、一三二頁）

（21） Brice Parain, *Essai sur le logos platonicien*, *op. cit.*, p. 15.

（22） プラトン『国家（下）』藤沢令夫訳、岩波書店、三九九―四一七頁。

（23）同上、四一七頁。

（24）「「物語は滅び去った」とは、物語の架空性を言う定型的な結びの言葉であるが、プラトンは、自分の物語は真実を告げるものであるという意味で、逆に「物語は救われた」と結ぶ」と藤沢は訳注に書いている。同上、四五一頁。

（25）フランス語訳について、まず、「エルの物語」のはじまりにはつぎのようにある。« La vérité est pourtant, repris-je, que je ne vais pas, non, te débiter, à toi, un « récit à Alcinoos », mais bien celui d'un vaillant, Er, fils d'Arménios, Pamphylien de nation [...] » 614B, Platon, *Œuvres complètes I*, *op. cit.* p. 1231. そして、物語の締めくくりはつぎのようになっている。« C'est comme cela, Glaucon, qu'a été sauvé le récit et que, n'ayant point « péri », il pourra nous sauver nous aussi, si nous y ajoutons toi [...]. » 621b-c. Platon, *Œuvres complètes I*, *op. cit.*, p. 1241.

（26）プラトン『国家（下）』前掲書、四〇七頁。

（27）Maurice Blanchot, « La Rencontre de l'imaginaire », *Le Livre à venir*, *op. cit.*, p. 14.（モーリス・ブランショ『来るべき書物』前掲書、一〇頁）

（28）アリストテレス『詩学』松本仁助・岡道男訳、岩波書店、一九九七年、二五―二六頁。

（29）同上、三五頁。

（30）同上、四三頁。

（31）同上、四二頁。

（32）同上、八八―八九頁。

（33）同上、八九頁。

（34）Maurice Blanchot, « La Rencontre de l'imaginaire », *Le Livre à venir*, *op. cit.*, p. 14-15.（モーリス・ブランショ『来るべき書物』前掲書、一一頁）

（35）*Ibid.*, p. 15-16.（同上、一二頁）

（36）*Ibid.*, p. 16-17.（同上、一三―一四頁）

（37）*Ibid.*, p. 17-18.（同上、一四―一五頁）

第四章

（1）　ブランショのマラルメ論については、以下で詳細に論じられている。郷原佳以『文学のミニマル・イメージ――モーリス・ブランショ論』（左右社、二〇一一年）の第二部第二章「彼女の名、この不気味な脅威――命名行為とイメージ」（同書、一七一―二一六頁）、並びに第四章「「言語のショート・サーキット」としての詩のイメージ――ブランショにおけるマラルメ・ヴァレリー・ポーラン」（同書、二四三―二七四頁）を参照。前者では、「文学と死への権利」にマラルメの「葬の乾杯」、そして「詩の危機」が参照されていると指摘されている（同書、一七八―一七九頁）。後者では、ブランショの「マラルメの神話」の読解から、ブランショがマラルメによる言語の表象作用と同時に破壊作用を見出していたことを読み解き、「言語は現実の事物（たとえば、一輪の花）を表象すると同時に（重要なのは、後に検証するように、この表象の次元がけっして否定されないことである）、その対象とは別の何か（「fleur〔花〕」）として残存しもする。とすれば、その過程そのものを「再現」しようとするのがマラルメ的な「フィクション」なのである」と書かれている（同書、二五五頁）。

（2）　Maurice Blanchot, « Le Livre à venir » [1957], *Le Livre à venir* [1954], *op. cit*, p. 9-10.（モーリス・ブランショ『来るべき書物』前掲書、五―六頁）

（3）　*Ibid.*, p. 10.（同上、六頁）

（4）　*Ibid.*（同上）

（5）　Stéphane Mallarmé, « Crise de vers », *Œuvres complètes II*, Paris, Gallimard, 2003, p. 208.（ステファヌ・マラルメ「詩の危機」松室三郎訳、『マラルメ全集Ⅱ』筑摩書房、一九八九年、二三二―二三三頁）マラルメは難解であるため、原文を入れてゆく。以下、同様。

（6）　Stéphane Mallarmé, « La Musique et les Lettres », *op. cit.*, p. 65.（ステファヌ・マラルメ「音楽と文芸」清水徹訳、同

上、五二一頁）

（7）プラトン「クラテュロス」水地宗明訳、田中美知太郎・藤沢令夫編『プラトン全集2』岩波書店、一九七四年、四—五頁。

（8）Maurice Blanchot, « Le Mythe de Mallarmé » [1946], *La Part du feu*, *op. cit.*, p. 37.

（9）*Ibid.*, p. 45.

（10）Maurice Blanchot, « L'Expérience de Mallarmé » [1952], *L'Espace littéraire* [1955], *op. cit.*, p. 39.（モーリス・ブランショ『文学空間』前掲書、三七頁）

（11）*Ibid.*, p. 40.（同上、三九頁）

（12）この議論については、以下を参照した。郷原佳以「ミシェル・ドゥギーの「comme の詩学」序説——ドゥギー／ジュネット論争（1）」『関東学院大学人文科学研究所報』第三四号、二〇一一年、三—一九頁。

（13）César Chesneau Dumarsais, *Les Tropes* [1818], édition établie par Pierre Fontanier, Genève, Slatkine, 1967, p. 158. なお、ジュネットは、『ミモロジック』に先立つ形で、この序文ですでに、この欠陥が言語の「抽象化」であることを述べている。*Ibid.*, p. 4.

（14）Michel Deguy, « Vers une théorie de la figure généralisée », *Critique*, n° 269, Paris, Minuit, octobre 1969, p. 842.

（15）Gérard Genette, *Mimologiques. Voyage en Cratylie*, Paris, Seuil, 1976, p. 271-272.（ジェラール・ジュネット『ミモロジック——言語的模倣論またはクラテュロスのもとへの旅』花輪光監訳、水声社、一九九一年、三九七頁）

（16）*Ibid.*, p. 272.（同上）

（17）Maurice Blanchot, « La Rencontre de l'imaginaire », *Le Livre à venir*, *op. cit.*, p. 17.（モーリス・ブランショ『来るべき書物』前掲書、一四頁）

（18）Stéphane Mallarmé, « La Musique et les Lettres », *Œuvres complètes II*, *op. cit.*, p. 66.（ステファヌ・マラルメ「音楽と文芸」清水徹訳、『マラルメ全集II』前掲書、五二四頁）

（19）Bertrand Marchal, « Mallarmé et « le signe par excellence » », *Le Courrier du centre international d'études poétiques*, *regards sur Mallarmé*, numéro 225, janvier-mars 2000, p. 37.

（20）*Ibid.*, p. 42.

（21）『謎のトマ』の初版に「最初の人間の創造」ならびに「恥辱」のモチーフが現れており、アダムとイヴの物語の乗り越えがあることは、イヴリーヌ・ロンダンが一章を割いて分析・指摘している。Evelyne Londyn, *Maurice Blanchot. Romancier*, Paris, Editions A.-G. Nizet, 1976, Chapitre II: « L'Univers imaginaire de Thomas l'obscur », p. 89-135.

（22）Maurice Blanchot, « La Rencontre de l'imaginaire », *Le Livre à venir*, *op. cit.*, p. 15.（モーリス・ブランショ『来るべき書物』前掲書、一一―一二頁）

（23）「神は言われた。「光あれ。」こうして、光があった」。『旧約聖書』「創世記」第一章第三節、新共同訳。

（24）ハンス・ブルーメンベルク『難破船』池田信雄・岡部仁・土合文夫訳、哲学書房、一九八九年、一〇頁。

（25）同上。

（26）同上、一六頁。

（27）「海」を渡るという行為そのものの危険性については、フィリップ・ラクー＝ラバルトが、ブランショ論『終わった臨終、際限のない臨終』（二〇一一）で、「経験」という言葉が『オデュッセイア』の第一一歌で示されるような「死の横断」のような航海用語であること、そして「経験」がラテン語源「危険を横断する」をもつことを強調し、つぎのように書いている。「オデュッセウスの経験、その経験は、単純な航海ではない。それは帰還への熱意でさえない。それは死の横断のなかで、地獄へ降りてゆくことという、頂点に達するものなのだ。――それは、それ以後、あらゆる偉大な（西洋の）文学にとって、ウェルギリウスやルカから、ダンテあるいはジョイス、そしてブロッホに至るまでの、不可避のトポスなのである。破片は、技術的に、ネクイアと呼ばれる。すなわち、英雄は死者へと向かう一歩を――ブランショが言ったように、「彼方への一歩」を――踏み越える、彼は「このほとんど深淵ではない邪推された小川」（これはマラルメの章句である）を、ステュクス、アケロンを横断するのである」。Philippe Lacoue-Labarthe, *Agonie terminée, agonie interminable. Sur Maurice Blanchot*, Paris, Galilée, 2011, p. 122.

（28）Maurice Blanchot, « La Rencontre de l'imaginaire », *Le Livre à venir*, *op. cit.*, p. 16.（モーリス・ブランショ『来るべき

書物』前掲書、一一二頁）

（29）Maurice Blanchot, « L'Expérience d'Igitur » [1953], *L'Espace littéraire* [1955], *op. cit.*, p. 149.（モーリス・ブランショ『文学空間』前掲書、一五六頁）

（30）*Ibid.*（同上）

（31）Maurice Blanchot, « Le livre à venir », *Le Livre à venir*, *op. cit.*, p. 322.（モーリス・ブランショ『来るべき書物』前掲書、三三七頁）

（32）*Ibid.*, p. 326.（同上、三四一頁）

（33）*Ibid.*（同上、三四一―三四二頁）

（34）Stéphane Mallarmé, « Observation relative au poème *Un Coup de Dés jamais n'abolira le Hasard* par Stéphane Mallarmé », *Œuvres complètes I*, Paris, Gallimard, 1998, p. 391.

（35）Maurice Blanchot, « Le Livre à venir », *Le Livre à venir*, *op. cit.*, p. 327.（モーリス・ブランショ『来るべき書物』前掲書、三四二―三四三頁）

第五章

（1）郷原佳以『文学のミニマル・イメージ――モーリス・ブランショ論』前掲書、三〇二頁。

（2）郷原佳以「訳者あとがき」『終わりなき対話Ⅲ』前掲書、三三五―三五〇頁。

（3）Maurice Blanchot, « A Rose is a rose... » [1963], *L'Entretien infini*, *op. cit.*, p. 502.（モーリス・ブランショ「バラはバラであり……」郷原佳以訳、『終わりなき対話Ⅲ』前掲書、一一三頁）

（4）*Ibid.*, p. 498.（同上、一〇八頁）

（5）Alain, *Système des beaux-arts* [1920], Paris, Gallimard, « tel », 1953, p. 311-312.（アラン『芸術論集』桑原武夫訳、中

央公論新社、二〇〇二年、一四三—一四五頁）

（6） Maurice Blanchot, « La Pensée d'Alain » [1941], *Faux pas*, *op. cit.*, p. 348.（モーリス・ブランショ『踏みはずし』前掲書、四一三頁）Alain, *Eléments de philosophie. Scientifique et morale*, Paris, Rieder, 1921.

（7） Alain, *Pédagogie enfantine. Cours dispensé au Collège Sévigné en 1924-1925*, Paris, Presses universitaires de France, 1963.

（8） Alain, *Propos sur l'éducation* suivis de, *Pédagogie enfantine* [1986], revue et augmentée par Robert Bourgne, Paris, Presses universitaires de France, 2001, p. 247. 後者は「音楽」の教育にカテゴライズされている。

（9） Gertrude Stein, « Sacred Emily » [1922], *The Major Works of Gertrude Stein*, Vol. V, Tokyo, Hon-No-Tomosha, 1993.（ガートルード・スタイン『地理と戯曲　抄』金関寿夫・志村正雄・富岡多恵子・ぱくきょんみ訳、書肆山田、一九九二年）絵本『世界はまるい』（一九三九）でも、ローズという名前の女の子が主人公で、「ローズはバラです」というフレーズがなんども現れる。Gertrude Stein, *The World is Round*, London, B. T. Batsford, 1939, p. 1.（ガートルード・スタイン『地球はまあるい』ぱくきょんみ訳、書肆山田、一九八七年、九—一〇頁）原書の表紙には、**Rose is a rose is a rose is a rose** という文字で円が描かれている。

（10） Gertrude Stein, « Sacred Emily » [1922], *The Major Works of Gertrude Stein*, *op. cit.*, p. 186-187.（ガートルード・スタイン『地理と戯曲　抄』前掲書、二一二—二一三頁）

（11） Maurice Blanchot, « A rose is a rose... » [1963], *L'Entretien infini*, *op. cit.*, p. 503-504.（モーリス・ブランショ「バラはバラであり……」郷原佳以訳、『終わりなき対話Ⅲ』前掲書、一一四頁）

（12） *Ibid.*, p. 504.（同上、一一四頁）

（13） *Ibid.*（同上、一一五頁）

（14） Gertrude Stein, *Writings and lectures 1911-1945*, ed., Patricia Meyerowitz, London, Peter Owen, 1967, p. 7. ただし『フォー・イン・アメリカ』へのソーントン・ワイルダー（Thornton Wilder）の序文からの引用であると註がつけられている。該当箇所は以下。Gertrude Stein, *Four in America*, New Haven, Yale University Press, 1947, p. v-vi.

（15） Maurice Blanchot, « A rose is a rose... » [1963], *L'Entretien infini*, *op. cit.*, p. 505.（モーリス・ブランショ「バラはバラ

であり……」郷原佳以訳、『終わりなき対話Ⅲ』前掲書、一一六頁）

（16） Françoise Collin, *Maurice Blanchot et la question de l'écriture* [1971], Paris, Gallimard, « tel », 1986, p. 223.

（17） *Ibid.*, p. 225.

（18） Maurice Blanchot, « Note sur la transgression », *L'Amitié*, Paris, Gallimard, 1971, p. 208-213.

（19） ラムヌーにかんして、ブランショはこのほかに「ヘラクレイトス」を残している（Clémence Ramnoux, *Héraclite ou l'Homme entre les choses et les mots*, Paris, Belles lettres, 1959）。『終わりなき対話』に収録されたこのテクストは、ラムヌーの博士論文が書籍化された『ヘラクレイトス、あるいは物と言葉のあいだのひと』（一九五九）にもとづき、ヘラクレイトスの言語論をたどりなおすものである。Maurice Blanchot, « Héraclite » [1960], *L'Entretien infini*, *op. cit.*, 1969, p. 120-131.（モーリス・ブランショ「ヘラクレイトス」西山達也訳、『終わりなき対話Ⅱ』湯浅博雄・岩野卓司・上田和彦・大森晋輔・西山達也・西山雄二訳、筑摩書房、二〇一七年、九一―二五頁）

（20） Maurice Blanchot, « Note sur la transgression », *L'Amitié*, *op. cit.*, p. 213. ラムヌーの著作は以下。Clémence Ramnoux, *Etudes présocratiques*, Paris, Klincksieck, 1970.

（21） *Ibid.*, p. 3.

（22） Maurice Blanchot, « Note sur la transgression », *L'Amitié*, *op. cit.*, p. 208-209.

（23） *Ibid.*, p. 209-210.

（24） Clémence Ramnoux, « Les Aspects nocturnes de la divinité et la dualité du bien et du mal » [1952], *Etudes présocratiques*, *op. cit.*, p. 191.

（25） Clémence Ramnoux, « La Puissance du mal en Grèce » [1965], *ibid.*, p. 228.

（26） *Ibid.*, p. 228.

（27） *Ibid.*, p. 228-229.

（28） *Ibid.*, p. 229.

（29） Maurice Blanchot, « Note sur la transgression », *L'Amitié*, *op. cit.*, p. 212.

(30) Maurice Blanchot, « La Facilité de mourir » [1969], *L'Amitié*, *op. cit.*, p. 173.

(31) *Ibid.*, p. 174.

(32) *Ibid.*

第六章

(1) Maurice Blanchot, « Le Regard d'Orphée » [1953], *L'Espace littéraire*, *op. cit.*, p. 225.（モーリス・ブランショ『文学空間』前掲書、二四〇頁）

(2) *Ibid.*, p. 227-228.（同上、二四三頁）

(3) とはいえ、やや例外的な論考ではあるが、一九六三年にブランショはアドルノの「新音楽」に言及する形で論考「アルス・ノヴァ」を書いている。Maurice Blanchot, « Ars Nova », *L'Entretien infini*, *op. cit.*, p. 506-514.（モーリス・ブランショ「アルス・ノーヴァ」郷原佳以訳、『終わりなき対話Ⅲ』前掲書、一一七―一二六頁）これについては、郷原佳以『文学のミニマル・イメージ――モーリス・ブランショ論』の結論で「ブランショが現代音楽を指し示すのに、アドルノが用いた「新音楽」という表現をそのまま踏襲せずに、「アルス・ノヴァ」という用語を選んだのは、おそらくこの新しい様態が音楽には限定されず、芸術全般に関わるものであることを示唆するためであっただろう」と、ブランショの文学論が現代芸術に通じるのだと論及されている（三〇二頁）。なお、ブランショの文芸評論以外の作品にあらわれる「音楽」としては、まず、『謎のトマ』初版に鳥の歌が現れる。これについては、本書第七章で分析をする。Maurice Blanchot, *Thomas l'obscur. Première version*, *op. cit.*, p. 317-319. 鳥の歌は新版でも残存している。Maurice Blanchot, *Thomas l'obscur. Nouvelle version* [1950], Paris, Gallimard, « l'imaginaire », 1992, p. 131-133. また、『アミダナブ』には、若い男が宴会の喧騒で美しい歌を歌う場面が細かく描写されている。Maurice Blanchot, *Aminadab* [1942], Paris, Gallimard, coll. « l'imaginaire », 2004, p. 168-169. フランシス・マルマンドは、この若い男の歌に残る悲劇的な本質を抽出することを試み、デュラスやデ・フォレと通じるものを見出している。また、セイレーンたちの歌との類似が指摘されている。Francis Marmande, « La Perféction de ce bonheur », *Maurice Blanchot. Récits critiques*, Paris, Farrago, 2010, p. 421-438.『望みのときに』には、クローディアが歌を歌う場面がある。Maurice Blanchot, *Au moment voulu*, Paris, Gallimard, 1951, p. 26, 68-71. この歌がハインリヒ・ハイネの「詩人の恋」を歌詞とするロベルト・シューマンの連作歌集の第七曲「わたしは恨まない」であることを、スティーヴン・ベンソンが指摘している。Stephen Benson, *Literary Music: Writing Music in Contemporary Fiction*, Aldershot, Ashgate, 2006, p. 97. この点に関しては、最近、フランス語でも、以下の論考で言及されている。Jonathan Degenève, « Heine, Schumann, Blanchot », *Maurice Blanchot Colloque de Genève "La littérature encore une fois"*, Genève, Furor, 2017, p. 227-242.

（4） Maurice Blanchot, « De l'angoisse au langage », *Faux pas*, *op. cit.*, p. 12-13.（モーリス・ブランショ『踏みはずし』前掲書、一一頁）

（5） Maurice Blanchot, « La Poétique » [1942], *ibid.*, p. 141.（同上、一七三頁）

（6） Maurice Blanchot, « De l'insolence considérée comme l'un des beaux-arts » [1942], *ibid.*, p. 352.（同上、四一七頁）Soeren Kierkegaard, *Journal*（*extraits*）*1834-1846*, traduit du danois par Knut Ferlov et Jean-J. Gâteau, les essais XI, Paris, Gallimard, 1942, p. 106-107.

（7） Maurice Blanchot, « De l'angoisse au langage », *Faux pas*, *op. cit.*, p. 23.（モーリス・ブランショ『踏みはずし』前掲書、二七頁）

（8） *Ibid.*, p. 182.（同上、二二〇―二二一頁）

（9） Maurice Blanchot, « Le Mythe de Mallarmé » [1946], *La Part du feu*, *op. cit.*, p. 41.

（10） *Ibid.*, p. 42.

（11） 一般的に、ブランショは韻文よりも散文の人と思われている。彼は「ロマン」を書いてはいるものの、「詩」は書いていないということになっている。そうしたブランショのマラルメ読解が韻文ではなく散文に依拠する特異性については、ポール・ド・マンが指摘しているとおりである。Paul de Man, *Blindness and Insight. Essays in the Rhetoric of*

Contemporary Criticism [1971], Minneapolis, University of Minnesota Press, 1983, p. 71.（ポール・ド・マン『盲目と洞察』宮崎裕助・木内久美子訳、月曜社、二〇一二年）しかし、たとえば、アンリ・トマは「彼（ブランショ）は自らが著者となるひとつの詩句（vers）へと向かっている」という印象を述べている。Henri Thomas, « L'Espace de Maurice Blanchot » [1956], *Les Cahiers de L'Herne*, Paris, L'Herne, 2014, p. 215.

（12）Maurice Blanchot, « Poésie et langage » [1943], *Faux pas*, *op. cit.*, p. 162.（モーリス・ブランショ『踏みはずし』前掲書、一九七―一九八頁）引用されている詩句は以下のもの。Raymond Queneau, « Les Ziaux III », *Œuvres complètes I*, Paris, Gallimard, 1989, p. 61-62.

（13）Maurice Blanchot, « Poésie et langage » [1943], *Faux pas*, *op. cit.*, p. 158.（モーリス・ブランショ『踏みはずし』前掲書、一九二頁）

（14）Maurice Blanchot, « Qui? » [1989], *La Condition critique. Articles 1945-1998*, *op. cit.*, p. 442-443.

（15）Maurice Blanchot, *Le Pas au-delà*, Paris, Gallimard, 1973, p. 16. モラリ著作の該当箇所は以下。Claude Morali, *Qui est moi aujourd'hui?*, Paris, Fayard, 1984, p. 11.

（16）この点に関して、上田和彦は、歌を歌う子どもはインファンスではないと指摘している。湯浅博雄・上田和彦・西山雄二・郷原佳以「来るべきテクストのために――ブランショの現在」『現代詩手帖　特集版ブランショ二〇〇八』思潮社、二〇〇八年、一〇〇頁。

（17）Maurice Blanchot, « La Parole vaine » [1963], *L'Amitié*, *op. cit.*, p. 146.

（18）もうひとり、ブランショが「中性的なこの運動にパロールを与えること」なのかどうかを自問する『おしゃべり』に関して想起するのは、アンドレ・ブルトンの言葉である。ブランショは、「わたしたちが開示するかもしれない無限に話し好きなこの可能性は、止めどなくしゃべりをしつづけるつぶやきなのだ、とアンドレ・ブルトンは言った」と述べ、このパロールが、「真正性という驚異」と「虚無の魅惑という空虚」の両義性をもつ発明すべき言語なのだという考え方をしている。それは「善」と「悪」、「真正」と「非真正」、「真面目」と「不真面目」の間に「決着をつけることを禁止する曖昧な要請」、「日常的な両義性の不運」を受け止めることとされ、「中性的」と呼ばれている。

（19）　*Ibid.*, p. 148. デ・フォレ作品の該当箇所は以下。Louis-René des Forêts, *Le Bavard* [1946], Paris, Gallimard, « L'imaginaire », 1978, p. 114-133.（ルイ＝ルネ・デ・フォレ『おしゃべり／子供部屋』清水徹訳、水声社、九四―一〇九頁）

（20）　Maurice Blanchot, *Une Voix venue d'ailleurs*, Paris, Gallimard, 2002, p. 23.（モーリス・ブランショ『他処からやって来た声』守中高明訳、以文社、二〇一三年、二一頁）デ・フォレの『オスティナート』（Louis-René Des Forêts, *Ostinato*, Paris, Mercure de France, 1997）は数行からなる断片的な散文詩である。ブランショは、「アナクルシス」で、デ・フォレによる幼年期の声の言葉なき言葉に関連し、断片的なエクリチュールであり、消去そのものによって書くことに関連して、ハシディズムのブラスラフのラビ・ナハマンの『燃やされた書』を喚起し、マルク＝アラン・ウアクニンの『燃やされた書』（Marc-Alain Ouaknin, *Le Livre brûlé* [1986], Paris, Seuil, 1992）への参照を註で促している。Maurice Blanchot, *Une voix venue d'ailleurs*, *op. cit.*, p. 38-39.（モーリス・ブランショ『他処からやって来た声』前掲書、四三頁）ウアクニン自身が、このブランショによるデ・フォレ論を別の著作で言及するさい、カフカの晩年の断片的な日記、手紙、メモ書きを中心的に扱っていることから推察されるように、ここで「断片的なもの」は、ユダヤ的なものと接近している。Marc-Alain Ouaknin, *C'est pour cela qu'on aime les libellules*, Paris, Calmann-Lévy, 1998.

（21）　Maurice Blanchot, *Une voix venue d'ailleurs*, *op. cit.*, p. 23.（モーリス・ブランショ『他処からやって来た声』前掲書、二一頁）

（22）　*Ibid.*, p. 25.（同上、二三―二四頁）

（23）　この「わたしなきわたし」がレヴィナスの「中性的なもの（neutre）」と通じていることを指摘しているつぎの論稿がある。Natacha Lafond, « Des Forêts, Blanchot et Lévinas. Pour un "autrement dire" », *Maurice Blanchot et la philosophie*, Paris, Presses universitaires de Paris Ouest, 2010, p. 49-59. ラフォンは、『他からやって来た声』で取り上げられている「わたしなきわたし」や、話しているにもかかわらずパロールを奪われているパロールが、レヴィナスがいうところの「他性（autrui）」への兆しになっていると結んでいる。本書では検討をしないが、この「わたしなきわたし」は、ブランショ自身の「中性的なもの」との関係を探るための手がかりになると考えられる。

（24） Maurice Blanchot, *Une voix venue d'ailleurs, op. cit.*, p. 31-32.（モーリス・ブランショ『他処からやって来た声』前掲書、三二頁）デ・フォレ作品の該当箇所は以下。Louis-René des Forêts, *Poèmes de Samuel Wood* [1988], Saint-Clément-de-Rivière, Fata morgana, 2014, p. 19-20.

（25） *Ibid.*, p. 34.（同上、三六頁）

（26） *Ibid.*, p. 41.（同上、四五頁）

（27） *Ibid.*, p. 42.（同上、四六―四七頁）

（28）『ニューグローヴ世界音楽大事典　八』講談社、一九九三年、五〇四頁。*The New Grove Dictionary of Music and Musicians*, Second Editions, Edited by Stanley Sadie, Volume. 26, Oxford, Oxford University Press, 2001, p. 149.

（29） Maurice Blanchot, *Une voix venue d'ailleurs, op. cit.*, p. 43.（モーリス・ブランショ『他処からやって来た声』前掲書、四七―四八頁）

第七章

（1） Maurice Blanchot, *Thomas l'obscur* [1941], *op. cit.*, p. 254.（モーリス・ブランショ『謎の男トマ』前掲書、二一三頁）

（2） *Ibid.*（同上）

（3） 初版ではトマが「孤児」として描かれているのに対し、一九五〇年の新版ではその箇所が削除されていることは、合田正人がブランショの「幼年」について論じる中で指摘している。合田正人「ブランショの幼年」『思想』二〇〇七年七月号、岩波書店、一一八頁。

（4） Maurice Blanchot, *Thomas l'obscur*[1941], *op. cit.*, p. 61.（モーリス・ブランショ『謎の男トマ』前掲書、三八頁）

（5） *Ibid.*, p. 278.（同上、二三五頁）

（6） *Ibid.*, p. 92-107.（同上、六九―八二頁）

（7） *Ibid.*, p. 124.（同上、九七頁）

（8） トマに描かれる生と死の両義性や動物化の問題は、以下で詳細に論じられ、トマの人間との関係が変容していることが指摘されている。門間広明「死の試練と人間の条件――『謎の男トマ』について」『フランス文学語学研究』第二三号、早稲田大学文学部、二〇〇四年、一四三―一五八頁。

（9） Maurice Blanchot, *Thomas l'obscur*[1941], *op. cit.*, p. 296-297.（モーリス・ブランショ『謎の男トマ』前掲書、二五三頁）

（10） イヴリーヌ・ロンディンは『謎のトマ』初版において、鳥や樹々をはじめとする「自然（nature）」が「人間とその感覚、経験を受肉するための莫大なメタファーになっているようにみえる」と指摘している。Evelyne Londyn, *Maurice Blanchot. Romancier*, Paris, Editions A.-G. Nizet, 1976, p. 97-99.

（11） Maurice Blanchot, *Thomas l'obscur* [1941], *op. cit.*, p. 316-317.（モーリス・ブランショ『謎の男トマ』前掲書、二七三頁）

（12） *Ibid.*, p. 317.（同上、二七四頁）

（13） *Ibid.*, p. 317-318.（同上、二七四頁）

（14） *Ibid.*, p. 319.（同上、二七五頁）

（15） *Ibid.*（同上、二七六頁）

（16） *Ibid.*, p. 90-91.（同上、六七頁）

（17） *Ibid.*, p. 85.（同上、六二頁）

（18） *Ibid.*, p. 147-148.（同上、一一九頁）

（19） *Ibid.*, p. 266.（同上、二二五頁）

（20） *Ibid.*, p. 275.（同上、二三二頁）

（21） *Ibid.*, p. 288.（同上、二四五頁）

（22） *Ibid.*, p. 290.（同上、二四七頁）

（23）　マイケル・ホランドは、ブランショの『アミナダブ』と十字架のヨハネとの関連を論じる中で、ナチス占領下で発表された当時、『謎のトマ』が「ユダヤ的なロマン」であると匿名著者による書評で書かれていたことに言及している。Michael Holland, *Avant dire. Essais sur Blanchot*, Paris, Hermann, 2015, p. 10. 下敷きとなっている作品や関連する文献の整理だけでなく、『謎のトマ』そのものについてのラカン等による読解については、日本語ではつぎの「訳者あとがき」で詳細に整理されている。モーリス・ブランショ『謎の男トマ』前掲書、二八六―三〇一頁。なお、ジャン＝リュック・ナンシーは、ラザロの復活とトマを、『文学空間』での遺骸的イメージ論にも引きつけてキリスト教の文脈で読解している。Jean-Luc Nancy, « Réssurection de Blanchot », *La Déclosion*, Paris, Galilée, 2005, p. 135-148.

（24）　ブランショは『明かしえぬ共同体』の「恋人たちの共同体」の中に「トリスタンとイゾルデ」という小節を設けて、両者の「不可能な愛」について論及しており、この物語への関心は初期から後期まで存在していたことがうかがわれる。Maurice Blanchot, *La Communauté inavouable*, Paris, Minuit, 1983, p. 72.（モーリス・ブランショ『明かしえぬ共同体』西谷修、筑摩書房、一九九七年、九一頁）

（25）　*Ibid.*（同上）

（26）　ベディエ編『トリスタン・イズー物語』佐藤輝夫訳、岩波書店、一九五三年、一九四頁。

（27）　トマ「トリスタン物語」新倉俊一訳、『フランス中世文学集一　信仰と愛と』新倉俊一・神沢栄三・天沢退二郎訳、白水社、一九九〇年、三五一頁。Thomas, *Les Fragments du roman de Tristan. Poème du XIIe siècle*, édité avec un commentaire par Bartina H. Wind, Paris, Librarie Minard, 1960, p. 162-163. 引用文の日本語訳は新倉俊一訳をそのまま用いている。以下同様。新倉は解題でつぎのように書いている。「いわゆる「流布（俗）本」系のベルールの作品から、いわゆる「騎士道物語本」系のトマの作品に移り読むとき、同じ題材を扱いながらほとんど別の物語に接する感を禁じ得ない。事をもって事を語らしめ、注釈や心理分析の極端に少ない叙事詩世界から、事の驚異よりも、恋愛の心理の揺らぎと屈折に偏執する中世抒情詩世界への移行である。／作者のトマについては、分かっていないに等しい。ロンドンへの賛辞、写本の多くに見られるアングロ＝ノルマン語の特徴等から、イギリスに住み、おそらくロンドンのプランタジュネット王家の宮廷に仕えていたであろう、との推測がなされている。ただし、王妃アリエノールの文芸保護者としての全盛期に居合わせたかどうかも定かではない。したがって、彼の物語の制作年代についても、ワースの『ブリュ物語』の出た一一五五年を遡りうる上限に、トマの後継者ゴットフリートの『トリスタン』の書かれた一二一〇年頃を下限にした範囲で、さまざまな説が提出されている。細かい議論は省略するが、一一七〇―七五年説が比較的有力である。ただし、言語的特徴から一一五〇年代を主張する説も捨てがたい」。同上、二七〇頁。

(28) Thomas, *Les Fragments du roman de Tristan. Poème du XIIe siècle*, *op. cit.*, p. 163.

(29) Tristan et Yseut, *Les Premières versions européennes*, dir. Christiane Marchello-Nizia, Paris, Gallimard, 1995, p. 212. マルチェロ＝ニジアは註釈で、このトマの『トリスタン物語』が古書体学と同じ歴史をもつほどに、莫大な異版とそれに対する註釈が繰り返されてきたことを記している。*Ibid.*, p. 1238.

(30) Maurice Blanchot, *Thomas l'obscur* [1941], *op. cit.*, p. 323.（モーリス・ブランショ『謎の男トマ』前掲書、二七九頁）なお、この最後の場面について、ジャン・スタロバンスキーは、孤独の「ロマネスクな」経験が「クリティークな」現存の源へと変化する「距離」なのだと指摘している。Jean Starobinski, « *Thomas l'obscur*, chapitre premier », *Critique*, n° 229, *op. cit.*, p. 513.

(31) Maurice Blanchot, *Thomas l'obscur*[1941], *op. cit.*, p. 23.（前掲書、三頁）

(32) *Ibid.*, p. 25.（同上、四頁）

(33) トマ「トリスタン物語」新倉俊一訳、『フランス中世文学集一　信仰と愛と』前掲書、三二六頁。Thomas, *Les Fragments du roman de Tristan. Poème du XIIe siècle*, *op. cit.*, p. 120.

終章

(1) テオドール・W・アドルノ「文化批判と社会」『プリズメン』渡辺祐邦・三原弟平訳、筑摩書房、一九九六年、三六頁。

（2） Maurice Blanchot, *Après coup*, Paris, Minuit, 1983, p. 97-98.

（3） *Ibid.*, p. 99.

（4） Maurice Blanchot, *L'Ecriture du désastre*, Paris, Gallimard, 1980, p. 49.

（5） *Ibid.*, p. 136. ジゼル・ベルクマンは、この箇所を取り上げて、ジャン＝リュック・ナンシーの「途絶された神話」に接続し、「神話」の二重性を論じている。Gisèle Berkman, « Le Sacrifice suspendu. A partir de *L'Ecriture du désastre* », *Maurice Blanchot. Récits critiques*, *op. cit.*, 2003, p. 364-365.

（6） Maurice Blanchot, *L'Ecriture du désastre*, *op. cit.*, p. 136.

（7） *Ibid.*, p. 177.

（8） Maurice Blanchot, *L'Instant de ma mort* [1994], Paris, Gallimard, 2002, p. 15.（モーリス・ブランショ『私の死の瞬間』、ジャック・デリダ『滞留』湯浅博雄監訳、郷原佳以・坂本浩也・西山達也・安原伸一朗共訳、未來社、二〇〇〇年、一〇―一一頁）

（9） *Ibid.*, p. 17.（同上、一二頁）

（10） Jacques Derrida, *Demeure. Maurice Blanchot*, Paris, Galilée, 1998, p. 10-11.（ジャック・デリダ『滞留』前掲書、一六頁）

（11） *Ibid.*, p. 11.（同上、一七―一八頁）

（12） *Ibid.*, p. 44.（同上、三五頁）

（13） Maurice Blanchot, « La France et la civilisation contemporaine », *Chroniques littéraires du* journal des débats *avril 1941-août 1944*, *op. cit.*, p. 30.

（14） 一九七八年二月二七日に、シェリーの「生の勝利」に現れるroseに関連する単語を挙げた後で、デリダは『死の宣告』で主人公の恋人Jが「早く、素晴らしいバラを」と述べることを、『謎のトマ』に現れる造花のバラにも目配せしながら、喚起する。主人公の恋人で肺を病んで入院し意識を失っている恋人のJが、意識を回復したときに「あの素晴らしいバラを」と叫ぶ場面が『死の宣告』にはある。その『死の宣告』の長い引用を経て、一九七八年三月一八日の日誌にて、のような作品に「バラ」が出てきているのかをまとめている。デリダは、「参照（référence）」とは何かと問いかねながら、その絶対的な読解不可能性を示しながら、バラが死あるいは愛の象徴であること、理由を問わず起源も終わりもない「恣意的なものの無 - 意味作用」を意味することを、ハイデガーの講義、ポンジュ、ツェランのバラに目配せをする。そして、スタイン論で、「倒錯的矛盾の場」が生じているのだと書かれていることを確認し、リルケのフランス語詩でのバラへの呼びかけへとつなげてゆき、『薔薇物語』、そして、バタイユの恋人ロールの死についてのエピソードとの連関を示唆する。Jacques Derrida, *Parages, op. cit.*, p. 197-205.（ジャック・デリダ『境域』前掲書、二八五—二九六頁）

（15）「薔薇はなぜという理由なしに咲いている。薔薇はただ咲くべく咲いている。薔薇は自分自身を気にしない、ひとが見ているかどうかも問題にしない」。シレジウス『シレジウス瞑想詩集（上）』植田重雄・加藤智見訳、岩波書店、一九九二年、九〇頁。

（16）プリーモ・レーヴィ『改訂完全版　アウシュヴィッツは終わらない　これが人間か』竹山博英訳、朝日新聞出版、二〇一七年、三〇頁。

（17）パウル・ツェラン『パウル・ツェラン全集Ⅰ』中村朝子訳、青土社、一九九二年、三五四—三五五頁。

参考文献

ブランショの著作

Thomas l'obscur. Première version, 1941, Paris, Gallimard, 2005.（『謎の男トマ』門間広明訳、月曜社、二〇一四年）

Aminadab [1942], Paris, Gallimard, « l'imaginaire », 2004.（『アミナダブ』清水徹訳、書肆心水、二〇〇八年）

Faux Pas, Paris, Gallimard, 1943.（『踏みはずし』粟津則雄訳、筑摩書房、一九八七年）

L'Arrêt du mort [1948], Paris, Gallimard, « l'imaginaire », 1990.（『死の宣告』三輪秀彦訳、『ブランショ小説選（謎の男トマ／死の宣告／永遠の繰言）』菅野昭正・三輪秀彦訳、書肆心水、二〇〇五年）

Le Très-haut [1948], Paris, Gallimard, « l'imaginaire », 1988.（『至高者』篠沢秀夫訳、現代思潮社、一九八五年）

La Part du feu, Paris, Gallimard, 1949.

Thomas l'obscur. Nouvelle version [1950], Paris, Gallimard, « l'imaginaire », 1992.（『謎の男トマ』菅野昭正訳、『ブランショ小説選（謎の男トマ／死の宣告／永遠の繰言）』菅野昭正・三輪秀彦訳、書肆心水、二〇〇五年）

Au moment voulu, Paris, Gallimard, 1951.（『望みのときに』谷口博史訳、未來社、一九九八年）

L'Espace littéraire [1955], Paris, Gallimard, « folio essais », 1986.（『文学空間』粟津則雄・出口裕弘訳、現代思潮新社、一九六二年）

Le Livre à venir [1954], Paris, Gallimard, « folio essais », 1986.（『来るべき書物』粟津則雄訳、筑摩書房、二〇一三年）

L'Entretien infini, Paris, Gallimard, 1969.（『終わりなき対話Ⅰ——複数性の言葉』湯浅博雄・上田和彦・郷原佳以訳、筑摩書房、二〇一六年／『終わりなき対話Ⅱ——限界-経験』湯浅博雄・岩野卓司・上田和彦・大森晋輔・西山達也、筑摩書房、二〇一七年／『終わりなき対話Ⅲ——書物の不在』湯浅博雄・岩野卓司・郷原佳以・西山達也・安原伸一朗訳、筑摩書房、二〇一七年）

L'Amitié, Paris, Gallimard, 1971.

La Folie du jour, Montpellier, Fata morgana, 1973.（『白日の狂気』田中淳一・若森栄樹・白井健三郎訳、朝日出版社、一九八五年）

Le Pas au-delà, Paris, Gallimard, 1973.

L'Ecriture du désastre, Paris, Gallimard, 1980.

La Communauté inavouable, Paris, Minuit, 1983.（『明かしえぬ共同体』西谷修訳、筑摩書房、一九九七年）

Après coup, Paris, Minuit, 1983.

L'Instant de ma mort [1994], Paris, Gallimard, 2002.（『私の死の瞬間』、ジャック・デリダ『滞留』湯浅博雄監訳、郷原佳以・坂本浩也・西山達也・安原伸一朗共訳、未來社、二〇〇〇年）

Une voix venue d'ailleurs, Paris, Gallimard, 2002.（『他処からやって来た声』守中高明訳、以文社、二〇一三年）

Chroniques littéraires du Journal des débats *avril 1941-août 1944*, Paris, Gallimard, 2007.（『文学時評 1941-1944』郷原佳以・門間広明・石川学・伊藤亮太・高山花子訳、水声社、二〇二一年）

La Condition critique. Articles 1945-1998, textes choisis et établis par Christophe Bident, Paris, Gallimard, 2010.

そのほかの文献

ADAM, Jean-Michel, *Le Récit* [1984], Paris, Presses universitaires de France, 1999.（ジャン＝ミシェル・アダン『物語論――プロップからエーコまで』末松壽・佐藤正年訳、白水社、二〇〇四年）

テオドール・W・アドルノ、『プリズメン――文化批判と社会』渡辺祐邦・三原弟平訳、筑摩書房、一九九六年。

ALAIN, *Système des beaux-arts* [1920], Paris, Gallimard, « Tel », 1953.（アラン『芸術論集』桑原武夫訳、中央公論新社、二〇〇二年）

——, *Eléments de philosophie. Scientifique et morale*, Paris, Rieder, 1921.

——, *Pédagogie enfantine. Cours dispensé au Collège Sévigné en 1924-1925*, Paris, Presse universitaire de France, 1963.

——, *Propos sur l'éducation suivis de Pédagogie enfantine* [1986], revue et augmentée par Robert Bourgne, Paris, Presses universitaires de France, 2001.

ARISTOTE, *Poétique*, texte établi et traduit par Joseph Hardy, Paris, Les Belles Lettres, 1932.（アリストテレス／ホラーティウス『詩学／詩論』松本仁助・岡道男訳、岩波書店、一九九七年）

ベディエ編、『トリスタン・イズー物語』佐藤輝夫訳、岩波書店、一九八五年。

BENSON, Stephen, *Literary Music. Writing Music in Contemporary Fiction*, Aldershot, Ashgate, 2006.

BENVENISTE, Émile, *Problèmes de linguistique générale 1*, Paris, Gallimard, 1966.（エミール・バンヴェニスト『一般言語学の諸問題』岸本通夫監訳、みすず書房、一九八三年）

BIDENT, Christophe, *Maurice Blanchot. Partenaire invisible*, Paris, Champ Vallon, 1998.（クリストフ・ビダン『モーリス・ブランショ――不可視のパートナー』上田和彦・岩野卓司・郷原佳以・西山達也・安原伸一朗訳、水声社、二〇一四年）

ハンス・ブルーメンベルク、『難破船』池田信雄・岡部仁・土合文夫訳、哲学書房、一九八九年。

パウル・ツェラン、『パウル・ツェラン全集I』中村朝子訳、青土社、一九九二年。

CHEVALLEY, Abel, *Le Roman anglais de notre temps*, London, Humphrey Molford, 1921.

CLEMENT, Bruno, *Le Récit de la méthode*, Paris, Seuil, 2005.

COLLIN, Françoise, *Maurice Blanchot et la question de l'écriture* [1971], Paris, Gallimard, « tel », 1986.

DEGUY, Michel, « Vers une théorie de la figure généralisée », *Critique*, n° 269, Paris, Minuit, octobre 1969, p. 841-861.

DE MAN, Paul, *Aesthetic Ideology*, Minneapolis / London, University of Minnesota, 1996.（ポール・ド・マン『美学イデオロギー』上野成利訳、平凡社、二〇一三年）

——, *Blindness and Insight. Essays in the Rhetoric of Contemporary Criticism*[1971], Minneapolis, University of Minnesota Press, 1983.（ポール・ド・マン『盲目と洞察——現代批評の修辞学における試論』宮﨑裕助・木内久美子訳、月曜社、二〇一二年）

DERRIDA, Jacques, *Parages* [1986], Paris, Galilée, 2003.（ジャック・デリダ『境域』若森栄樹訳、書肆心水、二〇一〇年）

——, *Demeure. Maurice Blanchot*, Paris, Galilée, 1998.（ジャック・デリダ『滞留』湯浅博雄監訳、郷原佳以・坂本浩也・西山達也・安原伸一朗訳、未來社、二〇〇〇年）

DES FORÊTS, Louis-René, *Le Bavard* [1946], Paris, Gallimard, « L'imaginaire », 1978.（ルイ＝ルネ・デ・フォレ『おしゃべり／子供部屋』清水徹訳、水声社、二〇〇九年）

——, *Ostinato*, Paris, Mercure de France, 1997.

——, *Poèmes de Samuel Wood* [1988], Saint-Clément-de-Rivière, Fata morgana, 2014.

DUMARSAIS, César Chesneau, *Les Tropes* [1818], édition établie par Pierre Fontanier, Genève, Slatkine, 1967.

FOUCAULT, Michel, *Dits et écrits III 1976-1979*, Paris, Gallimard, 1994.（ミシェル・フーコー『フーコー・コレクション6 生政治・統治』小林康夫・石田英敬・松浦寿輝編、筑摩書房、二〇〇六年）

FORSTER, Edward Morgan, *Aspects of the novel, and related writings* [1927], London, Edward Arnold, 1974.

FRAIGNEAU, André, *La Fleur de l'âge*, Paris, Gallimard, 1941.

FRANCIS, Robert, *Histoire sainte*, Paris, Gallimard, 1941.

GENETTE, Gérard, *Figures III*, Paris, Seuil, 1972.（ジェラール・ジュネット『物語のディスクール――方法論の試み』花輪光・和泉涼一訳、水声社、一九八五年）
――, *Mimologiques. Voyage en Cratylie*, Paris, Seuil, 1976.（ジェラール・ジュネット『ミモロジック――言語的模倣論またはクラテュロスのもとへの旅』、花輪光監訳、水声社、一九九一年）
――, *Introduction à l'architexte*, Paris, Seuil, 1979.（ジェラール・ジュネット『アルシテクスト序説』和泉涼一訳、水声社、一九八六年）
GIRAUDOUX, Jean, *Or dans la nuit*, Paris, Grasset, 1969.
GOHARA, Kai, « L'Enseignement par le dis-cours. La forme de l'enseignement selon Blanchot », *Philosophie et Education. Enseigner, apprendre – sur la pédagogie de la philosophie et de la psychanalyse*, UTCP Booklet 1, UTCP, 2008, p. 23-42.
郷原佳以、『文学のミニマル・イメージ――モーリス・ブランショ論』左右社、二〇一〇年。
――、「ミシェル・ドゥギーの「comme の詩学」序説――ドゥギー／ジュネット論争（1）」『関東学院大学人文科学研究所報』第三四号、二〇一一年、三一一九頁。
HAEDENS, Kléber, *Paradoxe sur le roman* [1941], Paris, Grasset, 1964.
ヘーゲル、『美学第二巻の上』竹内敏雄訳、岩波書店、一九六五年。
HELLENS, Franz, *Herbes méchantes et autres contes insolite*, Verviers, Marabout, 1964.
HOLLAND, Michael, *Avant dire. Essais sur Blanchot*, Paris, Hermann, 2015.
ホメロス、『オデュッセイア（上）』松平千秋訳、岩波書店、一九九四年。
KIERKEGAARD, Soeren, *Journal (extraits) 1834-1846*, traduit du danois par Knut Ferlov et Jean-J. Gâteau, Paris, Gallimard, 1942.
LACOUE-LABARTHE, Philippe, *Agonie terminée, agonie interminable. Sur Maurice Blanchot*, Paris, Galilée, 2011.
LALOU, René, *Le Roman français depuis 1900*, Paris, Presses universitaires de France, 1941.
LARIVE ET FlEURY [Auguste Merlette et Aimé Hauvion], *La Première année de grammaire*, Paris, A. Clin, 1871.
――, *La Deuxième année de grammaire. A l'usage des élèves qui recherchent le certificat d'études primaires*, Paris, A. Colin, 1871.

——, *L'Ecole. Exercices français de 1er année correspondant et faisant suite à la 1re année de grammaire*, Paris, A. Colin, 1872.
プリーモ・レーヴィ、『改訂完全版　アウシュヴィッツは終わらない　これが人間か』竹山博英訳、朝日新聞出版、二〇一七年。
LONDYN, Evelyne, *Maurice Blanchot. Romancier*, Paris, Editions A.-G. Nizet, 1976.
LYOTARD, Jean-François, *La Condition postmoderne. Rapport sur le savoir*, Paris, Minuit, 1979.（ジャン＝フランソワ・リオタール『ポスト・モダンの条件』小林康夫訳、水声社、一九八九年）
MALET, Albert, *Enseignement secondaire des jeunes filles. Histoire de France et notions sommaires d'histoire générale jusqu'en 1610. Première année*, Paris, Hachette, 1906.
——, *Enseignement secondaire des jeunes filles. Histoire de France et notions sommaires d'histoire générale, de 1610 à 1789. Deuxième année*, Paris, Hachette, 1906.
——, *Ecoles normales primaires. Brevet supérieur. Histoire de France et notions sommaires d'histoire générale depuis la Révolution jusqu'en 1875. Deuxième année*, Paris, Hachette, 1907.
——, *Histoire de France et notions sommaires d'histoire générale de 1789 à 1875. Troisième année*, Paris, Hachette, 1907.
MALLARMAÉ, Stéphane, *Œuvres complètes I*, Paris, Gallimard, 1998.
——, *Œuvres complètes II*, Paris, Gallimard, 2003.（ステファヌ・マラルメ『マラルメ全集Ⅰ』松室三郎・菅野昭正他訳、筑摩書房、二〇一〇年／『マラルメ全集Ⅱ』松室三郎・菅野昭正他訳、筑摩書房、一九八九年）
MARCHAL, Bertrand, « Mallarmé et « le signe par excellence » », *Le Courrier du centre international d'études poétiques, regards sur Mallarmé*, n° 225 (janvier-mars 2000), p. 38-45.
MORALI, Claude, *Qui est moi aujourd'hui?*, Paris, Fayard, 1984.
中山眞彦、『ロマンの原点を求めて』水声社、二〇〇八年。
NANCY, Jean-Luc, « Réssurection de Blanchot », *La Déclosion*, Paris, Galilée, 2005.
Anne-Lise Schulte Nordholt, *Maurice Blanchot. L'Ecriture comme expérience du dehors*, Genève, Droz S.A, 1995, p. 87.

OUAKNIN, Marc-Alain, *Le Livre brûlé* [1986], Paris, Seuil, 1992
——, *C'est pour cela qu'on aime les libellules*, Paris, Calmann-Lévy, 1998.
PARAIN, Brice, *Essai sur le logos platonicien*, Paris, Gallimard, 1942.
Platon, *Œuvres complètes I*, Paris, Gallimard, 1950.
プラトン、「クラテュロス」水地宗明訳、田中美知太郎・藤沢令夫編『プラトン全集2』岩波書店、一九七四年。
——、『プラトンⅠ』田中美知太郎編、中央公論社、一九七八年。
——、『国家（下）』藤沢令夫訳、岩波書店、一九七九年。
QUENEAU, Raymond, *Œuvres complètes*, Paris, Gallimard, 1989.
RABATÉ, Dominique, *Le Roman français depuis 1900*, Paris, Presses universitaires de France, 1998.（ドミニク・ラバテ『二十世紀フランス小説』三ツ堀広一郎訳、白水社、二〇〇八年）
——, *La Passion de l'impossible. Une histoire du récit au XXe siècle*, Paris, Corti, 2018.
RAMNNOUX, Clémence, *Héraclite ou l'Homme entre les choses et les mots*, Paris, Belles lettres, 1959.
——, *Etudes présocratiques*, Paris, Klincksieck, 1970.
——, *L'Imaginaire. Psychologie phénoménologique de l'imagination*, Paris, Gallimard, 1940.
SARTRE, Jean-Paul, *Critiques littéraire (Situations, I)*, Paris, Gallimard, 1947.
シレジウス、『シレジウス瞑想詩集（上）』植田重雄・加藤智見訳、岩波書店、一九九二年．
STEIN, Gertrude, *The World is Round*, London, B. T. Batsford, 1939.（ガートルード・スタイン『地球はまあるい』ぱくきょんみ訳、書肆山田、一九八七年）
——, « Sacred Emily » [1922], *The Major Works of Gertrude Stein*, Vol. V, Tokyo, Hon-No-Tomosha, 1993.（ガートルード・スタイン『地理と戯曲　抄』金関寿夫・志村正雄・富岡多恵子・ぱくきょんみ訳、書肆山田、一九九二年）
TADIÉ, Jean-Yves, *Le Récit poétique* [1978], Paris, Gallimard, 1994.
Thomas, *Les Fragments du roman de Tristan. Poème du XIIe siècle*, édité avec un commentaire par Bartina H. Wind, Paris, Librarie

Minard, 1960.（トマ「トリスタン物語」新倉俊一訳、『フランス中世文学集1　信仰と愛と』新倉俊一・神沢栄三・天沢退二郎訳、白水社、一九九〇年）
Tristan et Yseut, Les Premières versions européennes, dir. Christiane Marchello-Nizia, Paris, Gallimard, 1995.
VALÉRY, Paul, *Œuvres*, t. I., Paris, Livre de Poche, 2016.
WOOLF, Virginia, *Selected Essays*, Oxford, Oxford University Press, 1992.

辞典など

BAILLY, Anatole (dir.), *Dictionnaire grec français*, éds. L. Séchant et p. Chantraine, Paris, Hachette, 1950.
CASSIN, Barbara (dir.), Vocabulaire européen des philosophies, Paris, Seuil/Robert, 2004.
LARIVE et FLEURY, *Dictionnaire français illustré des mots et des choses, ou Dictionnaire encyclopédique des écoles, des métiers et de la vie pratique : à l'usage des maîtres, des familles et des gens du monde*, Paris, G. Chamerot, 1887-1889.
MATSUMURA, Takeshi, *Dictionnaire du français médiéval*, Paris, Les Belles Lettres, 2015.
SADIE, Stanley, *The New Grove Dictionary of Music and Musicians*, Second Editions, Oxford, Oxford University Press, 2001.（『ニューグローヴ世界音楽大事典8』講談社、一九九三年）

雑誌特集号ならびに論集

Communications, n° 8, Paris, Seuil, 1966.
Critique, n° 229, Paris, Minuit, juin 1966.
Maurice Blanchot. Récits critiques, Tours, Farrago, 2003.
『思想』二〇〇七年七月号、岩波書店。
『現代詩手帖　特集版ブランショ二〇〇八』思潮社、二〇〇八年。
Maurice Blanchot et la philosophie, Paris, Presses universitaires de Paris Ouest, 2010.

Maurice Blanchot entre roman et récit, Paris, Presses universitaires de Paris Ouest, 2013.
Les Cahiers de L'Herne, Paris, L'Herne, 2014.
Maurice Blanchot. Colloque de Genève, Genève, Furor, 2017.
塚本昌則・鈴木雅雄編『声と文学――拡張する身体の誘惑』平凡社、二〇一七年。

人名索引

あとがき

本書は、二〇二〇年一月七日に、東京大学大学院総合文化研究科超域文化科学専攻表象文化論コースに提出された博士論文「モーリス・ブランショの「レシ」の思想」にもとづいている。審査会は同年三月三十日に駒場キャンパス十八号館で開かれ、主査には森元庸介先生、副査には郷原佳以先生、乗松亨平先生、桑田光平先生、千葉文夫先生に入っていただいた。新型コロナウィルス感染症拡大防止のため、三月五日に審査が非公開となることが決まり、迎えた当日は、換気のために開けた窓から、寒風の入り込む中、マスクをして三時間半に渡り、距離を取り、先生方と濃密な議論を交わした。厳しい状況下で、貴重な場を設けていただいたことへの感謝をいまも噛み締めている。審査の前日には、桜が咲く中、時ならぬ雪が東京に降り、当日の閑散としたキャンパスには終末観が漂っていた。終わらないでほしいと願ったあの緊迫の時間を生涯忘れることはないだろう。

わたしがブランショで博論を書くと決め、「レシ」を主軸に据えるまでには、紆余曲折があった。もともと声と言葉の関係に興味があったわたしは、卒業論文では、長木誠司先生の指導下で、モーリス・ラヴェルの歌曲について、「ステファヌ・マラルメの三つの詩」を分析する形で論じた。そこから浮上したのは、誰にも届かない言葉が歌として発露する際に、声が意味を聞き取れないほどに変形して伸びてゆく不思議だった。修士課程入学後、声や歌について書かれたテクストを探索する中で、小林康夫先生の助言で、モーリス・ブランショによる「セイレーンの歌」を読むに至り、郷原先生によるブランショのマラルメ論についての授業を受ける機会を得ていたので、デリダやロジェ・ラポルトを「声」をテーマに論じる準備をしているうちに、修論がブランショ論になった。博士課程入学後、小林先生が指導教員に変わり、二〇一三年九月から二〇一四年九月にパリに留学したときは、主にロジェ・ラポルトの資料調査をしながら、研究指導委託制度を利用してパリ第八大学のブリュノ・クレマン先生の指導を受けたが、中途半端な比較ではなく、誰か一人に集中して博論を書くべきである、という話になり、すでにいくつか口頭発表を行い、論文も書いていたのだが、わたしの博士論文の計画は、帰国後、文字どおり白紙になった。

そうして、二〇一五年四月から新しく指導教員になった森元先生は、わたしの声や歌、音響への関心を尊重したうえで、ブランショの『来たるべき書物』をじっくり一緒に読んでくださり、その精読によってブランショの「レシ」というテーマが決まった。その後、実質三年ほど、なにも論文めいたものを書けない日々があったが、その間もずっと見守ってくださり、それでいて、最後、風を見切って走りはじめるがごとくに書きはじめたわたしが終わりに向かうまでの怒涛の期間、猛烈なカオスに全力で並走してくれた。感謝しかない。

そのようなわけで、本書はすべて書き下ろしである。時間はかかったが、声や歌、音楽から一度離れたはずが、「レシ」によって、思いがけず、ブランショと共に歌について深く考えることができたのは、幸福だった。複数の指導教員の先生方の導きにどこまでも感謝したい。

審査に入っていただいたブランショの専門家である郷原先生は、いつも快く授業に参加させてくださり、提出前の博論の草稿すべてを読んで丁寧かつ的確な批判的なコメントをくださった。桑田先生は、テーマが決まらず焦っている頃のわたしに、数ではなく質が大切であるのだから、と言って、腰を据えて研究対象に取り組み、フランス語を丁寧に読む基本の大切さを教えてくださった。乗松先生には、予備審査から学術論文として世に問うための改善点を的確にご指摘いただき、これからは「より自分のやるべきことができる」という意味で、自由に読み、書いていってほしい、と未来への指針をくださった。千葉先生には、クレマン先生が来日された際にはじめてお会いし、ブランショと音楽で博論を準備していると伝えると、奇抜なテーマに応援をくださり、審査ではよりラディカルに「歌」を問うための視座をくださった。先生方の惜しみないお力添えに心からお礼を申し上げる。

審査会後のいくばくかの加筆修正を経て、いま思うのは、ブランショ自身がどこか「レシ」を特権化しているように思われる部分があり、そうした点を外の文脈に開いて批判的に検討する作業が課題として残っているということである。他の部分も含めて、読者の方々からの忌憚なき批判を待ちたい。

この本は水声社の井戸亮氏のおかげで本になることが決まった。井戸氏は、困難な現況で、出版の可能性についてお声かけをくださり、いつも明るい未来を考えて提案くださった。氏がいなければ、わたしの博士論文が本になることはなかっただろう。心から感謝したい。最後の段階での校正と索引については、菊間晴子氏にご助力いただいた。記して感謝したい。

装画は、遠く南フランスから、ドミニク＝ピエール・リモン氏がデータを送ってくれた。リモンはヘラクレイトスの思想を糧に、ルネ・シャールの生誕地、ソルグで創作をしている。はるかむかし、恩師の與謝野文子先生から届いた絵葉書がきっかけで、同地で行われた詩のイベントに赴き、知り合った縁である。装幀はありがたいことに山崎登氏が快く引き受けてくださった。

思い返せば、大学院進学を諦めようとしていたときに、たまたま與謝野先生の詩を暗唱する授業に出、ラヴェルの歌曲で卒論を書くことが決まった。マラルメとブランショのどちらで修論を書くか悩んでいるときも、與謝野先生は「マラルメには作品がないから」と言って、ブランショを勧めてくれた。折に触れて励ましをいただいたご恩に感謝している。
自分の真っ直ぐではない来し方を振り返ると、ラヴェル研究のあとで、一時期は仏教音楽の声明研究をしようと考えていた自分に、フランス思想で書く決断を促し、その後も留学のきっかけをくださり、『謎のトマ』を欲望の視点から読み込む斬新なアイディアをくださり、予定調和ではない未来を切り開く切っ先をあたえつづけてくれた小林先生の厳しさと優しさには感謝してもしきれない。

これから自分がどこに進んでゆくのかは完全な未知だが、声にならない声が歌になるとき、その歌が、どんな歌になるのか、どんな形をとるのかを、もう一度、音楽に戻って考えたいと思っている。

最後になるが、この論文執筆中、わたしは何度も自分をあきらめそうになった。あきらめそうになるたびに、自分が自分をあきらめないよう、命懸けでわたしを支えてくれた師がいた。なにかに怯みそうになるたびに、その程度の夢だったのかよ、という声がするから、これからも自分をあきらめないでいたい。ありがとうございました。

二〇二一年八月五日　樹々の緑が燃え盛る駒場にて、モンポウを聞きながら

高山花子

著者について――

髙山花子（たかやまはなこ）　北海道生まれ。東京大学大学院総合文化研究科博士課程単位取得満期退学。博士（学術）。現在、東京大学東アジア藝文書院（EAA）特任助教。専攻、歌をめぐる思想史、表象文化論。主な論文に、「『瞬間』に耳を澄ますこと――モーリス・ブランショにおける声楽的概念としての『歌』」（『表象』第八号、二〇一四年）、「声が歌になるとき――『苦海浄土』の音響世界」（『石牟礼道子を読む――世界をひらく／漂浪（され)く』EAA Booklet 15、二〇二一年）、主な訳書に、モーリス・ブランショ『文学時評 1941-1944』（共訳、水声社、二〇二一年）などがある。

装幀――山崎登

モーリス・ブランショ――レシの思想

二〇二一年九月二〇日第一版第一刷印刷　二〇二一年九月三〇日第一版第一刷発行

著者――髙山花子

発行者――鈴木宏

発行所――株式会社水声社

東京都文京区小石川二―七―五　郵便番号一一二―〇〇〇二

電話〇三―三八一八―六〇四〇　FAX〇三―三八一八―二四三七

［**編集部**］横浜市港北区新吉田東一―七七―一七　郵便番号二二三―〇〇五八

電話〇四五―七一七―五三五六　FAX〇四五―七一七―五三五七

郵便振替〇〇一八〇―四―六五四一〇〇

URL : http://www.suiseisha.net

印刷・製本――モリモト印刷

ISBN978-4-8010-0599-0